Une autre
idée du bonheur

幸福的另一种含义

〔法〕马克·李维 著
Marc Levy
陈睿 译

人民文学出版社

著作权合同登记号　图字01—2022—6477

Une autre idée du bonheur by Marc Levy
Copyright © Marc Levy/Versilio, 2014
Published by arrangement with Susanna Lea Associates through Bardon-Chinese Media Agency
Simplified Chinese translation copyright © 2023 by People's Literature Publishing House
ALL RIGHTS RESERVED

图书在版编目（CIP）数据

幸福的另一种含义 /（法）马克·李维著；陈睿译．—北京：人民文学出版社，2023
ISBN 978-7-02-017959-6

Ⅰ.①幸… Ⅱ.①马… ②陈… Ⅲ.①长篇小说—法国—现代 Ⅳ.① I565.45

中国国家版本馆 CIP 数据核字（2023）第 070507 号

责任编辑　马冬冬
装帧设计　陶　雷
责任印制　宋佳月

出版发行　人民文学出版社
社　　址　北京市朝内大街166号
邮政编码　100705

印　　刷　北京盛通印刷股份有限公司
经　　销　全国新华书店等

字　　数　219千字
开　　本　850毫米×1168毫米　1/32
印　　张　11.125　插页1
印　　数　1—10000
版　　次　2023年8月北京第1版
印　　次　2023年8月第1次印刷

书　　号　978-7-02-017959-6
定　　价　68.00元

如有印装质量问题，请与本社图书销售中心调换。电话：010-65233595

献给宝玲、路易和乔治

"世间并无任何偶然,所有相遇早已注定。"

—— 保尔·艾吕雅

他双手捧着她的私人日记，贪婪地读着她留下的文字，想从日记里记载的那些人物中找到自己的影子，看一看里面有没有描述他们当初在格林尼治小镇的咖啡馆里谈天说地的场景，试图找到曾经属于他们两人的某个片段。每翻过一页，他都会感到心中一阵悸动。关于爱情的记忆原本已经像雪地里行人的脚印渐行渐远、慢慢逝去，但如今这情感再次扑面而来，强烈得让他喘不过气。

　　夜幕降临，他依然没有停止阅读。独自坐在自己那间单间公寓的餐桌前面，他完全忘记了吃晚餐，也完全没有留意到时间飞逝、夜色已深。在他的家里面没有任何多余的物件，不过所有的必需品倒也一应俱全。当早晨第一缕阳光透过百叶窗照进房间的时候，他终于合上了日记本，双手放在膝盖上，深深地喘息，竭力忍住夺眶而出的热泪。

　　她在日记本里讲述了自己的生平却完全没有提到他，哪怕是那些一笔带过的角色，也完全没有一点他的影子。他曾经为她做出了那样的选择，但她却只字不提。他忍不住想，这也许是他当年那么冷漠造成的后果,而时间并没有抚平她心中的怨恨。

他走到水池的边上,透过那块钉在墙上的裂了缝的镜子,凝视着自己,却无法认出这个依然沉浸在往昔故事当中的男人的脸。也许正是因为这样,汉娜才会将他从自己的记忆中完全抹去吧。回忆真是一件可笑的事情。他一边暗自思量,一边用冰水拍打着自己的脸。某些人喜欢沉浸在回忆里,因为回忆就好像一条牵住他们的绳索,让他们得以远离死亡;而另外一些人却宁愿将回忆抹去,以便让自己的余生豁然开朗。

他为自己准备着早餐。他冲了一杯咖啡,然后打开了炉子,鸡蛋和培根在铁锅里噼啪作响。她会不会在哪里留下了一些暗示和线索,让他能够明白为什么在日记里完全看不到他的丝毫痕迹呢?否则,她何必留下这本日记?她可以把它烧掉或者随身带走啊。

他把餐盘放进了水池里,然后重新坐回餐桌旁。

"天哪,汉娜,你怎么能这样抹去我们之间的一切往事呢?!"他一边抱怨一边用手搓着双颊,以便把睡意赶跑。

又盯着挂钟看了一阵子,他站起来打开了衣柜,开始收拾行李。在往行李袋里塞了三件衬衣、几件内衣、一件羊毛外套和一件套头毛衣之后,他把所有的积蓄用信封装起来,放进了大衣的口袋里,然后从挂衣钩上取下了帽子和装着手枪的皮套。他查看了一下手枪的子弹是否已经上膛,然后把它塞到了行李袋的底部。接着，他跪在火炉前，将炉子里的火炭熄灭，起身检查窗户是否锁好，然后关上灯，打开了家门。

　　冬末清晨的太阳挂在天边。他的面前是一条穿过大街的笔直小路。到达路口后，还需要再走六英里才能到达耶稣受难纪念碑，在那里等候长途汽车。他在寒风中蹒跚前行，没有时间拖拖拉拉了。按说他应该尽量避免被狼群发现踪迹，但他心里倒是一度很希望那些狼能够嗅到他的气味——如果它们跟上来的话，他就能朝着它们疯狂射击一阵，打光枪里所有的子弹。不过，没过多久，他又开始后悔起来，觉得自己不应该把心中的怒火发泄在它们身上。这些狼早已跟他形成了默契。每当他外出狩猎的时候，它们就会远远地跟在他的后面。一旦他捕杀到了猎物，这群狼就乖乖地等着他把肉割下来后才上前享用他留给它们的骨架。当他外出砍柴的时候，它们就伫立在丘陵上远远地望着他，一直到他点头表示自己即将回家并示意自己身上的枪装满了子弹，它们才会离去。这群狼似乎已经明白了规则，没有哪一只曾经试图靠近他。而托马斯·布雷德利也从来没有觉得有必要朝它们开火。

　　他在中午赶到了耶稣受难纪念碑，他的住所早已在天际线上消失得无影无踪。大地如此平坦辽阔，一望无际。

　　长途汽车从远处驶来。他隔得太远，还听不到马达的轰鸣声，却看得见轮胎扬起的一团团尘雾。一想到伴随了他一生的回忆有可能会在真相和现实面前彻底幻灭，他的心中不由自主地升起一个念头：这一趟远行也许将是他三十年来犯下的最严重的错误。

汤姆①抬起手向司机示意停车。当车门打开的时候,他露出了笑容,其实是在心底嘲笑着自己。经过了这么多年,他才意识到自己空有一副天不怕地不怕的外表,其实内心深处却藏着一个敏感脆弱的小男人,尤其是在面对一个女人的时候。

"唉,这都是什么女人啊!"当司机把他买车票剩下的零钱退给他时,他突然喊出声来。

搭这趟车花了他二十美元。这第一段行程中的风景最为优美,简直是他一直梦寐以求的旅行。他告诉自己,除非死在路上,否则只要还剩下一口气,他都会一直找下去,不找到她绝不罢休。

这一刻,汤姆·布雷德利期盼已久。如果他能够勇于面对自己,其实早就应该意识到这一点了。一天之前,有一名年轻的警察——汤姆在自己的职业生涯中曾经培训过无数这样的年轻人——敲开了他的房门,把一封他的朋友克莱顿法官亲手写的信递给他。在那一刻,他才幡然醒悟,原来曾经逐渐逝去的往事其实从来就没有真正地离开过。

汤姆·布雷德利走到汽车的尾部找了个位子坐下,然后眯了眯双眼,大声笑了起来。这远远不是终点,恰恰相反,这正是一场伟大冒险的起点。

---

① 译者注:托马斯昵称。(若无特别说明,下文注释均为译者注。)

1

初次见到米利的人会觉得她的身上散发着摇滚气息。这个年轻人一身帕蒂·史密斯的装扮很容易让人产生这样的第一印象。然而这只是她表面的样子，在生活中，米利可一点也不摇滚。当她独处的时候——实际上她常常独自一人——她总是把放古典音乐的音响调到最大声。只有巴赫、格里格和格伦·古尔德才能帮她驱散孤独的影子。

在获得了费城大学的奖学金之后，米利·格林伯格离开了圣菲。跨过六个州共计两千两百英里的路程，她从家乡来到了现在居住的这个城市。这正是她所希望的，这样就可以把自己的少女时代远远地抛在身后，从此开始作为成熟女人的新生活了。可是，在宾夕法尼亚州进修法学的学生生活就如同她在新墨西哥州的童年生活一样枯燥无味。能让她勉强继续学业的只有三件事情：一是她的生活离不开学校，二是她在这里结识了一个真正的朋友，三是即便她的性格并不那么随和，她的老师们却都很欣赏她。米利从不加入那些世俗女孩的圈子，她们从早到晚都是那么矫揉造作，在每一堂课课间休息时都会抓紧时间涂脂抹粉，嘴里不停地八卦那些时尚圈名流的小道消息。她们对这种花边新闻津津乐道，而对地球的命运却漠不关心。同样，她也不屑结交那些总是喜欢在运动场上释放过多激素的男孩子，他们一个个身材夸张，总是戴着头盔，脸上涂抹着所效力的橄榄球队的颜色。米利一直是一名低调而勤奋的学生，而她所学的法学课程却无聊得要死，这一切都促使她下定决心要做出点什么事情来。至于具体是什么事情，她自己也一无所知。其实，等待着她的命运早已注定，总有一天会揭晓。

第二学年结束后，学校方面不愿继续为米利提供奖学金，而是建议她为柏林顿太太工作，按后者的话来说，这是一个"划算的买卖"：作为法务部（该部门只有柏林顿太太一个人）的实习助理，米利能得到每小时五美元的报酬，外加一份医疗保险以及一间宿舍。米利当场就接受了这份工作。倒不是因为她对这个职位多感兴趣，更不是因为这份不怎么样的报酬，而是因为这样她就可以继续留在校园里面了。经过这几年，在校园里的生活早已成为她身上某些固有的模式和习惯了。

就像今天，米利一如既往地去特透曼咖啡馆吃了早餐，然后在八点五十三分穿过大草坪，在八点五十五分经过古特曼图书馆门前，之后她走进行政楼并在八点五十七分开始了一天的工作。十一点五十分，她在网上为柏林顿太太点了一份熏牛肉三明治。十二点十分，她再次穿过草坪来到卡姆巴尔校园中心的咖啡馆，为柏林顿太太取回三明治并为自己拿了一份春季蔬菜沙拉，然后再从校园大道绕回图书馆前面。米利和她的雇主坐在一起享用午餐，然后在十二点三十分重新投入了工作。十五点五十五分，她打开办公桌的抽屉，把记录着柏林顿太太口述内容的文件夹放入其中。文件夹下躺着一个金属相框，米利的外祖母在相片里对着她微笑。锁好抽屉后，米利在十六点整离开了办公室。

一天当中最后一次穿过校园，米利来到了停车场。在这里停着她那辆1950年产的奥兹莫比尔敞篷老爷车，这是她拥有的唯一一件让她看起来与其他雇员相比有些另类的物件。几年前，当米利离开圣菲的时候，她的外祖母把自己的这辆车送给了她。米利找了一位收藏汽车的专家为这辆车做了精细的保养和维护，以至于这个"宝贝"现在都能卖到大约八万美元了。这辆比她还早"出生"了三十年的奥兹莫比尔敞篷车对她来说意味着，万一将来哪一天遇到麻烦，至少靠这辆车，她的生活还能有所保障。而到目前为止，在刚刚进入三十一岁的时候，她对自己目前的生活状况还是比较满意的。

十六点零六分，米利坐上驾驶座，打开收音机，松开束起的长发，然后启动车子。V8发动机的轰鸣声听起来就好像是在给巴赫的赋格曲、门德尔松的交响曲或者其他某段古典乐曲添加的低音协奏。

从这一刻起，米利算是有点摇滚的感觉了。只要不下雨，她总是任由自己的长发在空中飞舞。她会把车开到服务站停下来，在那里的7-11便利店花两块七买一罐可乐解渴，然后再花七块三给汽车加上两加仑的汽油。每一个傍晚,她都会一边盯着油泵上方计价器中跳跃的数字,一边计算当天为柏林顿太太誊写文件所用的时间。在这五分钟里面花费的十美元,也就相当于她一个上午敲击三万次键盘的酬劳。由于柏林顿太太的午餐熏牛肉三明治是记在部门的账上,米利就去跟校园咖啡馆的服务员商量,把三明治的价格写高一些,这样就能把她自己那份蔬菜沙拉也算进去了。如此一来,除了在加油站花费的这十美元,米利余下的工资主要用于购买晚餐、添置新衣、收藏新唱片、每星期六去看场电影,还有最重要的就是保养她那辆老爷车。

卡姆巴尔校园咖啡馆的服务生叫乔·马龙。像这样的名字可不是随随便便胡诌出来的。他本名叫乔纳森,然而对音乐极度敏感的米利觉得,"乔纳森·马龙"的发音听起来不怎么美妙。于是,拜米利所赐,乔就跟黑帮电影中的某个人物同名了。然而,这个年轻人可不像黑帮电影里的角色,他不仅拥有优雅的外形,还具备诗人的才华。不管是哪个季节的哪一天,他都能为米利"凭空炮制"出一份春天蔬菜沙拉,这对他来说不就是小菜一碟吗?

乔纳森·马龙疯狂地爱恋着一个叫贝蒂·康奈尔的女孩,即便她的这位爱慕者熟知科尔索、费林盖蒂、金斯伯格、巴勒斯,以及凯鲁亚克①,对他们的作品几乎烂熟于心,可这位姑

---

① 以上诗人和作家均为"垮掉的一代"代表人物。

娘对咖啡馆的服务生却从来都不会正眼瞧上一眼。就算是在店里面做价值五块五的三明治或沙拉时,乔·马龙也总是尽力想为它们增添一些诗意。而他的一大愿望就是有一天能够完成学业,然后去为那些只知道崇拜布兰妮、帕里斯顿或是某些骨瘦如柴的模特的年轻女孩讲述文学世界的神奇与美妙。米利常常说,他有一颗传教士一般的心,对文学的热爱简直就像是一种宗教式的信仰。

离开服务站之后,米利开上了76号高速公路。她把汽车的马力加到最大,然后一路疾驰到下一个出口,踏上了回家的路。

米利住的小木屋在弗拉明戈路上,就在郊外水库的后面。这个区域乍看有些平淡无奇,但也有它独特的魅力。弗拉明戈路标志着城市的尽头,在这条路的另一边就是一片茂密的森林。

每天晚上回到家中,米利都会读一会儿书,但星期五除外。每个星期的这一天,乔会到她家里跟她一起吃晚餐。他们通常会看一集他们俩都很喜欢的电视剧,讲的是一位女律师,同时也是一位未来参议员的妻子,在丈夫跟某个应召女郎胡搞的丑闻被媒体曝光后,她的生活发生了翻天覆地的变化。

电视剧结束后,乔会大声朗读他这一星期创作的诗歌作品。米利总是仔细地聆听,然后要求他再读一遍。第二遍的时候,米利会根据诗歌的内容挑选出一段乐曲,为乔的朗诵伴奏。

在他们俩第一次相遇时,正是音乐将两人拴在了一起,也是音乐拉开了两人故事的序幕。

为了填补每月的亏空，乔会去教堂演奏管风琴。这份临时工作能为他带来每场表演三十五美元的收入，而他最爱的是在葬礼上的表演。

婚礼持续的时间总是长到令人发疯：来宾姗姗来迟、新娘很晚才露面，而新婚祝福也总是无休无止。他必须一直弹琴，直到新人和宾客全部离开教堂。而葬礼的好处是，关于死人的一切总是那么准时，分毫不差。另外，主持仪式的神父对棺材充满了恐惧，他总是乐于跳过大段的经文，直接开始弥撒，时长总是控制在三十五分钟整。

一分钟一美元，这对乔来说简直是个金饭碗。然而除了他之外，神父也会寻找其他的乐手来协助他完成工作。所以乔从来不忘浏览星期日报纸上刊登的讣告栏，以便能第一时间申请到这份工作。

某个星期三的早晨，正在一场葬礼上弹奏巴赫的赋格曲的乔发现有个年轻女人走进了教堂。仪式结束后，参加仪式的教民们开始逐个起身，走近金格巴尔太太的遗体表达最后的致意。死者生前是位杂货铺老板，她死得有些荒唐——一堆高出她两倍的装满西瓜的木箱跌落下来，砸在了她的胸口上。可怜的金格巴尔太太并没有当场死亡。她被这一堆西瓜压了一整个晚上，直到最后一次呼吸停止。可想而知她临终的时光有多么难熬。

身穿V领T恤和牛仔裤、披散着头发的米利引起了乔纳森的注意。她在人群中显得如此另类，与现场氛围毫不相称。作为管风琴演奏者，乔占据了有利位置，能观察到教堂里所有人的一举一动。

就在今天，当米利感到心情沮丧时，乔给她讲了一些自己在教堂亲眼所见的趣事，这让她的心情变好了许多。例如，那些不规矩的手掀起别人的裙子或抚摸别人的大腿；那些相邻的人在交头接耳，对仪式毫不在意；那些头一顿一顿、快要睡着的人，以及那些趁机偷瞄其他女人的男人。出乎意料的是，更多的时候是女人们在不停地偷窥男人。还有，神父口齿不清地念道"万嫩（能）的、吃（慈）悲的天猪（主）"而引起的哄堂大笑。当然了，那些藏在《圣经》里的手机或者小说也逃不过乔的法眼。

那个星期三，教堂的大门即将关闭，乔离开管风琴，从螺旋状的扶梯下来走到忏悔室前。这个年轻女人仍然独自一人坐在长凳上，而人群已经伴随着金格巴尔太太的遗体走向教堂旁边的墓地。

他走到她的身边坐了下来，打破沉默，问她是否是死者的家属。米利承认并不认识死者，并在乔问她为何出现在此之前，向乔吐露了心声：她觉得他弹琴的指法很优美，很喜欢他演奏巴赫的曲子的方式和感觉。就在这一分钟，两个寂寞的灵魂从此不再孤独。对于乔来说，他从未听到过对他演奏手法的如此美好的赞叹；而对米利来说，自从她来到费城以后，她从来没想过能随随便便成为谁的朋友。

乔拉起她的手，带她上了螺旋扶梯。从二楼俯瞰整个教堂大殿，米利大为赞叹。乔邀请她背靠在沿墙排成一排的风琴管上，然后按下琴键，用 D 小调演奏了托卡塔。

米利感到音乐似乎穿透了她的身体，直击她的内心，而她的脉搏也随着韵律在跳动。这些音符传遍全身的体验是如此奇妙。可惜的是，这场私人演奏会最终因神父的出现而被打断了。他很诧异教堂里为什么还有声响，于是也顺着楼梯爬了上来，结果发现米利背贴着风琴管，嘴巴张得老大，神情亢奋。于是，神父就像见到了魔鬼一般，立刻摆出了一副准备驱魔的样子，质问乔他身边的这个年轻女人是谁，乔停止了演奏，结结巴巴答不上话来。

米利伸出手与神父握手以示问候，并自称是乔的姐姐。她的镇定自若把乔给惊呆了。神父皱了皱眉头，把乔的三十五美元报酬放在了长凳上，然后请他们离开这里。

刚一走出教堂，乔——那时候还叫乔纳森——便邀请米利共进午餐。

十年之后，每逢他们的偶遇纪念日，两个人还是会去金格巴尔太太的墓地，在她的墓碑前放上一束郁金香。

米利随后经历的一场大冒险更加拉近了她与乔的距离。这一次冒险与她的工作紧密相关。

学校的网络服务器被"黑"了。校长发现学生们对这一次期末考试抱有一种不同寻常的轻松态度，这在他看来很不正常。更诡异的是，教授们在阅卷时完全无法给出低分，所有试卷的成绩都在九十分以上。很快，谜底就揭晓了——有人窃取了试题。

在发生这件事情之前，学校的法务部只处理过一些稀松平常的事务，例如，核对保险单、申请各种证书执照，以及撰写各类行政文书（校长热衷于为学生制定各种校内行为准则，尤其喜欢搞出一些规章制度，明令禁止学生们干这样或者干那样的事）。这一次，校长先生煞有介事地莅临法务部，宣称学校方面已经准备提出刑事诉讼，而这也将是这所学校历史上第一次面临刑事案件。柏林顿太太的血压当场飙升，远远超过了学生们这一次全面飘红的期末考试成绩。

柏林顿太太草拟了一份诉讼状，由米利重新誊写，整个过程用了不到半天的时间，但这两个人，尤其是柏林顿太太，都希望这一项工作能够再持久一点，因为只有花的时间足够长，才能充分体现出事态的严重性，对校长而言尤其如此。两人心照不宣地达成默契，决定等几天再告诉校长诉讼状已经写好，届时还要宣称本部门已做好一切准备，将毫不留情地打击那些无法无天、入侵学校电脑系统的狂徒。

在那非同寻常的一个星期里，每当米利在走廊里遇到校长的时候，她都会摆出一副愁苦的表情，以便显得自己身为员工对这起校园悲剧的发生深感同情和痛心。她的努力表演最终换来了校长勉强的微笑。即便带着一丝恼怒，但总算是微笑。哈利路亚！

可是，在柏林顿太太表面上还忙着写诉讼状但其实私底下已经恢复日常工作之后，米利反而开始觉得越来越无聊了，她决定自己展开调查。

乔·马龙是个诗人，如果他成为老师的话，恐怕每一名学生都会因此而对他热烈期盼，哪怕只是听他上一次课也好。实际上，他不但心灵，还更加手巧：无论是管风琴、钢琴、羽管键琴，还是计算机，只要是带键盘的东西，在他的指尖下总是会乖乖听话。如果说米利想在身边找一个人帮助她查出"试卷黑客"的身份的话，那她肯定要找乔，她唯一的真正的朋友。坦白来说，她身边认识的人也就只有柏林顿太太、校长先生、她在弗拉明戈路住所的邻居哈克曼太太，还有就是乔了。

在"舞弊案"发生后的第二个星期二，米利和乔进行了一次夜间大冒险。虽然他们的行为有些违法，但这个调查行动还是对学校有好处的。

晚上八点三十分，米利开着她那辆又老又旧的奥兹莫比尔轿车回到了学校的停车场。乔这个时候也结束了他的工作，前来与她会合。米利关上车的顶篷，但打开了车窗，允许乔在车里吸一根烟。他们默不作声地等了半个小时，然后往图书馆旁边的那条小路走去，这是全校最昏暗的一段路。多亏米利有工作牌，他们毫不费力地进入了信息中心所在的行政大楼。乔决定用现场的设备进行操作。如果警方正式接受了诉讼并展开调查，那么所有试图从外面入侵服务器的行为都很容易被追查到。因此,绝不能用自己的个人电脑,也不能借用网吧里的电脑,因为这个城市里的任何一家网吧都以国家安全的名义配备了监视摄像头。

乔的聪明和远见总是能让米利大吃一惊。他怀疑"偷"试卷的黑客可能会跟他有同样的思路。要进行这种类型的网络攻击,不被"抓住"的最好的办法就是直接"叮"在目标的身上"吸血",就好像虱子喜欢紧贴着狗皮吸取新鲜血液一样。

在一片漆黑之中,他们胆战心惊地穿过了首层走廊。他们必须悄无声息地往前走,并在九点到九点半之间完成行动,因为在这半个小时里,清洁工们会待在其他的楼层打扫卫生。

乔嘴里咬着手电筒,打开机柜,找到合适的位置连上了计算机,然后开始敲击键盘。他访问了服务器的浏览记录,翻查那次网络被"黑"的日期和时间,然后就找到了某人"入侵"这个计算机的铁证。入侵者应该是受到了干扰,并没有顺利完成行动,因为他把自己的东西留在了现场——试卷的内容是通过插在服务器上的一个带有蓝牙发射功能的 USB 设备传送出去的。乔狠狠地嘲笑着学校里那些无能的网络技术员,居然没在他之前发现这个东西。

"至少有两个黑客。一个进到了这里,另一个很有可能藏在某扇窗户的下面。这种类型的装置发射范围不会太远。"乔一边小声说,一边把罪证取了下来。

米利由此推断出入侵者们肯定留下了指纹,她表示乔只需要再潜入警察局的信息系统就能查出他们的身份。乔看着她,一点也不吃惊，朝她笑了笑。米利认为他有能力实现这样的壮举，他有些感动。其实，乔想到了更简单的办法，于是，他把罪证装进口袋，看了看表，然后示意他的朋友应该离开了。

在返回的途中，他们不得不冲进米利工作的房间，躲在了柏林顿太太的办公桌下，因为某个负责保养维护的清洁工人改变了常规流程，开始用机器清理走廊上的油毡布。这样一来，他们就暂时无法离开大楼。这两个好朋友不得不蹲在地上，屏住呼吸。然而，当米利发现有个东西顶住了她的腰，拿来一看原来是一双破棉布拖鞋时，她想到了柏林顿太太那副爱说教的严肃表情，就再也忍不住了，不由得爆发出一阵狂笑。乔使尽了全身力气用手堵住她的嘴。就在这一次，也是唯一的一次，两人之间感觉到有一丝暗潮涌动。他们的关系从未有过如此的体验，从此以后也再没有类似的经历了。那一刻，乔感觉到他最好的朋友的舌头正沿着他手掌上的生命线四处游走。在半明半暗之中，两人蜷缩在柏林顿太太的办公桌下四目相对，神情都很怪异，直到最后，米利终于开口对乔说她听到走廊里已经没有任何声响，他们可以逃出去了。

回到米利的家后，乔把拿回来的USB设备插入电脑，试图用各种运算方法破解其主人设置的密码。他骄傲地向米利宣布，迟早会查出那两个"罪犯"的身份。

第二天，乔稳坐在柜台后面，手握着"芝麻开门"的密钥。每当有学生走进卡姆巴尔校园中心的咖啡馆，他就用手机开启远程连接程序。鉴于校园里大部分学生每天至少会进来一次，因此他并没有花多长时间就查出了弗兰克·洛克利就是黑客之一。乔躲在角落里,脸上露出了笑容,默默享受着水落石出之后的喜悦。弗兰克·洛克利是学校篮球队的队长,而三个月之后全城将举行校际冠军决赛。这场能让学校名利双收的比赛至关重要,其意义超越了一切。所以乔十分好奇,如果校长知道了黑客的真正身份,他将做何处理?

令乔感到吃惊的是,米利对他的这个发现一点也不惊喜雀跃。他原本以为这个事能让米利好好地乐一乐,可是在他说出了调查得来的真实情况之后,米利却是一副心事重重的样子。他忍不住问她,这到底是怎么回事。

结果,米利说出了一个让他有些难以接受的秘密。米利一向对流连于运动场上的男孩子们嗤之以鼻。她心中有一种偏见,认为他们就是一群头脑简单四肢发达的家伙。然而,她却偏偏对弗兰克·洛克利另眼相待,产生了好感。

"主要是他的眼睛,"在跟乔一起在长凳上坐下来后,米利坦承道,"在他的眼神里有些特别的东西,似乎在诉说着他悲惨的童年。"她继续讲道,"我听说,他爸爸总是会给他很大的压力,对他的期望值很高,而他自己其实希望能加入非政府组织,走遍全世界。"

"你怎么知道的?"乔问道。他回想起前一天晚上在柏林顿太太办公桌下的那一次心中悸动,不禁庆幸自己当时什么也没有说。

"有一天晚上,当我坐进车子里的时候,他走了过来对我说我的车很'别致'。这个词从他的嘴里说出来，让我觉得很诧异。'别致'，这种说法挺优美的，不是吗？于是，我们聊了一会儿，我想，那个晚上给他留下了很深的印象。一个星期之后，我在秘书台重新遇到了他，我们两个面对面看着对方笑了笑，然后一起去喝了杯咖啡……"

"你们没有来我的咖啡馆啊。"乔插了一句。

"嗯，没有。"米利回答，"当时是上午，我们去了特透曼咖啡馆。总而言之，他跟我说起了他的经历，然后我才发现……"

"你喜欢他？"

"差不多是这样吧。"

"你对他说了吗？"

米利拍了一下乔的肩膀。

"他只是一个匆匆过客，我们之间什么也不会发生。"

乔问她是否会告发弗兰克，米利提醒他说自己不是警察，乔也不是。而且他们也很难向校长解释清楚是怎么查出黑客的身份的。

"你想知道他的同伙是谁吗？"

"你认识他？"

"嗯，应该说是'她'。"乔明确道。

"哦！"米利站了起来。

"如果你都不是很感兴趣，那么我们这次冒险又是为了什么呢？"

作为对这个问题的回答，米利亲了亲乔的脸颊，向他表示感谢，并保证那一个夜晚感觉超级棒，这一次经历必定会成为她最美好的回忆之一。然后，她就像什么都没有发生过一样，邀请乔第二天一起去看电影。实际上，这样的邀约毫无必要，因为他们每个星期六都会在西派克岭（West Ridge Pike）的多功能厅前面碰头。

看着米利逐渐远去，乔不禁回想起在教堂里第一次见到她时的情景。

乔和米利之间十年的友情是以信任为基石，通过日常生活中无数的瞬间慢慢积累起来的：不管是每个星期六一起看过的电影，还是在水库边矮墙下的谈天说地，甚至连两人之间有时候的相对无语，都化作了他们友谊隽永的回忆。每当冬天的第一片雪花飘下时，他们就会爬上米利家的屋顶，看着远处的松树林慢慢地被白雪装扮得银装素裹。两人点燃香烟，一直待在那里聊着天，一直到凛冽的寒风把他们赶进屋里……

米利没有告发弗兰克·洛克利，也没有告发他的同伙，尽管她在看到这两个人打情骂俏的时候，曾经有过这样的想法。有一天，她在电影院里撞见两人正吻得热火朝天，似乎恨不得把对方整个吞下去。看到这一幕，米利不禁得出结论：斯蒂芬妮·霍普金斯前世一定是只青蛙，因为她的嘴居然能张得这么大。不过，乐观一点来看，她发现弗兰克似乎也被对方的举动吓到了，因而显得有些拘束，这多少让米利感到有点宽慰。男孩子在这样的情形之下一般是不会觉得尴尬的，除非是他心中对这段感情其实并不那么确定。看来，只要弗兰克哪一天吻遍了这位"青蛙公主"的每一寸脸颊和胸脯，那么他们之间的这段故事很快就会变成一段回忆。

结果，弗兰克大概花了两个月的时间才完成这个"任务"，尽管霍普金斯的身材其实仅仅是90C而已。

某一天早晨，米利在特透曼咖啡馆里遇见了弗兰克，他正埋头看着一本法学课本。她走了过去，脸上带着狡黠的笑容，把乔之前交给她的那个"罪证"放在了弗兰克的桌上，然后头也不回地离开，心里却暗暗掐着时间，想看看弗兰克要用多久才会跑过来追上她。可是，弗兰克什么也没有做，他可不是随随便便就能当上球队队长的。而这反而加深了米利对他的好感。十天之后，弗兰克再一次遇到她的时候向她发出了共进晚餐的邀请，米利及时反击扳回了一城。

她对弗兰克说，还要考虑考虑再说。

如果不是乔及时干预并教育了米利一顿，这一场爱情的追逐游戏还会一直持续下去。乔对米利说，如果他能有这样的运气让贝蒂·康奈尔对他感兴趣的话，他绝不会冒险去玩这种幼稚的游戏。米利意识到他说得没错，于是接下来的那个星期六她在弗兰克的陪伴下度过了美好的一夜。

冬去春来，四季交替。即使在费城的这个小镇上，时间也过得飞快。临近毕业，弗兰克不再是球队队长，他开始在他父亲的律师事务所上班，办公室位于市中心。米利和他总是成双入对地出现在各种场合。两人还没有正式地生活在一起，但他们也曾经讨论过终有一天要结婚等诸如此类的话题。弗兰克的工作很忙，为了缓解压力，他每个星期六都要去打球。米利便趁此机会跟乔一起去看电影。看完电影后，他们会在商业中心一边闲逛一边尽情地聊天。米利在买衣服的时候，偶尔会为乔买件T恤或衬衫，而乔则会请她吃晚饭。

当冬天再度来临，他们还是会爬上米利家的屋顶，肩并肩看着雪花漫天飞舞。

大多数时候，米利觉得自己是幸福的。一切都是那么按部就班：在学校法务部的工作变得更加自主；柏林顿太太开始让她自己撰写文件，不再像以前一样口授内容让她誊写。弗兰克每星期有五天在她家里过夜，而星期六则有乔的陪伴。米利对这一切都相当满意。

有那么几个晚上，弗兰克觉察到米利有些心不在焉，于是便会跟她重提自己的梦想，说起自己想摆脱父亲阴影的愿望，还说要加入NGO（非政府组织）跟她一起四处游走。每当这些个夜晚，米利的脑海中仿佛就会再度浮现出那个她心里面一直笃信不疑的宿命。她偶尔会想，命运之神是否真的要来敲她的门了。

　　春季的第一天,十六点零六分,当米利来到停车场坐进自己那辆奥兹莫比尔轿车的时候,她完全没有预料到,命运之神就这么降临了。

2

她暗自发誓,这将是她在这里度过的最后一个晚上。与此同时,她第 N 次重温了自己的计划,琢磨着出去以后的生活将会变成什么样子。她错过了太多东西。电视和报纸似乎是熟悉现代生活的渠道,可是她已经很久都不曾看过也不曾读过了。她只愿沉浸在图书馆借来的那些书本里,从中寻找慰藉。她学会了无视外面的世界,而如今她又做好了再次入世的准备。

她合上了日记本,试图回忆她写下第一篇的时候是哪一天。那是一个圣诞节,九或十年前吧,怎么还能想得起来呢?每天都在做着同样的事,重复着同样的动作。在这样一成不变的生活中,一切记忆终将变得含混不清。然而,在她被转移之后,情况稍微有所好转。那一天的"圣诞大餐"散发出些许节日的气氛,大家甚至吃到了略带酒味的朗姆酒蛋糕,还有另外一种名字很奇怪的糕点,读起来就像是在咕噜咕噜地叫,但具体的名称她已经记不太清了。她还是应该记下那一个日期的,即便她每晚睡觉之前都会进行记忆训练,但她的回忆早就已经滚得远远的了。

透过铁窗,她看着路灯散发出橘色的光晕,照亮了院子。她想象着自己化身为某个科幻小说里的人物突然从古代穿越到了现代,那该有多么难以适应面对这一切啊。这样的念头让她感到很有趣,不禁独自一人笑了起来。

她把日记本藏在床垫下面,洗漱完毕后躺上床,翻开了前一天晚上才刚开始读的小说,等着熄灯号被拉响。年轻的时候,她曾经为自己拥有丰富的词汇量而感到骄傲,可是现在她却遇到了那么多看不懂的生词。例如"Twitter"(推特)是什么意思,这不是在模仿鸟的叫声吗? 然而,为什么小说的女主角在跟一个粗鲁的政客吃完饭走出餐厅之后,要发出小鸟的叫声来描述这一顿晚餐呢? 这完全说不通啊。而且刚一进家门,她就在"Facebook"(脸书)上发布了这个政客的照片,这里说的可能是某本新的杂志吧? 对于这一段内容,她也一样摸不着头脑。

当宿舍陷入一片昏暗的时候,她依然睁着双眼,开始计时 —— 她从来不会弄错 —— 然后在一万零八百秒的时候停了下来。熄灯的时间是晚上九点,那么现在应该是午夜十二点,换岗的时间到了。她从床下把装脏衣服的袋子拿了出来,里面藏着她的私人物品。她犹豫着要不要带上正在读的这本小说,然后默默地站起身来。她走到门口,转动门把手,听到锁芯弹出锁头,随即慢慢地推开了房间的门,往走廊走去。从这里到角落处的盥洗室,需要走五十步。

她悄悄潜入盥洗室,屏住呼吸,等到舍监巡逻结束,然后继续向前走。

看守的护士一熄灯就去睡了。此前的某个晚上,有犯人弄坏了医务室的门把手,使得她开不了门。从此,她就再也没锁过医务室了。而她的钥匙又被阿加莎偷到了手。这类事情对阿加莎来说简直是易如反掌。当某个病人痛苦的尖叫声就快要刺破你的耳膜时,作为一名护士也就顾不上自己的钥匙串了。阿加莎能装出各种病痛,好让自己能经常出入医务室。她甚至还能假装吞下了别人给她的药片。

她走进医务室,转身关上房门,然后直接趴在了地上,否则,玻璃药柜里的小灯发散出的微弱光亮会在门上投射出她的影子。她贴着地板匍匐前进,一直来到通风口的下面。阿加莎连续六次造访医务室之后,通风口护栏上的螺丝钉早已被她卸下,一拉就能打开。护士在给了阿加莎止痛片后,总是把她独自一人留在房间里休息。经由穿墙而过的通风管道,她溜进了清洁工们放置工具的设备房。她曾经跟护士一起偷听到他们之间的讲话,并经常以此为乐。正是护士告诉了她声音是怎么传过来的。

一到设备房,阿加莎立即脱掉身上的睡衣,换上自己的衣服,然后爬进了装着废纸、塑料瓶以及其他干燥废品的大垃圾箱里。接着她开始继续计时,一直到深夜十二点半。

当房间的门被打开时,阿加莎的心跳开始加速。她躲藏的垃圾箱的滑轮在走廊的油毡布上吱吱作响。推着箱子的人突然停了下来,擤了擤鼻涕,然后又继续往前走。阿加莎听到了钥匙在门锁中转动的声音,通向院子的大门被打开了。搬运垃圾箱的工人再次停下来擤鼻涕,接着打开盖子把纸巾扔了进去,然后继续把垃圾箱推到了垃圾装卸点。这个时候,周围陷入了一片沉寂。

又是一万零八百秒之后,阿加莎听到了货车的马达声、刺耳的倒车警报声,还有把垃圾箱从地上抓起来的起重机的声音。

阿加莎曾经上百次想象过这一场景,这是最危险的时刻。她蜷成一团,双手抱头,尽量把全身的肌肉放松。她曾经玩过更惊险的特技动作,只不过如今她的身体不再像当年那么强健,她的关节也不再那么柔韧灵活。垃圾箱的盖子逐渐打开,她感到自己开始向下滑,但没有做出任何抵抗。她还得留着力气应付接下来的一系列事情。阿加莎感到角度越来越倾斜,突然间,她和一堆废纸和塑料瓶一起掉进了翻斗的血盆大嘴里。

翻斗车的"大嘴"转了个方向,准备把垃圾送进货厢里。阿加莎伸直双臂,站直双腿,尽力抓住翻斗的边缘,一直坚持到垃圾箱被放下。这个庞然大物似乎吃得心满意足,把"大嘴"向后一扬,阿加莎趁此机会藏进了没有被"大嘴"撕坏的纸箱堆里。

卡车终于轰轰作响地动了起来。院子里的大铁门缓缓滑向一边,车子重新加速,冲了出去。

没有任何车追出来,说明她躲过了所有的探照灯。阿加莎抬起头,看着柏油马路在她身后不断延伸。道路两旁发散着银光的松树直指天空。空气如此温润，她知道自己永远也不会忘记这一天，这个散发着自由的香气的夜晚。

卡车穿过森林，经过两个小镇，然后向郊外开去。当车子在进城之后的第一个红灯前停下来时，阿加莎犹豫着是否要跳下车。那个路口虽然没有什么人，但在她看来还是太亮了一点。一直等到了第三个红灯，她觉得时机到了——这里四下无人，而且灯光昏暗。阿加莎从车厢的中轴线处跳了下来，这样，司机就不会从后视镜里看到她了。等到卡车重新启动之后，她开始镇定地走起来，就好像正在过马路。即使司机发现了她，也会以为不过是个夜里的行人。

刚一走到路边，她就低下头继续往前走。卡车终于消失得无影无踪，阿加莎极力忍住才没有高兴得大叫起来。现在还不是庆祝胜利的时候。她持续走了两个小时，一刻也没有停下来过。她的双腿酸痛，脑袋嗡嗡作响，胸腔里似乎有一团火灼痛难忍。阿加莎感到自己的双肩也变得无比沉重。每往前一步，侵袭全身的疼痛感都在加重。她觉得自己可能坚持不下去了。

阿加莎精疲力竭地抬起了头。已经很长时间都不再相信上帝的她开始祈祷。难道这三十年的惩罚还不够吗？还想怎样？她到底犯下了什么样的滔天大罪，要遭受这样的惩罚？

"你可以彻底毁了我，你已经这么做了，但是你毁不掉我的尊严，这是我永远也不会放弃的！"她伸出拳头发誓。

悬挂在高处的一块广告牌指示着在几条街之外有一个商业中心。她下定决心，用尽全身力气也要走到那里。

阿加莎在一片巨大无比、荒无人烟的停车场里穿行。她突然感到头晕目眩，不得不撑住某辆车的引擎盖以免自己跌倒。

她总算找到了一间电话亭。之前走了这么久都没见到，她甚至开始怀疑电话亭这东西是否还依然存在了。她翻了翻口袋，拿出她从护士那里偷来的钱。这几张一美元的纸钞和十几个硬币一直用纸包着，免得发出声响。她将两枚硬币扔进投币处，然后拨通了一个号码。

"是我，"她低声道，"你得来接一下我。"

"你成功啦？"

"我在这个时间给你打电话，你说呢？"

"你在哪儿？"

"我一点概念都没有，应该是一个商业中心，纽顿广场购物中心。我在一个中餐馆的前面，就在 A 车道旁边。快点来，我求你了！"

电话那头的男人在电脑上输入了阿加莎给他的地址。

"我十分钟之后到，最多一刻钟。我开一辆雪佛兰电动车。你待在那里别动，等着我。"

他挂断了电话。阿加莎挂上听筒之后低声叹息："该死的，雪佛兰电动车是什么样子的？"

上了车之后，她一言不发，只是打开了车窗欣赏着窗外的景色。

"你还是别这么干，到处都有摄像头，你可能会被认出来。"

司机担心地说。

"什么摄像头？我们到底是生活在美国还是生活在奥威尔的世界里？"①

"都是，亲爱的。"司机回答。

"别这么叫我，我不喜欢。"

"既然现在你自由了，你宁愿我叫你汉娜吧？"

"别来烦我，马克斯，我自由了，但也筋疲力尽了。"

"那就赶紧把车窗关上，如果你还想留下来的话！"

"现在还不到六点，他们还什么都没有发现。我想他们也不会调动所有的警力来追踪我吧，已经没有人对我感兴趣了。"

"如果真是这样，那我就不需要在半夜三更穿过整个城市了。"马克斯回了一句。

阿加莎转过头来，仔细地端详着他。

"你变老了。"她对他说道。

"你是说，自从我上一次去看你之后？"

"不，自从上一次我们俩开着车逃命之后。不过，那一次还能听得到马达声，而且你开得更快一些。"

"那个时候还没有雷达测速。而且当时的车子是'吃'汽油的。现在这辆是电动车。"

"现在的车子都变成电动的啦？该死的，看来我是很难适应了。你要带我去哪里？"

---

① 奥威尔为英国著名作家，在其作品《一九八四》描述的未来社会中，每一个成员都处于严密的监控之中。

"不能去我家,太危险了。他们肯定会第一个盘问我,因为我总是去探望你。"

"我记得你不是也改了名字吗?"

"是啊,但探视室里也有监控摄像头,他们很快就会找上我的。"

阿加莎叹了口气。

"时代变了,汉娜,我也没办法。"

"你错了,我们都有办法,只是我们失败了。我更愿意你叫我阿加莎,汉娜已经不存在了,无论如何也不会存在于现在的这个世界了。"

"就像你说的,我们都老了。我在弗尔吉山谷附近有一栋木屋,我们一会儿就去那里。"

车子钻入了森林几英里后,在林中小路的尽头停了下来。马克斯先走下车,绕过另一边为阿加莎打开车门,帮着她下车。他打开手电筒,然后挽起阿加莎的胳膊。

"这里过去不远,差不多再走一百英尺吧。你待在这里会很舒服的,过几天等你恢复气力以后我们再考虑下一步的打算。"

一栋圆木搭建的屋子在手电筒的光束之中显现出来。马克斯从口袋里掏出钥匙打开门,随后把阿加莎让进屋子。他拉开电闸开关,打开了灯。眼前是一顶悬挂在屋顶的铁链式分枝大吊灯。房间高得惊人。厚厚的地毯上有两张相对而立的切斯特菲尔德沙发椅,旁边围绕着一个大得惊人的壁炉。在房间的另一头有一张配着八个座椅的樱桃木餐桌,餐桌的旁边是一张桃心木的书桌和套着花格呢布的皮座椅。沿着墙有楼梯通往阁楼。

"卧室在楼上。"马克斯一边说着一边走向厨房。

阿加莎跟在他的后面。

"你这里漂亮得让人难以置信。"她惊叹着。

"是挺可爱的。"马克斯回答道,顺手递给她一杯红酒。

"还挺奢华的。这么一个东西花了你不少银子吧!"

"我买这栋木屋几乎没花什么钱,至于重新装修花了多少,我还是不说了。"

"我被困在监狱里动弹不得的时候,你倒是赚了不少钱。"

"我熬过来了。你想怎么样?难道希望我住在桥底下,无家可归吗?"

"我不想怎么样,马克斯。我很高兴你能逃出警察的法网。谢谢你的酒,我迟一点再喝,现在我想去洗个澡。"

"浴室在楼上。"马克斯指了指阁楼栏杆后的两扇门之一。

阿加莎走上楼梯,一路看着沿墙悬挂的照片。她在某一张前面停了下来。相片里,马克斯与一个年轻女人紧靠在一起,脸贴着脸。

"你女儿几岁啦?"阿加莎问道。

"三十了。"马克斯含糊地回答道,"左边的门是卧室,右边的是浴室。"

"只有一间卧室吗?"

"床很舒服，你肯定会像天使一样睡得很香的。"

"你呢？ 要回去找你女儿吗？"

"你饿不饿？"马克斯抬起头问她。

"饿死了。"阿加莎回答完之后走进了浴室。

她已经太久没有见过浴缸了。如今，她就像一个发现了宝藏的收藏家一样，小心翼翼地走过去，在浴缸的边缘坐下。塞上排水口，细细抚摸着水龙头，然后打开了水。看见哗哗流出的晶莹透亮的水，她心里欢喜得不得了。

在墙边用大理石砌成的储物架上，阿加莎找到了由一个长颈玻璃瓶装着的浴盐，她打开瓶塞闻了闻，然后把一整瓶都倒进了水里。水中弥漫的桃子味香气让她激动得流下了眼泪。

在被关的头二十年里，她要付出多大的代价才能得到一块属于她的肥皂啊！ 就更别提为了保护这块肥皂不被人偷走，她又打了多少场架。

在光滑发亮的白瓷浴缸旁边，阿加莎凝视着自己的面孔倒映在波动的水面上，然后用手掠过水面，将倒影拨散。

她脱下衣服，赤身裸体地站在镜子面前观察着自己。她的皮肤依旧紧实，双乳浑圆坚挺，腰部挺拔有力，私处毛发浓黑。当她转过身查看自己的双臀时，心中不禁感到自豪：这么多年了，她依然能保持这样一副好身材。她笑了起来，想着在这样的身材面前，还是会有些男人抵挡不住诱惑的。

洗澡水有点太热了，但她仍然将身体全部浸入水中，只露出了头。她早已忘记这种在水中漂浮的感觉有多么美妙，美妙到她在心里发誓从今天开始,想泡多少次澡就泡多少次澡。她早已还清了自己欠下的债,甚至为此付出了更多。再也没有任何人能够阻止她做任何事情,再也没有任何规定能够强迫她做自己不愿做的事了。

然而,在她脑海中响起的一丝微弱的声音让她恢复了理智:如果说她等了这么长时间,冒了这么多险,全都是为了兑现一个诺言的话,那么这个诺言当然是要比舒舒服服躺在浴缸里重要得多了。这是她无论付出多少代价也要去实现的诺言。

她从昏昏欲睡中清醒过来,从头到脚搓了一遍,然后走出浴缸裹上了浴衣。这件浴衣柔软的程度简直让她吃惊。

阿加莎梳好头发,抓过洗手池上放着的胭脂盒擦了擦脸,随即把它放回原处。她把浴缸里的水放掉,然后下了楼。楼下正弥漫着一股煎鸡蛋薄饼的甜甜味道。

马克斯已经在桌上摆好了餐具,然后端来一盘浇上了枫树糖浆的煎饼。

他拉开一把椅子,请阿加莎就座,然后自己坐到了对面,目不转睛地盯着她。

"你可一点都没变老。"他一边说一边拉过阿加莎的手。

阿加莎正忙着用叉子叉起盘中的薄饼。

"如果你想跟我睡觉,我也没有什么不同意的。但你这些傻兮兮的恭维话,还是省一省吧。要是在以前的话,你可是更直率的。"

"那时候,我们的身体比现在更自由。"

"为什么？难道关于睡觉这件事情也有变化吗？"

"是啊。"马克斯叹气道，"清心寡欲的生活现在是主流了，再说，还有艾滋病的潜在威胁呢。西莉亚、弗朗西斯和伯尔妮都死于艾滋病，我肯定还漏提了谁的名字。"

"还有谁活着？"阿加莎问道。

"你、我、露西、布赖恩、拉乌尔、维拉、昆特，还有邓金斯，我不知道你是不是还记得他。另外还有大卫、比尔。我们这群人中大概还剩下十来个吧。"

"他们都怎么样了？"

"有些在大学里工作，有些成了作家，还有些是记者，大部分成了中产阶级。"

"就像你一样。"

"我吗？我可装不像。"

"你都有这么一栋木屋了，很难装不像吧？"

"大卫还在监狱里，昆特跑到阿肯色州养马去了。"

"昆特，养马？这我可完全没想到。"

"他是我们中间混得最好的，他现在就是个大财主，富得流油。他的马场方圆好几百公顷。"

"跟我说说大卫。"

"他永远出不来了，被判了七十五年……你为什么要逃出来？过不了多久你就能出来了啊。"

"还要在铁栅栏里待六十个月，相信我，这可一点都不短。我再也受不了了，而且我跟你说过，我还有些事情要去做，在一切还来得及之时。"

"这些事就不能再等上五年吗？"

阿加莎用手指刮下了盘子里剩下的煎饼渣儿，然后舔着手指。

"我让你准备的那些东西，你都准备好了吧？"

"嗯，不过不在这里。为了赶去接你，我走得太匆忙了。你当时听起来就像是从坟墓里刚爬出来一样。我明天带过来给你，应该说，是过一会儿，还有一些吃的和生活用品。在我回来之前，冰箱里还有鸡蛋、面包和牛奶。别用电话，任何情况下都不要打电话给我，还是谨慎一点的好。反正嘛，我很可能在你睡醒之前就回来了。"

马克斯站起来，弯下身亲了亲阿加莎的双唇，然后离开了。

等马克斯一走，阿加莎便回到房间打开书桌的抽屉，一层层翻查，却完全不知道自己在找些什么。她意识到自己得学会戒掉这样的癖好。

她重新走出屋子，站在门口的台阶上，天刚蒙蒙亮。等到天亮以后，他们很快就会发现她失踪了。她打了个冷战，随即回房睡觉了。

她睡得很香很沉，醒来之后，伸了伸懒腰，起床穿上浴衣走下楼去。

日光透过百叶窗射到屋子里来。阿加莎环视整间屋子，大厅的墙上没有一张照片，书桌上没有一样东西，餐台边也没有任何一件装饰物能够表明她与她朋友们曾经的过往。她耸了耸肩，走进了厨房。

阿加莎从冰箱里拿出一包面包片和一瓶果酱，然后将壁橱一一打开，想找能煮咖啡的东西。最终她找到了一个装满铝制胶囊的大口玻璃瓶。她拿出一颗胶囊看了看，然后用指甲戳破了胶囊一头的覆盖膜。

"把咖啡装在这里面也太奇怪了吧？"她自言自语道。

既没找到滤网也没找到咖啡壶，她只好把咖啡粉末倒进杯子里直接用热水冲开。

她拿着自己的早餐，走到大餐桌前坐下。

天色好像暗了下来。她略带迟疑地回到厨房里，发现煤气灶上的时钟显示为下午五点。她开始担心，马克斯是不是不会回来了。

外面路上响起的脚步声加重了她心中的疑虑，正向屋子靠近的这个人肯定不是马克斯。他的膝盖曾经被棍子击碎过，走起路来会有些蹒跚。而眼下正准备踏上台阶的脚步却过于轻盈，不像是马克斯的。

阿加莎一下子跳起来，冲到了门后。她屏住呼吸，向"入侵者"冲了过去。这个手挎着藤条篮子的年轻女人刚一进门就被撂倒在地。她发出一声尖叫，转过身发现了袭击她的人。

"阿加莎？"

"你是谁？"阿加莎问道。

"我是海伦。马克斯还说您看起来是一副筋疲力尽的样子。"

"我昨天确实是那样。"

阿加莎认出了来者正是楼梯旁墙上挂着的那张照片上与马克斯亲密合影的人。

"你是他女儿?"

"不是,我是他妻子!"

"那我就放心了。"阿加莎帮她站了起来,在这个古怪的世界里还是有些事情亘古不变。

"他没办法过来了。"海伦一边说道,一边捡起了篮子,"今天早上有辆警车在我们家附近转悠。他害怕被人跟踪。"

"警察不知道他有这栋木屋吗?"

"这栋木屋是在我名下的,曾经是我父亲的房产。"

"真是个骗子!"

"马克斯吗?他跟您说了些什么?"

"没什么。"阿加莎回答道,"我很抱歉把你推倒在地上……旧习难改啊!"

"我明白……"

"不,你什么都不知道。"阿加莎打断了她,"如果今天上午警察找到了你们家,那我敢说他们在两天之内就能找到这里。"

"马克斯也是这么认为的,所以他才让我来找您。"

"也难怪,比起在前线冲锋陷阵,他更喜欢在后面指挥行动。我并不是要埋怨他,他还是挺成功的。"

"您别责怪他,他也背负着属于他的那份痛苦。他是个勇敢的男人。"

"如果有时间的话,我会好好跟你讲讲什么才是痛苦。篮子里面装的是什么?"

"所有您要求马克斯准备的东西。我去弄点咖啡来喝,然后我们就出发。"海伦往厨房走去。

"你的咖啡真难喝,而且我没找到滤网,也没找到咖啡壶。"

海伦从玻璃瓶里拿出一盒胶囊,把它塞进台面上放着的一部闪闪发亮的机器里,然后将杯子放到类似出水口的地方,最后按下了某个键。阿加莎看着咖啡缓缓流出,装作对这一切相当习以为常的样子。

"你们俩睡了吗?"海伦一边质问,一边把咖啡递给阿加莎。

"你可一点都不拐弯抹角啊!为什么要问我这个?"

"因为您一丝不挂地穿着我的浴袍。"

"这浴袍非常软,我从来没有穿过这么软的衣服。我没有跟你丈夫睡过。"

"我们只是订婚了。"

"别担心,宝贝儿,你看看我们俩,你至少比我年轻二十岁。"

"您长得很美。再说他经常去探望您。"

"一年也就一次,这不算经常。不过他倒是唯一一个探望过我的人。"

"他曾经深爱过您。"

"在那个时代,每个人都爱着其他人。你冷静点,我们从来就没认真过,我俩之间只存在同志一般的友谊。"

"您介不介意现在就去换好衣服呢?宜早不宜迟啊。"

阿加莎朝篮子探过身去,看到里面有两个信封。其中一个装着两沓百元纸钞,她数了数共有两千美元。另一个信封要更大些,里面装着一些文件,她拿出来看了看,又放回到信封里面。

然后,她朝楼梯走去。

"打开卧室的衣柜,里面的衣服随便您挑。"海伦对她说,"我们俩的身高应该差不多。架子上还有一个旅行包,您可以用来装您需要的所有东西。抽屉里有内衣。您穿多大码的鞋?"

"三十九号。"

"跟我一样。鞋子也在衣柜里。"

阿加莎拾级而上,走到一半停了下来,转身打量着海伦。

"你为什么要这么做?"

"我的衣服太多了都穿不完。正好我又有借口去买些新的了。"

"这不是我想问的。你为什么要冒险来这里帮一个陌生人?"

"您不是陌生人。马克斯跟我说了很多关于您的事情。您可能自己都想象不到,您已经成为我生活的一部分了。"

"别傻了。如果我被抓住,而你就在我旁边的话,你就是逃犯的同伙了。"

"好了，您快一点吧，我们一会儿路上再接着聊。"

几分钟之后阿加莎走下楼来，手里提着一个旅行包。
"我只拿了一些必须要用的。"她对海伦说。
她走近篮子，把装着现金的信封装到她借来穿的风衣口袋里，然后把另一个信封塞进了旅行包。
"我准备好了。"
走到门口的台阶上，阿加莎定睛看着马克斯的未婚妻用钥匙锁上了大门。
"怎么了？"她问道。
"没什么，你们俩都生活得很幸福。"
"我们也有我们的问题。"海伦一边回答，一边走到了阿加莎的前面。
来到汽车跟前时，她示意阿加莎坐到驾驶座上去。
"你疯了吧？我已经有三十年没开过车了。"
"驾驶就跟游泳一样，不会忘记的。"
阿加莎坐上驾驶座，把手伸向邻座的海伦。
"钥匙呢？"
"在储物箱里。"
"那好，如果你想让我开车的话，能把它递给我吗？"
"这是电动车，不需要钥匙，只要按下这个键就行了。"
汽车仪表盘亮了起来，引擎盖里传来一阵轻微的声响。
阿加莎看到屏幕上彩色的图标显示出了电池的续航时间。

"这简直就像一艘宇宙飞船，太炫酷了！驾驶这样的东西还需要方向盘吗？我们一旦被拦下来接受检查的话，我可没有驾驶证啊。如果因为这样蠢的事情被逮到，那就太可惜了。"

"您就别发牢骚了，开起来吧。大半夜的，如果您不超速的话，我们是不会被拦下来接受检查的。"

车子顺着林间小径一直往前，开到了连接着大路的十字路口。

"右转。"海伦说道。

"到底是些什么问题？"阿加莎问。

"您在说什么呢？"

"刚才在门口，你说'我们也有我们的问题'。"

"这不关您的事。"

"过不了多久，你就会在路边放下我，再也不会见到我了。所以说，如果你需要倒倒心中的苦水，又不想倾听的人到处乱说的话，就只有趁现在了。这样的机会错过就不会再有了。"

海伦犹豫着，长长地叹了一口气。

"您向我发誓，你们俩没有睡过？"

"唉，真是受够了，我发誓！你把我当成谁了？你这样让我很恼火。"

"您刚从监狱里面出来。我知道，您会跟我说，性欲就像胃口，吃得越少越不会饿。"

"不，我才不会跟你说这样的蠢话。你跟马克斯相处得很糟糕吗？"

"世事有时候很复杂，您不是普通人，不会明白的。"

"你错了。我们都曾经是再普通不过的平常人，我们的父母也就是农民、工人、商人或者是大学生。哦，我们中间也有几个有钱人家的孩子，甚至还有个议员的女儿呢，愿他们安息。只是我们所经历的有点不同寻常罢了。是的，我们当时一个比一个疯狂。但我明白他们中的大多数人最终都会重回正轨，就好像马克斯一样混得人模人样。"

海伦打开储物箱，拿出一把手枪放在了阿加莎的腿上。

"每个人对于普通人的定义都是不同的。他要求我把这个拿给您。"

"把它放回去。"阿加莎命令道。

"你们俩是怎么认识的？"海伦把武器收起来问道。

"我也正想问你这个问题呢。"阿加莎回答，"我们第一次相遇是在一场完全失控的示威游行中。马克斯被警棍打伤了腿，鲜血横流。警察正准备再次下手，要不是我冲了过去，我想他就会被打死了。我狠狠地踹了警察一脚，令其失去了平衡。接着我把马克斯拖进了一条小巷。我真的太蠢了，因为那条小巷是死胡同。如果警察追过来的话，我们俩就都完蛋了。那一天，我们的运气还算不错。我们躲在垃圾桶的后面，我按住马克斯的伤口为他止血。而马克斯为了表现得很坚强，不停地跟我说了很多蠢话，还挺好笑的。就是这样，我们一见如故。等事态逐渐平息之后，我把他送去了医院。好了，你全都知道了。"

"他从来不肯告诉我您是因为什么坐的牢。"

"好了,我们换一个话题吧。现在轮到你了。"

"我当时需要找一个律师,有朋友推荐了马克斯。他的律师费不算高得过分,而且据说他在这方面很厉害。"

"哪方面?"

"民事诉讼、婚前协议、离婚协议、遗产纠纷之类的。"

"那你当时是遇到了什么问题?"

"我当时正准备结婚。"

"然后,你最终上了他的床?他可真够精明的。"

"生活里面总是充满了惊喜。当我走进他的办公室,我们四目相对的时候,我感觉周围的空气似乎也变得躁动起来。离开的时候,我已经完全不知道自己是为何而来的了。"

"是为了起草婚前协议的吧!你刚才说到躁动?"

"对于我来说是这样的。"海伦承认道。

"他没有吗?"

"男人的反应通常都比较慢。我不得不让他修改了十遍合同,他才想到问我是不是真的想结婚。我回答他说那得看是跟谁。直到这个时候,他才终于明白过来。"

"我跟你说过,马克斯不是那种轻率冒失的人。当然他也有他的优点。"

"跟您在一起的时候,他不是这样子的吗?"

"你怎么会这么想?我再跟你说一遍,我们只是朋友。"

海伦翻着手袋,从里面拿出一张拍立得相片,放在了仪表盘上显眼的位置。照片里，马克斯和阿加莎半裸着躺在草坪上，拥吻在一起。

"你们只是很亲近的朋友！"海伦讥讽道。

阿加莎偷瞄了一眼照片，随即把目光转回到了路面上。

"是维拉拍的这张照片，这让我想起了那些美好的日子。那是一个下午，我们一群人在中央公园里待着，试图想彻底改变这个世界。我们吸了不少大麻，当时都笑疯了。你在哪里找到的这张照片？"

"在马克斯的私人物品里，他留了一整套。"

"他早就应该烧毁的。"

"我替他烧掉了，他因此大发雷霆，两个星期都没理我。"

"你那次没结成婚，是在很久以前吗？"

"是在十年前的某个夏天快结束的时候。我跟马克斯正打算庆祝我们相遇十周年呢。"

"他是直接从树上把你摘下来的吧？你那时几岁啊？"

"跟照片上的您年纪差不多，二十二岁。"

"他那时可不止这个岁数。你是因为这样才被他吸引的吧。你就这么害怕我吗？"

"您这是什么意思？"

"马克斯知道我们俩在一起吗？"

"当然了。"

"难怪你这么慷慨大方，又这么热心帮助我逃走，因为你害怕我留在这里。"

"也许吧。"海伦回答。

"是你不让他来的,对吧?"

"我不会禁止他做任何事。我提出了请求,他同意了。"

"也就是说,你们家门口根本就没有警察出现。"

"确实没有。"海伦承认道。

"那好吧。你瞧,这是你第一次讲跟我有关的事情,其他的都是你们之间的事。我想给你个建议,尽管你没有问我任何意见。尽力去爱他吧,别因为你的忌妒心而怨恨他。没有任何一个人是属于另外一个人的。让他过得幸福,你就能留住他。你现在随便找个地方把我放下,然后就赶回去找他吧。"

"应该是您随便找个地方把我放下,我把车留给您了,这是说明书。"

"信封里的现金是你给的还是他给的?"

"是他给的。"

"那就行。"

"我们等一下就会经过一个商业中心,您在停车场那里放下我吧,我打车回去。至于您,马克斯在 GPS(全球定位系统)里输入了某家汽车旅馆的地址,出城后,您将在那里住一个晚上。"

"你能告诉我什么是 GPS 吗?"

海伦笑出声来。

"我指给您看。"

十分钟后,阿加莎在海伦指定的地点停了下来。海伦走下车，弯腰靠近车窗。

"我曾经问过自己，是否也会想要加入你们这一群人，不过我一直没有找到答案。这是我的手机号码，是一次性的，而且是匿名的。如果您有任何需要，不要犹豫，请联系我。祝您好运！"

阿加莎完全不明白什么叫一次性手机，不过她还是接过了海伦递给她的纸条。

"多谢你们两个。告诉马克斯，我永远也不会忘记这一切，告诉他，我们就此告别了。明天我会打电话给你，告诉你到哪里去取车，之后你就再也不会听到关于我的任何消息了。"

阿加莎重新上路。开了几英里之后，她在路边停下车，拿出手枪把里面的子弹退出来。她只留下了一颗，其余的全部扔出了窗外。然后，她再次出发。每当GPS导航仪发出提示音，指示应该走的道路方向时，阿加莎都会被吓一跳，忍不住对着它爆发出一连串的咒骂。然而，当她到达汽车旅馆的门口时，却又忍不住感谢它，就好像她在对着某个人说话一样。

她用现金支付了房费。如她所愿，这个房间普通却很干净。浴室里也配有浴缸，不过非常矮，她不得不紧贴着浴缸底部，才能让水浸没全身。

她换下身上的衣服，套上从海伦那里"借"来的一件套衫，然后出去吃晚餐。她的肚子里只有午后胡乱吞下的那点东西，必须得吃些什么以便恢复体力。她穿过马路，往人行道对面的一家餐馆走去。

她猜想警方应该已经发布了寻人告示。第二天的报纸头版上就会出现她的头像，说不定连电视上都已经播出来了。想到这里，她略有些焦躁不安地走进了这家餐馆，里面弥漫着一股烧焦的味道。

没有人留意到她走了进来。每个人的餐盘里都装满了食物。她找了一个卡座坐下来，然后示意服务员把菜单拿过来。

她一直梦想着好好地吃上一顿，因此点的菜有些多得惊人，她甚至点了两块巧克力蛋糕。

"您的胃口可真好。"服务员一边说，一边给她倒了杯咖啡。

"您知道在哪里可以买到这个地区的地图吗？"

"您从哪里来？"

"我从西边过来的。"阿加莎撒了谎。如果说的是三十年前，那她倒也不完全算是骗人。

"您在加油站应该能找到，顺着这条路往下走一点就是。您住在'火烈鸟'，对吧？"

"火烈鸟？"

"就是对面的汽车旅馆啊。因为它的外墙是粉红色的，所以我们都这么叫它。"服务员表示。

"哦，应该就是那儿了。您怎么知道的？"

"我们餐馆的客人通常都是熟客，都是些在附近工作或者生活的人。来的陌生人一般就是在'火烈鸟'住上一晚的旅客。您为什么会来我们这里啊？"

"不为什么，我只是路过。"

"好吧，那就祝您度过美好的一夜。"服务员说完把账单放在了桌上。

阿加莎拿起账单盘里免费的薄荷糖，塞进自己的风衣口袋里。然后她拿出了之前离开房间时带出来的那个大信封。她仔细地看着马克斯打印出来的文件和附在里面的照片。如果说有一天马克斯的律师工作做不下去的话，那他肯定也能胜任侦探的工作。阿加莎把几页纸折起来，整理好笔记，然后走回了酒店。

刚一躺上床，她就打开电视机搜索，直至找到了正在播放晚间新闻的频道才停了下来，一直看到新闻结束。

播音员并没有播报关于她越狱的新闻，这让她有些担心。在阿加莎看来，如果他们对她的逃跑秘而不宣，这只有一种可能性：追踪她的不再是警察，而是联邦调查局（FBI）。某个狱友曾经对她讲过，凡是被FBI抓进去的囚犯直到刑期结束都逃不出他们的手掌心，不管刑期有多长。那也没办法了，阿加莎心想，反正她也曾经搞得他们头疼不已。她觉得自己准备好了再那么来一次。而这一次，她再也不会投降了。

她关掉了电视机，有些后悔没有买本书来看看，随即按下了床头灯的开关。

3

汤姆·布雷德利从长途汽车上走了下来,他有些精疲力竭。在这段持续了两天的旅程中,他换了四次车。他搭乘第一辆车从密歇根州的艾恩伍德出发,头一天晚上到了圣伊格纳斯。然后他上了一辆灰狗大巴,坐了六小时的夜车来到贝城,途中勉强睡了一会儿。黎明时分,他又搭上了一辆开往底特律的大巴。在底特律进行了最后一次中转,汤姆终于在中午左右赶到了匹兹堡。他倒是很想找家酒吧歇一歇脚,喝点东西解解渴,可是时间紧迫啊。

他研究了一下挂在汽车站台边的公共交通图。有一条城市间的长途交通线在距离目的地两英里的地方有一个停靠站。他看了看表,估计能在天黑之前赶到。

汤姆手里拎着行李,终于来到了这里,此刻就站在某个中产阶级家庭的门庭前面。门口方方正正的草坪外面围着一圈修葺整齐的忍冬树篱笆。

他走上门口的三级台阶,猛烈地敲起了门环。

"我以为你会更早一点到!"克莱顿法官在打开门的时

候说。

"我又不是就住在旁边,而且我已经很久都不开车了。"汤姆反驳道。

"你总不至于是走路来的吧?"

"差不多,我坐大巴来的。"

"一直从威斯康星州北部坐大巴来到这里?你知道有飞机这个东西吧?"

"我不喜欢离开地面那么远。你是邀请我进屋呢,还是我们在外面接着聊?"

"你先去洗个澡吧。"法官发号施令,"浴室在楼上。你臭得像只老山羊,而且惨不忍睹。我在客厅里等你吧。"

汤姆照着法官说的做了。一刻钟后,他穿戴整洁地回到了楼下。克莱顿法官让他在沙发上入座,备好了茶和糕点。

"我想我给你捎的信和你这次的来访不无关系吧?"法官一边说,一边请他坐到对面来。

"我前天收到了信,第二天就出发了。"

"到底为什么要躲到那么远的地方去?难道你就不想过上舒服一点的生活吗?"

"我对现在的生活很满意。"汤姆回答,"我在那儿过得很自在。"

"跟一群狼在一起?"

"我们各自为界,互相尊重。这些动物拥有罕见的智慧,有时候甚至比人类还聪明。它们不会进行谋杀,捕猎只是为了填饱肚子。"

"你是我见过的最优秀的警探之一，以这样的方式收场太不值得。"

"你知道什么？你所谓的幸福生活就是在这所漂亮的房子里等老吗？不如明年冬天到我那里去一趟吧，你会重新找回一点青春的活力。我来的时候可能确实是臭烘烘的，可是你这里的一切也都散发着老旧沉闷的味道。你每天早晨打开窗户最远能看到什么？一块方草坪和一圈篱笆？而我却拥有整个森林，四季的变迁是我的日历，太阳的起落就是我的钟表。"

"可是，你过得像个隐士，独自一个人老去可不是一件好事。当然，我们重新聚到一起可不是为了互相指责谩骂，而是为了那个你庇护的人。"

汤姆端起茶杯站了起来，一直走到窗户边，背对着法官。

"她什么时候逃走的？"

"七十二小时之前。我一收到消息就让你的旧同事把资料想办法交给你了。"

"她为什么要这样做？为什么是现在？"汤姆问道。

"为了挑衅吧，这倒很像她的性格。不过也真是很傻。她只剩下五年了，再加上刑期有可能减免，她甚至可以指望在两年之后就出狱的。"法官叹息着说。

"也许是等得太久，她已经不再抱任何期望了。她提交的刑期减免申请被拒绝了多少次？又有多少次她以为自己能获得假释，但愿望却一次又一次落空？"汤姆怒不可遏。

"我提醒你,十年前,她已经被转到了训诫中心,那里的监禁条件可好了不少,不用再被关进牢房里,她的行动也变得自由了很多。这都多亏了我!"

"在高墙和一小块地方之间来回走动,这也能算自由?!什么破日子啊,该死的!"

"是她自己做出了这样的选择。"

"你说说,是什么样的选择?"汤姆大喊。

"你跟我一样清楚。另外,让我担心的是她心里一直有一个念头。所以我才会通知你。我已经尽我所能封锁了她逃跑的消息,但也拖不了多久。"

"能拖多久?"汤姆问道。

"最多五天吧,我已经尽我所能了。五天之后,他们就会开始追查行动。"

"这次她再也不会屈服了。"

"我也是这么想的,所以我才会派人去你的老巢找你。"

"更确切一点说,你是不想在退休前几个月再经历一场屠杀吧?你更不希望她的案件被重新调查。那样的话,恐怕你就要失去更多。所以你才会像你所说的那样,把我从我的老巢里拖出来。"

"都是因为你我之间的情谊,我才不惜一切冒了险。现在你了解了目前的情况,你可以做你自认为是对的事情,一切随你的便。"

汤姆打量着法官。

"我需要休息一下，再好好想想清楚。"

"你觉得能成功，对吧？"

"在你给我的文件里，有一个她遗漏在床垫下的日记本，在那里面应该能找到一些线索，或者是一些迹象。虽然我还没有找出来，但我肯定里面会有的。"

"她怎么会把这个东西留下来呢？请允许我持怀疑态度，我觉得她就是为了误导我们。"

"我的直觉告诉我恰恰相反。"

法官领着汤姆走向书桌，在办公椅上坐了下来，然后打开抽屉取出两页纸递给了汤姆。

"这是给你的行动授权书，另外一张是给 USMS① 的，他们今天上午发了给我。签了字，你的所有职权就重新恢复了。"

汤姆扫了眼第一份文件，然后接住法官递过来的笔。

"他们没发现这与她的逃走有什么关联吧。"

"没有，我只是告诉他们，我需要你去履行职责。"

"他们没感到惊奇吗？"

"我可不想伤你的心，汤姆，不过没有人想得起你。我提出要求，他们就发给了我，就是这么简单。"

"我这样可真是愚不可及。"汤姆咕哝着签完了字，"不过我跟你发誓，我肯定是最后一次再干这样的蠢事了。"

---

① USMS 即美国联邦法警局，是美国司法部下属的一个部门。美国法警的职责包括保护联邦法庭、追踪逃犯、运输联邦囚犯、保护受到威胁的联邦法庭证人、管理从违法犯罪企业没收的资产。

这位重新恢复职位的执法者抓过授权书放进口袋里，然后提议法官带他去吃一顿晚餐。

克莱顿是一个生活一成不变的人。在餐厅的大门口，一堆客人排着队在等位，但他是熟客，一到就被迎了进去。

他们点完了菜，等服务员走远以后，继续聊了起来。

"你打算从哪里开始入手？"法官试探着问。

"她没有任何证件，至少暂时还没有。她也没有信用卡，更没有现金。这样身无分文能坚持多久？现在可不是七十年代了。"

"钱的话，她可能之前偷偷藏了一些吧？"

"你想想她被监禁的环境，别开玩笑了！她一点机会都没有。当然，她这个人可一点都不蠢。在逃跑之前，她会考虑到这一点的。"

"你的意思是，她可能在外面有个同伙？"

"一个或者好几个，不管怎么样，得不到任何帮助的话，她哪里都去不了。"

"你想到了某个确切的人吗？"

"还没有，我得搞清楚她都有哪些老朋友，其中有哪些还活着、没被抓的。"

"从你的上级那里很容易拿到这样的一份名单。"

"我喜欢单枪匹马干活，而且我不喜欢跟任何人汇报。五天之后，我会归还我的警徽，这也会是我的最后一次追捕行动。所以说，如果我向局里要这份名单的话，很快就会引起惊奇和猜疑。迟早会有人查到我突然复职的原因。一旦有人回想起我是谁，那么大家就会找到其中的关联，即使你现在跟我担保得如此轻巧……"

"行了，我明白了。"克莱顿打断了他的话。

"我明天就要，最迟明天中午之前。"

说完之后，汤姆随即向法官提议早点结束晚餐，他非常需要好好地睡上一觉，而且还得先去找家酒店住下来。克莱顿法官则建议汤姆睡在他儿子的房间里，这间房也很久都没人住过了。

在回家的路上，两个人陷入了深深的沉默之中。

第二天一早，克莱顿法官下楼走到客厅时发现汤姆·布雷德利已经出发了。

阿加莎一整个上午都在研究马克斯给她的资料，然后从车子的储物箱里找到了 GPS 的说明书仔细地看了起来。要熟悉并掌握 GPS 的功能倒也是一种挑战。到了下午，她好不容易才搞定了这个发自驾驶室中控台的自言自语的声音。阿加莎犹豫着输入了目的地的地址，在寻找启动车子的钥匙时又咒骂了一番，最终按下了汽车的启动键。

看到电池的灯发出红色信号，她本应该感到担心，然而目的地距离这里只剩下十几英里了。她想，即便是电动车的电量也应该在安全限度之外留有余地的。

她开上了高速公路并将车速保持在限速范围之内。这是通往费城的76号公路。然而，在她就快要到达目的地的时候，仪表盘上的指针全都降到了最低，然后开始闪个不停。GPS导航发出的声音听起来也异常疲惫，只是麻木地重复着目的地在前方右转，而马达的转速也从四十五变成了三十三，接着发动机的轰轰声突然停了下来。

阿加莎挂上空挡，靠着惯性向前滑行，终于挨到了出口处。她看到在斜坡的下面有一个服务站，但是位于路口的另一边。当路口的红灯亮起来的时候，阿加莎一边在心里期盼好运，一边回想起了她这些年虚度的时光。汽车喇叭按不响了，是就这样闭着眼睛横穿马路，还是先把车停靠在路边呢？这真是令人恼火的选择题啊！阿加莎决定还是谨慎一点的好。

目的地近在咫尺，车子却坏了。这也许是命运的安排，又或者是机缘巧合。不过，阿加莎以前跟危险做伴过太多次了，如今这么一点小事已经不足以让她感到意外了。

为了预防接下来的事情不再按照她所预想的方式进行，她决定走路去找能够让车子发动起来的东西。拿定主意后，她不禁想，究竟什么东西才能够给车子充上电？而到底要怎样才算是充满电了呢？

在重新把车开走之前，如果正好有公路巡警经过并且对这辆车产生怀疑，那可就不好了。于是，阿加莎把车一直推到了人行道旁。

加油站的工作人员告诉她，加油站里只有汽油可加，电动车通常都是要在自己家里充好电的。市区里倒是也有几个充电的地点，但他也不知道在哪里。实在不行的话，也可以打电话找人来抢修。阿加莎抬头望了望天，决定返回去。

她穿过马路，重新坐回了驾驶室，等待着。

由于无法打开车窗，她只能打开门向路过的人询问时间，然后开始计时。如果马克斯给出的指引准确无误的话，在她还没开始实施第一步计划之前，时间已经过去了六百秒。五年来，每个夜晚入睡之前、每天清晨醒来之时，阿加莎都会在心里面一次又一次地设想和重温这个计划。

4

米利用钥匙锁好抽屉，在跟柏林顿太太道别之后离开了办公室。她又比平时晚下班了，学校某座建筑的扩建项目让她淹没在了堆积如山的文件里，完全看不到什么时候才是尽头。从月初开始，她就无休止地工作。为了满足她上司的要求，她已经连续两个周末没能去赴约看电影了。幸好，她现在马上就能开着她的奥兹莫比尔上高速公路，这是她唯一能够感到放松的时候了，尽管这也只是片刻的欢愉。

穿过校园的草坪时，米利有些后悔没有带上圣诞节时柏林顿太太送给她的那把伞。即便已经是春天了，天空依旧灰暗，飘起了绵绵细雨。

米利坐上车，想着要不要去弗兰克的办公室找他，给他一个惊喜。但转念一想，明天一大早还得开车送他回去，就放弃了这个念头。她打算一回到家就打电话到他们最喜欢的那家中餐厅叫个外卖吃。米利往加油站的方向开去，在油泵的旁边停了下来。她加了两加仑的汽油，然后到小超市买了一罐汽水。

几分钟后，当重新坐回到自己的驾驶座上时，米利发出了一声尖叫。后视镜里出现了一张女人的脸,对方正笑容满面地盯着她看。

"发动,开车!"阿加莎命令道。

"什么?"

米利转过身去,发现这位神秘的乘客手里拿着武器。

"这样的开场方式可能不太好,不过照我说的去做,一切都会很顺利的。"

"如果您想要的是我的车,您得先开枪打死我。"

阿加莎冷笑起来。

"你的车是很漂亮,勾起了一些我美好的回忆。我这么说你一定会很吃惊 —— 在我还是小姑娘的时候,我经常坐的一辆奥兹莫比尔跟你这辆一模一样。在那个年代,这种车很时髦。现在,马上给我开车!"

米利或许应该尝试解除她的武器,或者打开车窗呼救,但是,子弹的速度可不是一般地快。

"开去哪里?"米利一边问,一边试图恢复冷静。

"往西边开。"

"您到底想拿我怎么样?"

"我对你没有任何意见,只是我的车坏了,我必须到某一个地方。"

"那没必要威胁我啊,只需要客气地提出请求就行了。"

"好吧,我现在礼貌地请你发动车子往前开。"

"往西边,目标范围有点广吧。"米利转了转车钥匙反驳道。

"你说得没错。可以的话，为什么不能礼貌一点呢？那就请你把我送到旧金山。"阿加莎接着说。

"加利福尼亚的那个？"

"我没听说过还有另一个旧金山。"

"您这是在开玩笑吧？"

"我手里拿着枪，你说呢？"

"可是旧金山离这里有三千英里，我们现在……"

"如果走高速公路的话还有两千八百八十英里，不过我们不走高速公路，我有的是时间，我不喜欢开快车。"

米利离开加油站，往76号高速公路开去。她还指望着最终能说服她的这位乘客。如果不是因为她手里有枪的话，米利几乎就要对她产生好感了。这个女人的身上散发出一种活力和果敢，而米利对这一类品质相当敏感。

"假设我们从早开到晚，"米利继续说，"至少也要四五天，这简直是天方夜谭嘛。"

"荒诞不经有时候也不是坏事。你想象不到人在一无所有的时候能有多疯狂。我更希望五天到达那里。毕竟如果你夜以继日地开车会很累，而且我还想好好地欣赏一下沿途的风景呢。"

"我不能离开这么久，我会丢掉工作的。"

"这份工作很好吗？"阿加莎问道。

"目前这个时候文件堆成了山。不过平时还算舒适，一切都是按部就班的。"

跟她继续聊下去，米利心想，既不能对她太粗暴，也不能太温和，以免让她起疑心。要让她慢慢进入自己布下的局。

"你差不多有三十岁吧？"阿加莎问道。

"差不多。"

"在这个年纪，你就满足于按部就班的生活吗？"

"时间不等人，我能有份工作已经很不错了。"

"我理解。"阿加莎点头道，"那好吧，你就跟你的老板说你得了流感。不会有人因为生病而被开除的。"

"会的，我可能会被那些身体健康的人取代。或许柏林顿太太不会这样做，不过她会要我出示医生证明的。"

"我给你写一个。"

"您是医生吗？"米利问道。

"不是，不过柏林顿太太不需要知道这一点。"

"弗兰克会担心的，我不能就这么消失了。"

"你结婚了？"

"还没有。不过一两个小时后他就会去我家。如果没有我的任何消息，他会打电话报警的。"

"那就别让弗兰克做无谓的担心。他认识柏林顿太太吗？"

"他在当学生的时候见过她，不过那是很久以前的事了。"

"你有那种装在口袋里的电话吗？"

"手机吗？"

"对，手机！打电话给他，告诉他你今晚不能见他了。因为要处理一大堆文件，所以你得待在办公室里。"

"那明天呢？"

"明天我们再说。"

米利从牛仔裤的口袋里掏出手机，祈求老天让弗兰克能接电话。在电话铃声响起时，她竭力在想应该说些什么才好让他明白发生了一些变故。

阿加莎一把夺过手机，把手按在上面，然后说："亲爱的，我今天要工作到很晚，我们明天再见吧。晚安，我的宝贝、小亲亲，随你怎么叫，但只准说这些，明白了吗？"

米利瞪了阿加莎一眼，眼中充满怒火。她刚拿回电话就听到语音信箱哔地响了一声。她在阿加莎的授意下，按照差不多的意思留了言。

"你直接叫他的名字，这样挺好。"阿加莎一边说道一边把手机据为己有，"我特别怕那些昵称。我记得曾经有个男人叫我'宝贝疙瘩'，我就跟他分手了，虽然他优点挺多的。我看起来像个宝贝疙瘩吗？一点都不！"

"那今晚我们要去哪里？"米利低语道，有些不知所措。她感到自己已经输掉了第一局。

"离费城越远越好。等你感觉累的时候再停下来。"阿加莎回答。

汤姆拿着授权书，在临近中午的时候来到了中央警局。在某位警官的办公室里，他拨通了法官的电话，后者随即把他前一晚要的名单传真过来。

他仔细地研究着名单，然后征得了这个同僚的同意，在他的电脑上查找资料。

传真件里列出了十个人的名字，其中只有一个住在费城。汤姆申请借了一辆民用车，在警官同事的陪同下来到了停车场。

"您不会走太远吧？"警官有些担心地把钥匙递给了他。

"应该不会。"汤姆回答。

"您别跨过州的边界就行，我就只有这个要求了。"

汤姆表示应允。等警官离开走回警局，他便从行李包里拿出一份三明治和一张地图放在副驾驶座上，然后发动了汽车。

车上的无线电发出"刺刺"的声音，警局在不断呼叫着外出的巡逻车辆。汤姆关掉了无线电，嘴里咬着三明治一路疾驰。

五小时后，他到达了费城。此行的目的是要寻找一个叫罗伯特·格拉夫顿的人。此人五十岁上下，档案里满是犯罪记录。他最后一次现身是在几个月前，因在酒吧里打架被带回警局问话。他在醒酒室里待了二十四小时，然后在紧要关头逃过了监禁——他按照检控方的要求支付了五千美元的保释金，用于抵偿所造成的损失。

格拉夫顿记录在案的最后一处住所是在费城郊区的一栋破旧房子。汤姆沿着路边走向两个背靠着墙的男孩。毫无疑问他们是在放哨，这里从早到晚都在进行毒品交易。

他掏出一张二十美元的纸币，把它撕成两半，一半递给了他们，许诺等他回来之后再给另一半，但他们得保证他的车停在那里保持原样。

汤姆闪身进了大厅,手枪别在腰后的皮带上。

扶梯的栏杆上散发着尿骚味,斑驳的墙壁上满是涂鸦,只有在摇摇晃晃的信箱上能看出住户的名字和房间号。汤姆一边拾级而上,一边暗忖住在这么一个破地方的租户怎么能有钱支付那么一大笔保释金。

他一直爬到了顶楼,然后顺着阴暗的走廊继续往里走。

5D号房的大门微微地虚掩着,他端着枪一脚踢开房门。格拉夫顿瘫在一张沙发椅上睡得正酣,身上的衬衣和牛仔裤破了洞,一副潦倒的样子。汤姆走过去拍了拍他的肩膀,然后用枪口对准他的鼻子。

这个男人吓得跳了起来,用双手护住脸,双眼在哀求。这个可怜虫的房间里只有一把破旧的椅子、一张小圆桌和一张直接铺在地上的床垫。无论是他的眼神还是整个房间的面貌,都散发着一种自暴自弃的凄凉感。

"我有两个问题要问你,"汤姆说,"尽管我认为我知道第一个问题的答案会是怎样。你肚子饿着的时候应该没有攻击性吧?"

格拉夫顿点了点头。汤姆放下了手中的武器。

"第二个问题就更简单了。"

他从口袋里掏出一张阿加莎的照片。

"你认识这个人吗?"

"不认识,从来没见过。"

在他的整个职业生涯中，布雷德利从来没有揍过已经倒地或者是被绑着的人。暴力不是他的风格，更何况眼前这位仁兄即便没有被铐住也绝不敢反抗他。

汤姆把他扶了起来，看到小圆桌上的空啤酒瓶旁边有一副眼镜，于是拿来给他戴上。镜片的边上缠着厚厚的胶带，可想而知这副眼镜已经被修补过了多少次。

"仔细地看清楚。"汤姆继续，"然后再回答我。"

"对了。"格拉夫顿扶了扶眼镜咕哝着，"我认识她，不过那是在很久以前了。据我所知，她还在'号子'里待着呢。"

"你没有去探过监吗？"

"我们并不是朋友，只是在某些集会上见过，仅此而已。我从来也没有在其他场合见过她。"

"你认识她的朋友吗？有没有谁是住在附近的？"

"我早就和那个世界断了联系，和这个世界也一样，就这么简单。现在，您能放过我了吧？"

格拉夫顿说的这些话似乎是由衷之言。汤姆走到窗户旁边向外望了一眼，那两个放哨的男孩还在，他的车也还稳稳地停在原处，这让他松了一口气。片刻的满足感瞬即逝，看来他搞错了方向，白白浪费了宝贵的时间。

他在准备离开的时候转过身又问了格拉夫顿一句："谁付的保释金？"

"是我表兄，这不是第一次了，不过他发誓这是最后一次。您瞧，我现在这样也不是第一次了。"

"他是做什么的,你表兄,居然能这么慷慨?"

"那是他的事,您放过我吧!"

汤姆对格拉夫顿说了声"谢谢",然后离开。

回到街上,他把剩下的一半钱付给了那两个放哨的男孩,然后坐进了驾驶室。

他从行李袋里取出格拉夫顿的档案,仔细地从头看了一遍,期盼着自己的这趟费城之旅不算是太糟糕的决定。

"为什么要去旧金山?"米利问道。

"有朋友等着我去吃晚饭。"阿加莎回答。

"他们可真有耐心!飞机应该会更快一些吧。"

阿加莎对米利举起了枪。

"好像在现在这个时代,想带着这个东西登机会很麻烦。"

一辆高速公路巡逻车超过了她们,并一直跟她们保持平行。车里的警官带着一脸责备的表情盯着她们。阿加莎看了一眼车速表,命令米利立即减速。她满脸堆笑地看着警官,对方点头示意,然后继续往前开走了。

"我觉得,自从我上了你的车之后,你一直在盘算着要用尽一切办法把我弄下车。我不怪你,换成是我,我也会这么做。你可能有时候还会掂量我是否真有胆量朝你开枪吧?老实跟你讲,我也不知道。不过我可以确定的是,我会毫不犹豫地朝着你的仪表盘、车门和车底开枪。你知不知道这样的一把手枪会造成什么样的破坏?好吧,让我来告诉你,子弹会打出很大的洞,然后你不需要开着敞篷就能让你的长发随风飘扬了。要知道,想要找出一整套奥兹莫比尔的配件可不是那么容易的事情,我甚至怀疑现在根本就找不到了。当车子不再是原装配件的时候,那它也就失去了所有的魅力。所以说,还是放弃你所有的冒险想法吧。就当是开心地出来逛了一圈,五天之后,你就能重新回到你的弗兰克身边,见到柏林顿太太,重新过上按部就班的舒适生活了。而且,你还不用担心费用的问题,油费由我来出。同意吗?"

米利松开头发,看着阿加莎。

"同意,我给您五天时间,不过我有一个条件。"

"我不觉得你现在有能力跟我谈条件,不过我还是愿意听一下。"

"您要告诉我所有的事实,您到底要干什么?为什么要去旧金山,还带着手枪?如果说是要去干掉某个人,那您就有必要说服我这是一个卑劣至极的坏蛋。只有这样,我才会送您去找他。"

阿加莎看着米利,愣了一下。

"我相信你和我会相处得很好的!"她大声笑了起来。

汤姆穿过了一片住宅区。沿路两旁的樱桃树上鲜花绽放,一排排两三层楼的别致洋房整齐地排列在绿草茵茵的花园边上。

他把车停在梅尔伍德道上,等着所有的灯慢慢熄灭。

当夜晚来临的时候，他想起了那一群狼。它们会趁他不在的时候到他的小木屋前面游荡吗？

"还有五年，你就不能再等等吗？为什么非得现在？你在找些什么？"他咕哝着。

他现在监视的那间屋子有一扇窗户的窗帘被撩了起来。窗户前面出现的那个黑影看起来似乎有点眼熟，他开始害怕起来。之前，他由于职责所在迅速参与了行动，并没有过多地考虑。可是，他真的做好了准备去面对她的目光，去听她开口讲话吗？如果她真的藏在这里，他应该怎么办？

临近晚上十点，住宅旁边车库的一扇门打开了。一个男人出现了，手里拿着一袋垃圾。他走到花园尽头的垃圾箱前，将手里的垃圾袋扔了进去。汤姆慢慢走近他。这位男子发现了汤姆，转过身来。

"我能为您做些什么吗？"他问道。

"我是这么希望的。"汤姆一边回答一边亮出了警徽，"我有两个问题要问您。"

"您不觉得现在已经很晚了吗？"

"我可以明天拿着授权书再来，如果您更希望那样的话。"

"什么授权书？"

"授权我搜查您的房屋、您的办公室，以及审查您的账户。"

"那您是出于什么原因要动用这样的授权书呢？"

"因为您协助了一位犯人潜逃，佩泽尔先生。或者我该称呼您赖纳先生，这才是您改名之前的真实姓名吧？我是法警，您作为律师应该知道法官是站在我们这边的吧？"

"我不是刑事罪犯，我不明白您在暗示些什么。"

汤姆把阿加莎的照片拿给他看，马克斯泰然自若地打量着。

"她逃跑了吗？"

"我希望您在为自己辩护时能更有说服力一些。"

"正如您看到的，我这律师当得还不错。"马克斯反驳道。

"当然，您生活得很幸福，还有个美丽的妻子。如果您因为对联邦官员撒了谎而被关进监狱，那可就太傻了。"

在汤姆缓缓地说出这一段话时，马克斯一直逼视着对方。

"带着您的授权书明天再来吧。我没有什么好隐瞒的，您的恐吓对我不起作用。"

他撇下汤姆，径直离开。

"您去监狱里看过她多少次？"汤姆在他背后大叫。

马克斯停了下来，转过身。

"您好好考虑清楚应该怎么回答。明天，我的手里就会拿到一份曾经跟她见过面的探视者名单。"

"您在这份名单里找不到我，我已经改头换面了，不论是名字还是生活。所有的这一切都留在了过去。"

"会客室里的监控录像也许会给出与此相反的结论。"汤姆脱口而出，"我知道你们过去曾经在一起，可别让我产生对您进行深入调查的念头。因为对于你们往日的所作所为，并没有什么追诉的时效问题。"

"为什么我觉得您的脸看起来有些熟悉?"马克斯一边问,一边朝着汤姆走近一步。

"因为我长得像任何一个普通人,这正是我悲惨的地方。很多人都以为认识我,然而我一个都不认识。"

"您说的是真的吗?"马克斯继续说,"我完全不知道她逃了出来。当您告诉我的时候,我可以说是内心难掩喜悦。这是我很久以来听到的最好的消息!即使我知道些什么,我也不会对您说的。是的,我是去看过她,那又能证明些什么呢?我真心希望她能逃出你们的魔掌。您希望我坦白,我已经这么做了。好吧,就这么多了。现在请您离我的家远一点,随便您去哪儿,反正我要回家睡觉了,我的妻子还等着我呢。晚安了,警官先生。"

马克斯转身离开,车库的门在他的身后缓缓合上。

汤姆重新回到车里,忧心忡忡。他虽然找到了一丝线索,却仍然不得要领。

他在路边的餐厅里吃完晚餐,然后重新上车花了一小时在信息库里面查找关于马克斯的联邦档案,然而并没有发现什么有说服力的内容。他把文件往椅子边一放,打起瞌睡来。

临近深夜两点,经过的一辆卡车吵醒了他。汤姆睁大双眼,之前忽略掉的某个细节直到现在终于浮现在他的眼前。

他重新抓起方向盘,在梅尔伍德道上过了一夜。

车子一直继续往前开着,车里的两个人几乎没怎么说过话,似乎各自都陷入了沉思。阿加莎只是时不时地向米利询问路线。

"我饿了。"米利表示,"车子也一样。"

阿加莎看了一眼仪表盘。

"还可以再坚持一会儿。"

"油量的指示针不太靠谱,而且油箱彻底空了之后,里面的气体会损耗金属。为了避免这个问题,我每天都会把油加满。"

"我还从来没有见过哪个像你这样的年轻人会担心什么汽车的金属损耗问题。那么,我们就去找个加油站吧。"

当她们经过第一个加油站时,米利并没有停下来,这让阿加莎感到很吃惊。十英里之后,她终于开进了一家二十四小时营业的加油站。

当米利忙着加油时,阿加莎拿走了钥匙,然后走进超市结账。

她手里捧着一个大纸袋走了回来,米利坐在驾驶室里等着。

"没有必要吧。"

"你不是说饿了吗?"

"我说的是拿走钥匙。"她一边回答,一边晃动着手里的备用钥匙,"我跟您说过会送您的,我会遵守诺言,您也得一样。"

"我可没答应你什么,而且这一切说来话长。"

"我们还有好几天的路程,光聊天气实在是没什么意思。我知道,您的路线规划得很精确。"

"我跟你说过有朋友在等我,我没有骗你。只是他们并不是全都在旧金山,而且我真的不太清楚他们是否还像以前那样是我的朋友。不过,我还是想去看看他们。"

"拿着一把手枪去'问候'他们吗?"米利问道。

阿加莎拿出武器,把它放进了储物箱。

"喏,你瞧,我信任你。至少我试着去信任你。"

"您不能自己去租一辆车吗?"

"我已经很久都没有更新我的驾照了。你的问题太多了,开车吧,找个更舒服的地方再停下来吃这些三明治吧。我想你会喜欢火鸡肉的吧?"

市郊的景色逐渐被田园风光替代,窗外只有一些村庄映入眼帘。这辆奥兹莫比尔爬上了一座山丘。到达顶部时,米利转到了一条辅路上,沿着一条废弃的铁路停了下来。她熄了火,走出汽车,沿着铁轨一直走到了一座通往山谷的小桥上。

阿加莎拿起纸袋,跟在后面。米利找了一个栏杆垮掉的地方坐了上去,双脚荡在空中,然后接住阿加莎递过来的三明治大口咬了下去。

"明天我得给弗兰克打个电话,还得向柏林顿太太请个假。"她说道,嘴里满是食物。

"你打算怎么跟他们说?"阿加莎问。

"我还不知道,就说我回家了吧。"

"你家在哪儿?"

"新墨西哥州的圣菲。"

"他们会问你为什么要回家。"

"我觉得弗兰克不会,他不是那种爱问东问西的人。"

"怎么? 他对你不感兴趣吗?"

"当然不是。"米利表示抗议,"主要是我的问题,我不喜欢说太多的话,尤其是关于我自己的事情。而且他很信任我。他会有些担心我,会叮嘱我路上小心,早点回来。"

"那柏林戈太太呢?"

"柏林顿!"米利搞怪而夸张地发着音,纠正了对方,"我会跟她说我妈妈去世了,家里有一堆紧急的事情要去处理。我妈妈五年前就逝世了,不过柏林顿太太完全不知道。"

"对你妈妈的过世我感到很遗憾。"阿加莎回答道。

"我也是。"米利叹了口气,"我妈妈有些'摇滚'范儿,我们过得并不容易,不过我们在一起的时候从来不会感到烦恼。她是一个很快乐的人。"

"那她也挺幸福的。"阿加莎回答道。

"您有孩子吗?"米利问道。

"没有,一直没时间要。"

"您就这么忙吗?"

"是有那么一点吧。那你呢,你想生孩子吗?"

"就目前来讲的话,我只想吃掉手里的三明治,然后欣赏一下眼前的美景。"

"现在很昏暗。"阿加莎说,"什么也看不到吧。"

"可以的,能看到远处某个村庄的灯光。在村子的下面是一条河的河床。每当冰雪融化的时候,河水就会很快涨起来。

我很喜欢这些老旧的铁路。"米利轻抚着自己坐着的栏杆，补充道，"其实我也不知道为什么，但我就是喜欢一切陈旧的东西。"

"看到你的车我就猜到了。"

"这些老旧的东西都有着自己的故事。"米利叹了一口气。

"我希望，你这不是对我说的吧？"

"不是啦，您不算老。我妈妈应该跟您年纪差不多。"

"你不用强装笑脸跟我套近乎。"阿加莎口气生硬，这让米利感到有些吃惊。

"我没有强装啊。既然您不想聊天的话，那我们都闭嘴吧。"

她们并肩坐在一起，谁都不再说话，眼神飘向远方。

"我本来不想这么粗暴的。"阿加莎一边说着一边将三明治的包装袋随手扔在一旁。

"您对大自然一点敬意都没有吗？"米利问她。

"不，我也有的。只是今晚例外。很晚了，我们该去睡觉了。"

"我们肯定能在山谷那边找到过夜的地方。"

"今晚我们就在你漂亮的车里睡下吧，再继续开下去我也受不了了。而且我比你想象中更热爱大自然，在美丽的星空下入眠对我来说是很完美的事情。"

阿加莎站起身，回头向那辆奥兹莫比尔走去。米利独自一人，凝视着空旷的脚下。她往沟壑中扔了一颗小石子，计算着它多久能滚落到地面，发出回声。

当她回到车子里的时候，阿加莎头靠着车窗似乎已经睡着了。

米利把手伸向储物箱。

"你想都不要想。"阿加莎低声道。

然而米利并没有听她的。

"你在找什么？"

"乔的那包烟，他总是会在这里留下一包烟。"

"谁是乔？"

"这个也是说来话长。"米利回答道。

米利发动汽车，按下按钮，车顶嘎吱嘎吱地向后打开。

"您想在美丽的星星下入眠，喏，这里有一整片星空，供您专享。"她点燃了烟说道。

阿加莎将座椅的靠背调低，双手枕在脑后，观赏着眼前的景观。

"你无法想象，有多少个夜晚，我梦寐以求的就是能够看到这个。"

"多少？"

"一万零九百五十三个。"

米利对数字一向擅长，于是心算了一下。

"您这段时间都在哪里？"

"我们明天再说吧，现在闭上你的嘴，让我好好欣赏一下天空。"

5

天色渐亮,汤姆醒了过来。他看了看表,希望不会等得太久,因为他非常想要去喝上一杯咖啡。

临近八点,一辆出租车在梅尔伍德道上停下。海伦从屋里走出来上了车。

不久之后,车库的大门打开了。眼看马克斯开着一辆小轿车远去,汤姆忍不住笑了起来,对于自己非同一般的观察力深感自豪。

前一天夜里,当马克斯转身回家的时候,汤姆发现车库里的两个停车位中有一个空着。

这里是郊区,没有任何的公共汽车经过,最近的商场至少也在五公里之外。在这里居住,汽车是必需品。海伦的车也有可能是送去修了,但是汤姆不相信任何偶然的事情。

通过查询车牌号登记数据库,汤姆确定了马克斯·佩泽尔拥有两辆汽车。

汤姆本可以通过车上的无线电与总部联络,但为了遵循通常的办案程序,他拨通了值班警官的电话,请他发出搜查通告,并向他明确指出,不管用什么方法,必须截停这辆黑色的雪佛兰电动车,盘查车里面的乘客。

挂掉电话以后,他立即打开警方的无线电,监听着信息的发布情况。

不到两小时,一支巡逻队就找到了这辆黑色的雪佛兰,它被停放在76号高速公路下方的小路旁。汤姆马上动身前往那里。

在把车搜了一遍之后,汤姆没有找到任何有用的信息,这也在他的预料当中。他已经没有什么时间可以浪费了,他也不需要等待技术人员向他确定阿加莎是否曾经开过这一辆车。他现在就能感觉到她的存在,就好像她的幽灵还依然坐在驾驶座上一样。

如果告诉马克斯他们找到了他的黑色雪佛兰,而且警方正在检验车上的指纹,那他也许会开口说多一些,但是汤姆再也不相信他所说的话了。他扫了一眼周围,感到这件事情依然毫无进展,这让他感到不爽。

她为什么要到这里来? 附近就只有一个加油站和几家商店。他走访了每一家店,出示了阿加莎的照片,每次得到的回答都是"没见过"。无论是理发店、杂货铺、洗染店还是旧货铺,没有人对这个女人有任何印象,而加油站里的工作人员也给出了同样的答案。

汤姆试图搞明白,阿加莎为什么要放弃自己唯一的逃跑工具，而且她为什么要把车停在这样一个没有任何公共交通工具经过的地方。为了确保万无一失，他打电话给这个区域的电召出租车公司，请他们确认最近是否有任何女乘客在这个地点或附近的什么地方搭乘了出租车。然后，他走进了加油站，终于喝了之前一直没能喝上的咖啡，并趁机吃了一个玛芬蛋糕。在结账的时候，他发现在柜台的后面有三部录像监控器。其中一部能看到柜台附近的区域，另一部覆盖了超市的入口，而第三部则以广角监控着加油站周边地带，甚至能够看到远处停在路边的那辆雪佛兰汽车。

"这些摄像机有录像功能吗？"汤姆向店员出示了警徽，然后问道。

"有的，每次轮班的时候我们会更换卡带，卡带里的内容会保留二十四小时，然后就会被洗掉重新使用。去年我们曾经遇到过三次持械抢劫，所以保险公司要求我们必须装上监控设备。"

"我需要看一下这些录像带。"汤姆命令。

店员把他带到了一个锁着的小房间前面。

"这是为了防止那些持械抢劫者带走录像带。"店员表示对这个保护着他们安全的巧妙设置倍感骄傲。

他让汤姆坐在录像设备对面的椅子上，把卡带交给了他。

汤姆开始快进查看那个监控着室外的摄像头录下来的内容，并时刻留意着屏幕下方显示的时间。

当他看到画面中出现一个黑影把一辆黑色轿车从高速公路

出口一直推到了马路旁边的时候,他的心怦怦直跳。而当这个黑影走向加油站变得更加清晰时,汤姆的心跳得更加快了。但当她走到屋檐下面后,她的身影就从屏幕里消失了。

"这个女人。"汤姆问加油站的工作人员,"你还记得她吗?"

"说实话,这个看不太清楚,图像不够清晰。不过,通过警察局里的现代设备,您应该能够调高画面的清晰度,不是吗?"

汤姆把镜头重放了一次。

"可能还真见过!"工作人员惊呼,"我记得在我为客人服务的时候,就是她走过来请求我帮忙的。她的车子坏了,想让我给她的车充上电。我还以为她是来捣乱的,但又不是,她看起来再认真不过了。我跟您担保,总有些人想要让别人以为他们刚刚才从月球上下来。"

"你估计得不错。接着呢,她做了什么?"

"完全不清楚。"工作人员回答道,"我建议她打电话找维修员,她不愿意,然后就离开了。"

接下来播出的录像画面证实了这一点。可是,阿加莎为什么要待在车里面呢? 他寻思着。

他继续快进播放录像带,睁大双眼盯着。终于,两小时之后,他看到阿加莎从车里走了出来,重新回到加油站,走到屋檐下面的时候,又再次消失,然后就再也没有出现过了。

他从录像机里取出卡带,换上了超市里的监控录像带,然后把时间拖到了同一时刻，希望能够看到阿加莎走进店里面。

汤姆并不愿意承认的是，比起其他任何一切，他更希望能够认出她的身影，能够重温她的面容。

很可惜，画面里唯一出现的是一个比阿加莎年轻许多而且更高的女人。她手里拿着一罐可乐，付完钱给店员后就离开了。

"这是一位常客。她很有意思，每天晚上都会来，而且差不多都是在同一个时间。她通常都会给车子加上两加仑的油，给自己买一罐可乐润润嗓子，然后跟我们道别离开。"

"她是一个人走的吗？"

"我说，当警察的是您可不是我。我跟她打招呼的时候看见她是一个人，但再往后就没有留意了。"

汤姆按下了录像机的播放键。他把这个片段反复看了三遍，然后又换回监控店外面的那一盘卡带，反复研究其中的画面。从这个年轻女人走出店外直至她的车子重新上路，时间过去了七分钟。这个司机有可能打了个电话，或者对着后视镜化了个妆，也有可能两种情况同时存在。但汤姆想，这至少说明，有什么其他的事情发生了。

这辆车的车牌号码看不太清楚，但是鉴于它的车型非常罕见，汤姆希望能很快找到车主。

"她付钱的时候用了信用卡吗？"汤姆问道。

"就为了两加仑汽油和一罐可乐吗？付的是现金，"店员觉得这个问题有点好笑，"而且从来不给小费，她总是自己亲自加油。"

汤姆把录像带还给店员，然后离开了。

在宾夕法尼亚州车辆管理局的档案里找不到任何关于红色奥兹莫比尔车的记录。而要想将搜查范围扩大到其他州并不容易，这必须求助于法警局。汤姆还是不愿冒这个险。根据监控录像最后显示的画面，这辆车朝着76号高速公路开去。

当米利睁开眼的时候，阿加莎正盯着她看。她慢慢地伸了伸懒腰，打着哈欠。

"您观察了我很久吗？"

"你睡觉的时候看起来是那么的安静平和。"

"这真奇怪，因为我梦到自己被一个陌生人劫持了呢。"米利快速而有力地回应。

"我并没有劫持你，我只是请你帮忙。"

"用枪指着我的头来请求帮忙？随便您怎么说吧。"

"难道你还会接受请求帮我这个忙吗？"

"想要知道的话，先要开口问啊。如果说现在我不想继续往前开了，如果说我勉强做一回老好人把你送到最近的火车站，怎么样呢？车站里并没有安检门，您完全可以带上您那把玩意儿去上车。"

"如果说我先带你去吃一顿丰盛的早餐，然后我们再决定我们共同的未来，又如何呢？"

米利没有做出任何回答，只是发动了汽车。

老旧的铁路桥很快就被抛在了身后。

"30号公路永远也没有办法像66号公路那样繁华,这其实不太公平,因为30号才是第一条穿越了整个国家的公路。"阿加莎介绍着,试图打破两人之间的沉默。

一辆马车迎面奔来。

"我们到达阿米什的地界了。"阿加莎继续说道。

米利一直保持着沉默。她们穿过了一个小村庄,米利感觉自己似乎穿越时光回到了三百年前。在田地里,一个农民正驾着牲口在耕田,在那些房屋的旁边没有任何电力的标志,屋顶上也没有架设天线。挂在晾衣绳上的衣服犹如这里的景色一般暗淡无光,村民们的穿着打扮让人忍不住想全村的人是不是都在服丧。

"在现在这个时代,怎么还会有人过着这样的生活?"

"拒绝被周围的世界同化,这是他们的第一原则。我曾经也感同身受,当然不是以这种方式。在我二十岁的时候,我认同的理念跟他们也差不太远。对于阿米什人来说,每个人都是自给自足,他们的生活方式很简单,不过他们摒弃任何不公正的行为。这群人既严肃刻苦,又慷慨宽厚。"

"也许吧,不过要是周末晚上去他们家里就不会太有趣了吧。"

"你怎么知道?"阿加莎反驳道,"他们邀请过你去吃饭吗?"

马车疾驰而过,米利继续加速。下一个转弯把她又拉回到了自己所处的时代。在贩卖阿米什手工艺品的摊位旁边有一些现代的店铺和一连串的餐馆。阿加莎让米利开进了一个Diner餐馆①的停车场。

餐馆里挤满了人，生机勃勃。在粉红色围裙上绣着自己名字"可莎·林登"的女服务员引领着她们来到了唯一一个空着的卡座上。

阿加莎没有看菜单，直接为两人点了炒鸡蛋配土豆饼和烤面包。米利只能够选择喝咖啡或者是茶了。米利点了咖啡，然后戏谑地看着坐在柜台边的男人们。

"我敢肯定这些家伙当中一定会有人很乐意把您送到火车站的，而且谁知道呢，也许还有人会有充足的时间愿意一直把您送去旧金山。"

阿加莎把手搭在米利的手背上，直勾勾地看着她的双眼。

"告诉我，你跟我在一起是否感到无聊，哪怕只是一瞬间？你又是否曾经开着你的靓车经过这么令人惊奇的村庄，来到现在这个样子的地方？"

"几年前，我曾经从圣菲开到了费城。"

"走的是高速公路吧！"

米利低下了头。

---

① Diner是美国东北部地区典型的小餐馆，通常以车厢或汽车为造型，二十四小时营业。在第二次世界大战之后，这种造型成为家庭式餐馆的最爱。这些车型小餐馆因常常出现在二十世纪五六十年代的电影里而出名。

"你以前有没有试过想要去做某件很重要的事情？为此，你费尽气力，全情投入，不得不割舍你最重要的东西。而这一趟旅程就是我生命的终极意义。多少年来我每个夜晚都在梦想着它能实现。我建议你跟我一起去完成，我可以让你认识那些你从未有机会认识的人，那些可能会改变你命运的人。你相信过命运吗？"

这句话直击要害。命运这玩意儿，米利已经守候了太久太久，以至于都开始怀疑它是否真的存在了。听到阿加莎刚刚说出的这一番话，她仿佛感到有一阵自由的清风在她耳边拂过。

"有来有往。"她说道，"您得先告诉我事情的真相。为什么要带着这把枪？为什么这一趟旅程对您来说如此重要？然后，我再做我的决定。"

"彼此彼此。"阿加莎反驳说，"你先做出决定，我再告诉你真相。"

米利打量着阿加莎，点了点头表示同意。

"等我们重新上路之后，我就立马告诉你。"当服务员端上早餐的时候，她接着说道。

"你们是来参观阿米什人之家的吗？"可莎一边将盘子摆上桌一边问。

"是的。"米利简洁地回答。

可莎染着橘红色的头发，妆容也同样鲜明。

"最早一批来到宾夕法尼亚州的阿米什人就在我们这里安了家，大部分都是来自十八世纪的阿尔萨斯，所以他们之间都讲德语。而且，由于他们人数众多，连我们也学会了，否则，大家就无法交流了嘛。"

她看了一眼正在柜台后面忙碌的丈夫，眼中满是狂热的爱意。她讲起来，两人第一次接吻还是在上学的时候。双方的父母都是农民，在他们还年轻的时候，当夜幕降临之际，他们常常会走上四英里的路就只为了见上一面。经过多年不断的辛苦工作，他们终于存下足够的钱买了这家餐馆。不过，他们还要用二十年的时间才能还清贷款。这家"林登"餐厅就是他们的全部，是他们的命根子。

"很好吃。"阿加莎评价着，嘴里塞满了食物。

"你们从哪儿来？"

"从费城过来的。"米利回答。

"外面那辆车是您的吗？"可莎看了一眼阿加莎问道。

"是我的。"米利纠正了她。

"您应该凭着那辆车搞定了很多小伙子吧？那辆车可真是引人注目啊。"

可莎放下账单，然后就离开去跟其他的顾客闲聊起来。

米利擦了擦嘴，把餐巾扔到桌子上，随即站了起来。

"您慢慢吃。我去买份报纸，然后在我那辆臭婊子的车里等您吧。"她气冲冲地往外走去。

阿加莎把账结了。她最不希望的就是米利在报纸的头版头条看到她的身份信息。

她急忙冲了出去，正好看见米利走进了隔壁的百货商店里。

阿加莎追上了她,向她靠近。

"生气了?"她一边打量着一条手链,一边面无表情地问道。

"您也看到了,刚才那个蠢女人是怎么说我的。"

"你也太敏感了!我不认为她说那些话的时候带有恶意。我甚至觉得,对她而言,这是一种恭维。"

"恭维?也就是说,我靠着我的靓车吸引了弗兰克,比起我来,他对这辆车更加着迷?"米利模仿着女服务员的嗓音说道。

"这到底是她在问还是你在问?我可以肯定的是,他至少不会是因为你的穿衣风格而拜倒在你裙下的吧。"

"这是什么意思?您想想清楚再回答,我们离加州还远着呢。"

"就穿着这么破旧的牛仔裤和松松垮垮的套衫,你完全没有花心思来打扮自己嘛。"

"好吧,至少这样子我倒是跟我的车子形成了反差!"

米利放弃了买报纸的念头,转身准备离开。她走到收银台,拿了两条巧克力、一包薯片,结账后离开了商店。

阿加莎不由得露出了笑容。她跟着走回到车子旁边,米利已经发动了引擎。

"往葛底斯堡方向走。"她一边说一边打开了收音机,然而米利马上就把它关掉了。

"我洗耳恭听!"米利说完开车上了路。

阿加莎叹了叹气。

"你想我从哪里开始讲起？"

"从头说，我们有的是时间。"

"三十年前，我离开了这个国家，以后就再也没回来过。"

"所以说您一直没有更新过您的驾驶执照？"

"是的。"

"那您生活在世界的哪一个角落？"

"在一个与世隔绝的小岛上。"

"在哪一片海域？"

"你打算每分钟都要打断我一次吗？请你看着前面的路！"

米利超过了一辆马车，上面坐着一个年轻的阿米什人。她挥手示意，对方也抬了抬帽子微笑回应。

"真是个帅小伙子！"阿加莎吹了一下口哨说。

"请您继续！为什么您要去到那么远的地方？"

"我以为自己能够成功地忘掉这一切。这些年以来，我还以为自己做到了，但其实我只是自欺欺人。当你割断缆绳，告别了自己的过去，你忘掉的只是你自己而已。那你呢，你会经常回圣菲吗？"

"不。"米利语气坚定，"就回去过一次，为了参加我妈妈的葬礼。"

"为什么呢？"

"那里有太多的回忆，并不全都是美好的部分。"

"你的童年过得不幸福吗？"

"可以说过得挺开心,至于幸不幸福我也不知道。我曾经梦想着过另一种生活:出生在一个大城市,知道我的父亲是谁,身边都围着有教养的人。我喜欢上学,讨厌放假。夏天对我来说就意味着烦恼。我知道,您可能会觉得我疯了。还有呢,我告诉您,当我还是小女孩的时候,一直梦想着嫁给一位老师……"

"……医生呢?"

"不行。"米利笑着说,"我见不得流血。而且当我还跟妈妈在一起的时候,我已经受够了疾病。"

"你妈妈是病死的吗?"

"她死于一场事故,不过她有抑郁症,一直不太正常。要不是花了一大笔钱让她去看那些心理辅导师并且接受缓和性的治疗,我都可以去上哈佛了!我当时疯狂地爱上了我的英文老师。理查德先生是我见过的最有耐心的人。当时我十岁,他四十岁。由于我们之间有一道巨大的鸿沟,我发誓以后一定要嫁一个跟他一样的人。"

"弗兰克是老师吗?"

"他是律师。"

"哦!"阿加莎感叹了一句。

"曼德拉和甘地也是律师。"

"我并没有任何偏见,我也认识一个非常棒的律师。"

"怎么认识的?"米利问她。

"有一天你会见到他的。"阿加莎含糊地说道,"对了,我都忘了我们说到哪儿了。"

"说回您那片未知海洋里的孤岛吧,是谁让您下定决心回来的?"

"我的朋友们,我们这就要去见他们。"

阿加莎放下遮光板,从镜子里审视着自己。

"刚才我还教训你来着,不过现在我也该接受同样的教训了。你知道我想在哪里停一下吗?药妆店。我想去买一点化妆品,我已经很久都没有化过妆了。除了前一天晚上,不过那也只是擦了点腮红而已。"

"是因为我们马上就要去到您的某一个朋友家了吗?所以,您才想要让自己重新变得美丽起来?"

"不,还没到。不过我们不应该只是为了他人而收拾打扮啊。"

"如果您住的小岛上没有化妆品的话,我倒是能活下去。我从来都不化妆。"

"你应该试一试。"

"弗兰克就爱我原本的模样。"

"再等上几年你就会明白了……"

阿加莎说到一半突然停了下来,她直勾勾地盯着路边高处悬挂着的一个大广告牌,嘴巴张得老大。广告牌上是附近的一个圣诞中心,这是一种专门卖圣诞节相关物品的旧货商店。

"您这是看到天神了吗?"米利问道。

"我要去这里。"阿加莎声音颤抖地喘息着说。

"现在是三月,九个月之后才是圣诞节!"

"今年的圣诞节确实是没到,可是我错过的那三十年圣诞节呢?"

阿加莎的表情在一瞬间发生了变化。此刻,米利从身边这位女"乘客"的身上似乎看到了她当年小姑娘时期的一点影子。她的举止动作变得那么温柔,这让米利感到有些错愕。

无须言语,米利似乎也能够明白她想说些什么。由于某种米利所不清楚的原因,眼前这个女人放弃了自己生活中原本不容错过的一些东西。

至于圣诞节,米利也有好多年没有过了,这倒不是因为她的母亲忘记了这个节日。坦白来说,那些年家里穷得一贫如洗,她也就只能假模假式地瞎折腾一下,然后告诉自己,圣诞节的夜晚跟其他的夜晚也没有什么不同。"明年吧,我们明年一定好好庆祝一下,我到时会送礼物给你的。"她的母亲对她这样说。

米利的目光在道路和阿加莎的脸上来回扫视,她想起了母亲,想起了她那张写满了才华和无畏的脸。

圣诞节的晚上,既没有家人的陪伴也没有绑着缎带的礼盒,米利总是将母亲揽入怀中,向她保证,只要有这样一个妈妈,她就已经很知足了。而她的母亲则回答说女儿就是她的全部,不管这寒冬如何,最重要的是她们一起度过。可是实际上,米利唯一想要的圣诞礼物就是来自父亲的爱。

米利开启转向灯,改变了行驶方向,奔往那个昔日的诺言,决定去"找回"那一个个失去的圣诞。阿加莎看起来兴高采烈。

沿着装饰有花环的栅栏，一路上是堆满了大量旧玩具的桌子、柜子和货架。有各色的彩球、小雪人、二手的圣诞老人公仔、穿着红色制服戴着黑色礼帽的木骑兵、旧鼓和芦笛，还有十几个一堆的玩偶。米利在一个游乐园模型前停了下来。一辆小火车正沿着环形轨道向上攀爬，到了顶点之后，它开始转而径直往下俯冲，然后在一个迷你的小站台前停了下来。在那里，有四个铅制的小人正等着上车。而在轨道的下面有一个小吊钩紧紧钩住小火车，伴随着有节奏的"哐当哐当"声，小火车再次被拉了上去。

当米利沉迷于这座自动装置的时候，阿加莎走近了一辆金属制成的五十年代小汽车模型。车身有些凹凸不平，某些地方的车漆也已剥落。这个小玩意儿看起来并不漂亮，却散发出快乐的味道，属于那种能让你一看就露出笑容的小玩具。

她拿起玩具往收银台走去，在半路上把它塞进了口袋里。然后，她又在一个旋转木马模型前停了下来，把上面的钥匙扭了一圈，看着里面的小木马们动了起来。

"在我小的时候，我曾经有过一个这样的玩具，我居然还记得，真是不可思议。"她惊讶地对米利说着。米利手里拿着一个盒子正走过来，阿加莎问："你买了什么？"

"一个特别漂亮的模型，狄更斯[①]办公桌的复制品。"

[①] 十九世纪英国批判现实主义小说家。

"你小的时候有很多玩具吗?"阿加莎问道,继续欣赏着眼前的旋转木马。

"我是家里唯一的孩子,"米利回答道,"我妈妈只有我一个可宠了。"

"这是买给你自己的礼物吗?"

"不,是买给乔的,我一直不知道圣诞节该送他些什么。他会很开心的。归根结底,来这里转一圈是个不错的主意。"

"我也这么想,我很开心。"阿加莎感叹道,"我可以在这里待上好几个小时,不过我们还得继续赶路。"

她们俩一同走出了货仓,径直来到了车旁。米利把模型放进了后备厢,然后坐进了驾驶室。阿加莎关好车门,打开了车窗。

"谁是乔?"当车子上路后,阿加莎问道。

"我最好的朋友。"

6

汤姆全速向前飞奔着。一小时前,他终于打破了自己碍于礼貌而遵循的规矩,直接通过车上的无线电发出通告,祈求能有巡逻队发现一辆1950年的奥兹莫比尔出现在本地区。一位对古董车疯狂着迷的警官在30号公路往约克市方向的出口处发现了一辆。

如果运气够好的话,阿加莎说不定就坐在里面。

车子行驶在灌木丛围绕的小路上,汤姆抑制不住心中想往北开的强烈冲动。他想忘记曾经许下的不跨过州界的诺言,想立即回到自己的家中。这个时间是他一天之中最为享受的时刻。他通常会坐在院子里,看着辽阔的原野掩映在绵亘寂静的群山之中。

"妈的,"他低声抱怨道,"你应该不止这点出息吧!必须得跟她说上话,就算她拒绝原谅你。至少要有勇气直视她的眼睛!你跑这么一趟不就是为了这个吗?"

局里警官打来的电话把他拉回到了现实中。那辆电动车在重新充上电之后,给出了一条重要的信息。GPS里输入的最后一组数据指向的确切方位就是车子被发现的那个地点。

这条线索让汤姆陷入了沉思之中。为什么阿加莎要跑到这个加油站周围晃悠？他甚至开始怀疑阿加莎在靠近摄像头时是不是有意地抬起了头。随后他又放弃了这个推断，因为这实在没有任何意义。

到达约克时，他要去盘问附近的商户、咨询当地的警局，总之要尽力找到与阿加莎相关联的证据。汤姆看了看表，估计自己能在一小时后到达目的地。

"我今晚想睡在床上，而且想一个人睡。"米利宣称。

"至于我嘛，我想泡个澡，然后找个好的'炮友'。刚才那个圣诞中心里的收银员，我是不是应该更主动一点？他虽然算不上是什么'当红炸子鸡'，但也挺有味道和吸引力的。"

"您这是在开玩笑吧？"

"我的样子像是在开玩笑吗？"阿加莎回答道。

道旁的一块路牌指示着还有二十五英里就到葛底斯堡了。

"对您的故事我还是一无所知呢。既不知道您为什么要离开，也不知道您为什么又回来了。至少，您不是因为您的朋友们才跑到那么远的地方去生活吧？还有就是，为什么要搞得这么神秘？那个小岛到底是在哪里？您是为了逃避某些事情才去那里的吗？"

"不是某些事，是某个人。在二十岁的时候，爱情会让你变得不可理喻，做出一些荒谬的事情。"

"五十岁的时候就不会了吗？"

阿加莎由衷地笑了起来。

"我很希望我会，只不过我才刚刚回来两天，给我一点时间吧。"

"这个爱人是谁？"

"是个罕见的美男子。嗯，我用词可能不太准确，应该说他是风度翩翩，举手投足都散发出优雅的味道。他的身上既充满了男子气概，又一点都不大男子主义。而那些大男子主义的男人恰恰是因为对自己的阳刚之气缺乏自信，所以才会去玩什么器械，做什么运动。相反，他的举止神态总是那么浑然天成，完全没有必要故作姿态。"

"他是您的未婚夫吗？"

"有时候，听到你讲话使用的一些词语，我甚至会开始怀疑我们俩之间到底谁是三十岁，谁是五十岁。当年，我曾经疯狂地迷恋他，而且我以为他对我也是一样。"

"难道不是这样吗？"

"实际上，我从来都没有搞清楚过，事情有些复杂。"

"他是做什么的？"

"跟当时我们所有人一样，是名学生。"

"学什么的？"

"说真的，我也不知道。我们是在参加一次示威游行的时候认识的，当时我们聊的都是其他话题，没有谈到自己的学生生涯。"

"你们是为了什么参加游行示威?"

"为了呼吁停止越南战争,为了请求政府结束那场屠杀,为了宣扬一个以人性和社会公义为主导的新世界。可惜的是,我们的反抗最后变成了不切实际的乌托邦。在那个时候,我还很年轻,而且是太年轻了,所以才会在上述这些所谓的理想的影响力已经开始下降的时候,才加入到这场运动中去。不过,我们当时的一些理念还是很棒的。我们凌驾于法律之上,无拘无束,惬意而快乐。"阿加莎回忆着,目光变得有些迷离,"这是我们曾经的格言。我们当时属于一个叫 SDS 的组织①,加入这个组织的年轻人有好几千呢,大家都坚信一场革命迫在眉睫。"

"您是嬉皮士?"米利问道,语气中有些嘲讽。

"确切地说,是披头族,因为我们自称'垮掉的一代'。文学和爵士是我们生活的重心,还有性和毒品,所有这些乱七八糟的东西充斥着我们的生活。不过,你显然应该完全不了解那个时代。"

"乔要是知道我跟像您这样的人待在一起,他一定会忌妒得疯掉的。"米利脱口而出,突然变得激动起来。

"为什么呢?"阿加莎饶有兴致地问。

"'我看见这一代最杰出的头脑毁于疯狂,挨着饿歇斯底里浑身赤裸,拖着自己走过黎明时分的黑人街巷寻找狠命

---

① 原注:学生争取民主社会组织。

的一剂……'"米利满怀激情地大声诵读起来,"《嚎叫》是他最喜欢的诗歌,他给我读过几十遍了。金斯伯格、凯鲁亚克都是他的男神,他可以给您背出《在路上》或者巴勒斯的《赤裸的午餐》。"

"我都不知道如今竟然还有人会崇拜他们。既然现在还有年轻人不满足于按部就班的生活,那我也就心安了。我很喜欢他,这个乔。"

米利默默地承受了阿加莎的嘲讽。

"谁能够想象得到,一篇诗歌竟然会成为燎遍整个美国的星星之火?"阿加莎继续说,"谁又会知道,这篇诗歌的内容具有如此摧枯拉朽的能量?那一个个被禁的诗句打破了陈规旧俗的枷锁,解救了多少被禁锢其中的灵魂。他的嘶吼和呐喊以这样或那样的方式直击我们所有人的内心。没过多久,在旧金山发生了这样一起案件。你能够想象吗?在1957年,未成年人专案组的两名便衣警察走进一家书店,买了一本《嚎叫》,然后以贩卖淫秽书籍为理由逮捕了书店的老板费林盖蒂。在如今这个时代,这样的事情简直不可思议,至少在这里是这样的,然而,事情就发生在那个年代!这个案件引发了全国的关注,舆论分成两大阵营。辩护方云集了一批最出众的文学评论家,而检控方则得到了最狂热的清教徒们的拥护。这些蠢货甚至详细分析了那些诗句里包含的'粗口'。真的是太可笑了,在法院审案的历史上,还从来没有在审判席上听到过这么多次的'?'呢。幸运的是,法官最终认为这篇诗歌具有很重要的社会意义，于是驳回了上诉。检察官们和那些道德卫士终于被打倒了。金斯伯格由此成为万众瞩目的明星，并且把'垮掉的一代'变成了反正统文化的必然标志。你妈妈难道就从来没有向你提起过那个时代吗？那也是她自己年轻时亲身经历过的啊。"

"提过，她说'垮掉的一代'并不存在，那只不过是一群小孩子以及渴望自己作品被出版的天真作家们组成的那么一帮人。"

"每个人都有自己不同的观点。"阿加莎生硬地反驳道，"对我来说，这篇诗歌决定了我的人生。如果没有看过它的话，我肯定会过上完全不同的生活。"

"它怎么改变了您的一生？"

"当时我家并不富裕，没有足够的钱支持我去完成学业。不过，我还是应该可以成为一个秘书，或者也有可能当上图书馆的档案管理员，我非常喜欢读书。"

"那您当时都干了些什么呢？"

阿加莎透过车窗玻璃看着外面，深深地吸了一口气。

"我旅行去了。"她喃喃低语。

接下来一直到葛底斯堡，她再也没有开口说过话，只是望着这辆奥兹莫比尔驶过的柏油马路，目光游离。

"那毒品呢？您试过吗？"

"我试过很多不被主流社会提倡的玩意儿，不过我很庆幸自己还比较踏实而没有迷失，我不喜欢那种被什么东西控制的感觉。当时，我身边有许多朋友外出巡游之后就再也没回来，于是，我也很快停下了自己的脚步。至于性爱嘛，我也许倒是应该更尽情地去享受。而毒品的肮脏与龌龊最终却令我们创建新世界的诺言，以及这场世界学生运动史上最美丽的革命，全都化作了泡影。"

"您的朋友们也都参与了吗？"

"嗯，现在只剩下十来个了。"

"其他人怎么啦？"

"大部分人死于LSD（致幻剂）、酒精和贫困，还有一些是被人杀死的。"

"被什么人杀死的？"

"那些按政府指令行事的警察和联邦探员。"

"可是为什么呢？"米利问道，对此表示怀疑。

"因为我们让他们吓破了胆。当时有百分之四十的学生都认为一场革命迫在眉睫，刻不容缓。我们组建起了工人社团、妇女社团，还壮大了同性恋团体。最糟糕的是，我们不断地抨击由既得利益领导阶层支配的社会秩序，这对他们来说是不可容忍的挑衅。等我们到达葛底斯堡的时候，我们就会穿过历史上有名的战场。在那里，当年有一场战役决定了美国内战的最终命运。而到了二十世纪六十年代末及七十年代初，这个国家又险些面临一次内战，当时的镇压行动真的是非常血腥。"

"信奉和平主义的学生们就这样被杀害了吗？"

"有十来个人吧，不过，学生们也并不全都是和平主义者，其中有一些人手拿武器投入了战斗。当时，街头的巷战、破坏行动以及炸弹袭击事件层出不穷，算起来差不多也有上百个人因此而身亡了吧。"

"您也参与过这些行动吗？"

"其中一些吧。"阿加莎叹了口气。

"您的双手也沾满了鲜血？"

"没有，不过我的脸上倒是挂过彩，当时我们挨了好几下警棍。"

阿加莎靠近米利，拨开两缕头发，向她展示了自己头上一道长长的疤痕，脸上带着难以掩饰的骄傲之情。

车子偏离了道路，轮胎差点骑上路肩，米利迅速抓紧方向盘，重新调整好方向。

"我跟你说了要往前看！"阿加莎大叫了起来，粗暴得有些超出常理，"哦，我想起来了，我是在校园里认识他的。他总是喜欢捧着他那台S8摄像机在校园里漫步，这里拍拍那里拍拍。他学的是新闻，曾经想以此为职业，也有可能是学的电影吧，我也记不太清了。"

"你们之间这段感情持续了很久吗？"米利问道。

"往黑格斯敦方向走，我们应该很快就能进入弗吉尼亚州了。"

阿加莎说话之间流露出的神情让米利感觉很是诧异，就好像穿越州界让她终于松了口气似的。

"我们有两年的时间都是同伙。"她补充道，"你妈妈也许说得没有错，我们太天真了，而我从来也没有停止过想他。"

"同伙？您指的是什么？"

这个看起来微不足道的问题打开了阿加莎脑海深处尘封的大门，那些曾经被埋葬的回忆一下子被重新唤醒，这种感觉就好像是在睡醒了之后又要去重温一度忘掉的噩梦那样。

在一片催泪弹产生的烟雾中，警棍不停地在学生们的身上落下，她似乎听到了他们的惨叫声。朋友们挂满热泪的脸庞——重现在她的眼前。一月、二月以及三月那些个清晨的画面在她的脑海里浮现：送葬队伍行进在皑皑白雪之中，在人们的脚下，白色的雪逐渐变黑。还有家人们那空洞的眼神，他们早已被悲伤和罪恶感压垮，无法说清楚他们的孩子投入这一场战斗到底有什么意义，也无法理解他们持有的不同想法，甚至因此忘记了要对凶手表达愤怒。

她的一些朋友此后再也没有见过自己的家人，甚至在十年之间都没有给他们打过一通电话，而她也同样再也没有见过自己的母亲。她和她的同伴后来成了不见天日的非法人员。而亲朋好友们则从此生活在这群不羁少年留下的阴影当中，独自面对他们身后悬而未决的问题。在这个拥有各种自由的国度，为什么还有人要选择过这种暗无天日的生活？

"因为这些所谓的自由只不过是他们那一代人搭起的高墙下的囚徒。"阿加莎开始默默诵念，双唇发颤，"在这些高墙下面，少数族群享有的权利十分有限，监狱里关满了濒临崩溃的有色人种，而高校里只会培养出符合工业社会需求的模范学生，结果社会上到处都是这些容易受控制的年轻人，他们很容易感到满足。我们的父母没有勇气去质疑这个社会,没有勇气去跟性别歧视和反同性恋的观念做斗争。他们在自己搭建的那个理想社会里裹足不前,而这个所谓的理想社会其实只不过是舒适的郊外住宅、豪华的大轿车以及一些平淡无奇的电视节目。清晨,母亲们吞下几片安定药片,目送裹着一身灰色西服的丈夫离开家门,而晚上,父亲们一回到家就沉湎于装满威士忌的酒杯当中。"

"阿加莎?"米利有些不安地打断了她,"您在讲什么啊?"

阿加莎摇了摇头,努力让自己的神情恢复正常。

"他不同。"阿加莎低声细语。

"跟谁不同?"

"跟所有其他的人都不同,不过,当人们坠入爱河的时候都会这么想。我猜你也一样吧,你也觉得弗兰克与众不同,不是吗?"

"嗯。"米利回答道。

"他有什么不同?"阿加莎问,语气沉静。

"他能带给人安全感,内心很温柔体贴……"

"我真想使劲地摇醒你,让你从这该死的按部就班的生活中走出来。不能因为一个人温柔体贴就和他共度余生,那个能够跟你相伴终老的人必须让你感到震撼,让你开怀大笑。他不仅要留得住你的人,更要能抓得住你的心。他会让你无时无刻不在想着他,即使他就在你的身边也是如此。他就算不讲话,跟你的沟通也一样畅通无阻。他爱你的优点,也爱你的缺点。

每个晚上入睡之前,当你因死亡而感到恐惧的时候,唯有想象他的眼神和他手心的温度才是你安抚心灵的唯一慰藉。这才是为什么你要跟这个人共度一生。如果他温柔体贴,那当然更好了,但也只是更好而已!"

"您的这番教导说得太棒了,非常精彩。不过呢,我的恋爱关系已经保持了三年,而您呢,您还是孑然一身。还是非常感谢,我会一字不差地遵循您的建议,如果等我到了您的这个年纪还能像您一样的话,我将会成为这个世界上最幸福的女人。"

这一次,轮到阿加莎默默地吞下对方的讽刺和嘲讽了。

车子进入了弗吉尼亚州的地界,顺着哈里森堡的方向继续前行。在接下来三十英里的行程中,两人都没有再说一句话。打破沉寂的只有收音机里传出的古典音乐。

路边闪过某家餐厅打出的一块广告牌,上面写着:"瑞恩家餐厅,一口价。想吃多少吃多少。打破纪录者免单。"

"我很怀疑,如果有人能做得到的话,他们是否真的能履行诺言。"阿加莎冷笑着说。

"敢去挑战一下吗?"米利面带讥笑。

"开启转向灯,我们这就去。让他们瞧一瞧我是不是浪得虚名!你觉得现在的纪录会是多少?"

"我们一会儿就知道了。"米利一边说一边把车开进了停车场。

一个半小时后，阿加莎凯旋。在全场惊愕的目光之中，她吞下了一盘三磅多的牛肉。米利在一旁充当了教练的角色，全程陪伴左右，一会儿用纸巾为她扇风，一会儿为她擦嘴，一会儿为她倒上少量的水帮助她顺利吞下食物。当看到她指导的"选手"一度脸色发青时，米利差一点就要宣布弃权了。可是，阿加莎看了她一眼，目光如炬。在经过短暂的调整之后，她又重新投入了战斗。米利开始寻求餐厅内其他人的帮助，邀请全场"观众"为这位勇气可嘉的挑战者打气。餐厅里的客人们都参与进来，声嘶力竭地呐喊着。每当阿加莎吞下一口东西的时候，大家都热烈地鼓掌，并要求店家给予她短暂休息的权利。而在阿加莎终于成功地咽下最后一口食物之后，大家把她从椅子上拉了起来，拖着她绕场一周，接受雷鸣般的欢呼和尖叫，而米利是其中叫得最卖力的那一个。

阿加莎被安排跟餐厅的老板合影留念，手里拿着她的战利品——一块印有该餐厅名字的镀金奖牌。然后，她又心安理得地喝下了帮助消化的餐后酒，这才向周围的"观众"挥手示意，在离开之前像一个明星一样完美地谢幕。

"我现在不是很确定等一会儿还能不能吃得下晚餐。"她步履蹒跚地走到了停车场。

米利帮助她坐到车里面，把奖牌塞进后备厢，然后自己也坐到了方向盘的前面。

"刚才玩得很开心，对吧？"

"是的。"米利回答道，"您简直疯狂到极点了，不过，我得承认我们确实玩得很尽兴。您这是在哪里学来的,能吃成这个样子?"

"我现在不在状态,没办法跟你对话,而且应该轮到我来提问题了。跟我说一说那个能背出《嚎叫》的乔吧。"

"他是我最好的朋友,这很容易判断,因为他是我唯一的朋友。"

"我倒不这么想。即便他是你唯一的朋友,但要想成为最好的朋友也不是那么容易的。"

"也许是吧……"

"那么,他有一些什么与众不同的地方呢?"

一层薄雾从谢南多厄河谷升起,在道路的两旁弥漫开来。米利专注地开着车。

"我也不知道。跟他在一起嘛,所有的一切都变得很矛盾。当他演奏或者读诗给我听的时候,我觉得自己变成了另外一个人,就好像停靠到了自己的港湾,感觉既平静安宁又生机勃勃,所有的一切既陌生又熟悉。当我们一起去看电影的时候,我们可以就某个画面的意义以及某个演员的角色讨论上好几个小时。我们从来无法达成共识,在看书方面也是如此。如果聊起政治来的话,那更是没完没了了。我感觉他就好像是我不曾有过的兄弟,他应该也有同样的感觉。两个真正孤独的灵魂就这么相遇了。"

"你确定你们俩之间只是兄弟姐妹一般的情谊?"

"当然确定!"米利大叫着,笑出声来。

"从来没有过一丝的暧昧和欲望?"

"从来没有!"

"好吧,如果你坚持这么说的话!瞧!"阿加莎用手指着一块标示牌,"卢雷岩洞,我一直都很想去看呢,我们去吧?"她央求道。

"我们如果老是这么停下来的话,永远也到不了目的地。"米利表示反对。

"最终,总是能够到达某个地方的。"阿加莎辩驳着。

她从口袋里掏出一张纸,假装在看,就好像手里拿着一份《旅游指南》。

"卢雷岩洞是美国东部最大的洞穴群,是全美最美景点之一。如果错过的话,会很遗憾的。据说,里面的回音非常厉害,说一句话就能听到十二次回声在岩壁之间回荡。很有趣吧?"

"好吧。"米利做出了让步,"不过,这是今天最后一次了,在这之后,我们必须找一家旅馆住下来。我累了,觉得浑身脏兮兮的。我的车也需要休息。"

"完全没问题。"阿加莎收起了手中的纸。

阿加莎在岩洞入口处买了两张票。游客可以选择自由参观,或者参加半小时一次、有导游解说的参观团。下一个团将在十分钟后出发,阿加莎决定等着参加。

米利趁机躲到了一边。她需要听到弗兰克的声音。

打他的手机还是进入了留言信箱。她尝试往他的办公室打电话,却被告知他正在跟一个很重要的客户开会。米利在前台留了言,保证当晚会再打给他。

阿加莎拼命对她挥手示意参观马上就要开始了。米利走向阿加莎,两人随着游客一起走进了洞穴。

导游穿着卡其色的裤子和破旧的衬衫,跟洞穴浑然一体,一把隐士般的长胡子遮住了半个前胸。他的皮肤皱巴巴的,就好像洞穴里面的岩壁一样。他用浓重的喉音引导着参观队伍向前行进,不时叮嘱大家抬起头来欣赏那些白色、红色、黄色和黑色的岩层。岩洞深达海平面以下八百九十英尺,他在介绍这个情况的时候,脸上的神情骄傲得就好像这一切都归功于他。一个巨型钟乳石形成的岩瀑从洞顶倾泻而下,粗壮的石笋拔地而起,就好像溅起的朵朵烟花。在空旷的中央地带,一根根石柱闪闪发光,景色十分壮观。然而,所有这些美景都无法打动米利,除了在某个岩洞中竖着的一排特殊的管风琴。当演奏者的琴槌敲下,高矮不一的钟乳石发出了类似于教堂钟声的回音。米利走近岩壁,将背紧贴在上面。奇怪的是,那些音符并没有传遍她的全身,而是在她的心底升起了一股莫名的忧伤。

十分钟后,导游指引着游客队伍往出口走去。

阿加莎走在队伍的最前头,目光一刻也没有离开过导游,全神贯注地听着他说的每一句话。

"我还想再待一会儿。"她小声对米利说,"如果你愿意的话,可以在外面等我。"

这正中米利下怀,她突然感觉迫切地想要呼吸新鲜空气。

她离开岩洞,往停车场的方向走去。

乔正在卡姆巴尔校园中心的咖啡馆里干着活,米利的来电点亮了他的一天。

"你在哪里?"他问,"我很担心你,我去过你的办公室,柏林顿太太跟我说你走了好几天了,因为你的妈妈过世了。"

米利的心跳骤然加快。

"你什么都没对她说吧? 但愿。"

"你当我是谁?"

"我不喜欢撒谎。"米利嘟囔着,"不过我得离开几天。"

"为什么你不告诉我呢?"乔抱怨说。

"因为这一切都不在我的意料之中。说起来很复杂,我以后再跟你解释。"

"你还好吗?"

"嗯,都挺好的,我很快就回来了,到时我们可以一下子连看两部电影,如果你愿意的话。你呢? 一切都还好吧?"

"我可没这个心情。"乔叹了口气,"我又收到了出版社的回信,他们不想刊登我的诗集。我可能会把这些全部都烧掉,然后就此放弃。"

"我不许你这么想,乔! 你写的诗很棒,不能因为某些傻子完全看不懂,你就开始怀疑自己。"

"那些傻子,就像你所说的,在这个问题上全都意见一致。"

"他们中大部分人的思想都是迟钝的,所以才会这样呢!"

"好吧。"乔表示,"你就别替我心烦了,我自己已经烦够了。你是一个人在外面吗?"

"不是，我开车送一个朋友，她想去加利福尼亚。"米利随口说道。

"你什么时候交了一个朋友？我认不认识？"

"是圣菲的一个老朋友，自从我离开之后就再也没见过她。"米利咬着双唇撒谎。

"一个你很久没见过的朋友突然出现，而你拔腿就走，甚至不惜对你的老板撒谎？你也太好心了吧？"

"别这么说，乔，我不喜欢这个词。我没有其他的选择，仅此而已。"

"你这个朋友发生了什么事，能让你为了她而穿越整个美国？"

"那是属于她自己的事情。"米利回答。

"随你的便吧，不管怎么说，这是你自己的事。不过，我不喜欢你现在说话的嗓音。"

"我的嗓音一点都没问题，我只是有点累了，我开了很久的车。"

"那你现在走到哪里了？"

"在弗吉尼亚州的某个地方。这里很美，你会喜欢的。刚才我们还停下来去参观了一个岩洞，里面还有人在一排石头管风琴上演奏，它的音色好奇特，让人难以置信。"

乔保持着沉默。

"他弹得差极了。"米利微笑着继续说。

"小心一点，随时保持联系，你能跟我保证吗？"

"我保证。"米利说完挂掉了电话。

太阳开始下山,当天的最后一个参观团在入口附近准备出发。米利思忖着阿加莎到底在干什么。

导游趁着休息时间靠在一处洼地歇脚。阿加莎朝他走了过去。

"你留着这把胡子,我差点认不出你来了。"阿加莎对他说。

"不好意思,您说什么?"导游问。

"布赖恩,是我,汉娜。"

导游睁大了双眼,就好像见鬼了一样,倒吸了一口气。

"汉娜? 你来这里干什么?"他的声音有点发抖。

"我经过这里,专门来跟你打个招呼。"

"我以为你……"

"蹲'号子'了? 你想得没错,我前天还在里面呢,刚出来。"

"他们终于给你自由了?"

"我是自己逃跑的。是时候了。"

"什么时候?"导游不安地问。

"是时候重现真相了。如果我要等你们其中一个来做这件事的话,我想我最后会死在监狱里的。如果真是这样的话,你们的一切问题就都迎刃而解了,不是吗?"

"别这么说,汉娜。其他人我不知道,至少我是无能为力。我已经东躲西藏了十年才敢重见天日。况且,'真相'这个词太重了。"他望着岩洞的顶部说,"这远比你想象的要复杂得多。"

"对我来说没有这么复杂,布赖恩。在这三十年里,你们当中没有一个人来看过我,除了马克斯。"

"他不需要冒任何风险,我们跟他可不一样。该死的,汉娜你看看我现在靠什么生活。我现在就像只鼹鼠一样,躲在地下熬完剩下的日子。"

"但是,到了晚上你可以出来,你可以呼吸着新鲜空气到处走走,你可以选择你想吃的东西,你可以睡在自己的床上。而我呢,所有的这一切都是我没有办法做到的。"

"我必须去带下一个参观团了,要不然会被警告的,我的休息时间很有限。"

"你的游客们可以再多等几分钟,而我已经等了三十年。"

"你到底想怎么样,汉娜?"

"找到露西,找回那本东西。马克斯跟我说她在这个地区住了下来,但是他没有露西的地址,也不知道她新的身份。别跟我说你们再也没有见过面!"

"那你是怎么找到我的?也是马克斯告诉你的?"

阿加莎点了点头。

"我们全都换了新的身份,实在是没有其他办法了。马克斯就厉害了,他是我们当中唯一一个顺利脱身的人,把自己洗得像雪一样白。据我所知,他也没有把你从监狱里面弄出来吧?"

"是没有,但他至少来探望过我,给我寄过东西,还告诉我很多消息,关于你们的消息。"

"马克斯还是那么喜欢多管闲事，那么喜欢摆布人。"

"我来这里既不是为了批判他也不是想要替他辩护，我只想跟你打听点消息。你应该不希望我在这个岩洞里大讲你以前的'丰功伟绩'吧？这里的回音效果可是好得不得了。"

"别在这里干傻事，我还有个儿子，而且我离婚了，过得很不容易。你以为我在地下八百多英尺的地方装疯卖傻很有意思吗？"

布赖恩盯着阿加莎看了一阵子，然后垂下了双眼。

"露西·加贝尔现在叫作露西·怀斯，她和她丈夫开了一家B&B旅馆，就在罗阿诺克出口处。离这里不到一小时。旅馆就在11号公路旁边，你一定能看得到。"

"你瞧，也没这么困难嘛。你呢？你现在叫什么？"

"罗纳德。"

"真难听，不过很适合你。"

"别告诉露西是我给了你她的地址。"

"即使你留了这么长的胡子，还是没有一点改变。你还是以前那个男孩，既可悲又可怜。放心吧，我什么都不会说，我不是个喜欢告密的人。就是因为这样，我才忍耐了三十年。"

"跟我们一点关系都没有，你之所以浪费了这三十年是因为……"

"闭嘴，布赖恩，否则我要改变主意，开始大声嚷嚷了。"

阿加莎准备离开，导游一把抓住了她的胳膊。

"不要去唤醒过去的恶魔，好好享受你现在的自由，千万别毁了我们每个人各自努力维持的生活。"

阿加莎深深地看了导游一眼，随即甩开他的手，头也不回地离开了岩洞。

米利正靠在车边等着她。

"您是在逐个数有多少钟乳石吗？我还以为您再也不回来了呢。"

"嗯，我不是出来了吗？"阿加莎生硬地回答着，然后坐上了车。

"怎么了，有事？"米利问。

"没有，我们俩都累了，去找个地方休息吧。"

"我们总算达成共识了。只要一看到有旅馆就停下来，就这么说定了。"

"不，往11号公路开，一小时后我们就会到达目的地了。"

"是去您的朋友那里吗？"

"是的。"

"他们知道我们要去吗？您可是答应过我让我好好睡一觉的。今晚我可不要睡在汽车的后座或者沙发上面。"

"别担心，他们开了家小旅馆，我们可以各自住一个房间。"

还没等她说完，米利就发动了车子。

汤姆马不停蹄地穿过了约克。不久前，高速公路巡逻队的摩托骑警发现了一辆奥兹莫比尔，当时这辆车正在进入弗吉尼亚州。这搞得汤姆很是头疼，他开的车是不能跨过州界的。汤姆把车停在路边,打开车上的电脑搜索了一番。最近的法警局分局在钱伯斯堡。他把藏在风挡玻璃后的警用闪灯打开,然后加速疾驰而去。

来到法警局之后,汤姆出示了自己的警徽和授权书,向值班警察申请借车。然后,他马上又打电话告知费城警察局在哪里可以取回他们的车。

"我有条线索要向您汇报。"那个警员在电话里说,"您之前查问过的那个加油站雇员跟我们联系了。有一个年轻人今天早上到加油站给自己的摩托车加满了油。他一下子想起来,曾经看到过这个年轻人跟那辆奥兹莫比尔的车主走在一起。"

"过了这么久,你现在才来告诉我?"

"我今天可不只是您这一起案子要处理,如果您能让我继续把话说完的话,我还打算告诉您这个年轻人是用信用卡支付的油费呢。我们查到了他的身份和地址。您要我派一队人去抓他吗?"

"不,这么做会吓到他的。在案件有新的进展之前,他暂时还没有什么可以指责的地方。"

汤姆陷入沉思之中,他想了想这个名叫乔纳森·马龙的年轻人,决定还是放在一边。反正,他现在也没有时间再半路折返去专程拜访这个家伙了。

"你这里有能联系上他的电话吗?"

"我有他的手机号码,您现在可以记下来吗?"

汤姆从旁边的桌上抓起一支笔,记下了电话号码,而坐在桌子前面的值班警察正在为他填写借车申请表。

"总该谢一下吧。"电话里的警员嘟囔着挂断了电话。

汤姆从乔纳森·马龙那里得知了奥兹莫比尔车主的身份，从而查到了这辆车的车牌号。然而，他是一个天生的猎手，他知道要想捉住猎物，就不能跟在后面追，而必须跑在前面，要猜到它将会经过哪些地方。

汤姆想得越深，越觉得若要抓住逃亡中的阿加莎，就必须搞清楚她为什么要这么做。

他打开自己的旅行包，拿出那份克莱顿法官帮他搞到的名单，给他的法警同事们看，希望得到他们的帮助。警员们一起抽丝剥茧，从联邦档案中找出了名单上那十个人的住址。其中有两个人已从人间蒸发，杳无音信，另外还有七个人的地址记录在案。汤姆曾经去费城的郊区见过列在名单最后的那个人，却一无所获。

汤姆请同事们帮他找一份美国地图，一位警员从隔壁办公室拿来了一份。

他在这些阿加莎的老朋友登记的住所位置上逐一打上了叉，然后又划掉了其中三个，因为这三个地址靠近加拿大边界，与目前追踪到的那辆奥兹莫比尔的行驶方向完全相反。

名单上的第一个目标人物在谢南多厄河谷一个偏僻的小村庄里安了家，第二个住在田纳西州纳什维尔的郊区。当汤姆把画叉的地点连成线时，发现这条线贯穿东西，跨越了其他六个州。这个发现让他两眼放光。他终于找到了猎物的踪迹，并且知道了接下来应该往哪个方向赶路。

他小心翼翼地把地图折好,就好像这是一张标有宝藏位置的藏宝图。他把别在腰带上的武器调好准心,谢过同事,然后拿起了他的新车钥匙。只剩下三天时间了。三天之后,联邦调查局将会正式启动对阿加莎的追踪程序,届时汤姆将失去对她命运掌控的主动权。

布赖恩提供的信息非常准确,在11号公路的罗阿诺克出口处立着那家家庭旅馆的广告牌。旅馆老板约翰·怀斯兴致盎然地迎接了她们。旺季刚一开始就有客人找上门来,这让他感到非常高兴。冬季刚刚开始,而她们是初雪过后的第一批客人。

他接过阿加莎的行李,然后转向米利问道:"您没有行李吗?"

"没有。"米利一边回答,一边黑着脸望向阿加莎。

"这件行李是我们俩的。"阿加莎强调,"不过,请给我们安排两间房。"

约翰把两人带上楼,让她们逐一参观了旅馆里的四个房间。阿加莎选了走廊尽头的那一间,因为洗澡间里有浴缸。而米利则选择了楼梯对面的那一间,因为房间的颜色让她很满意。

"我要去吃饭了。"约翰说,"都是些粗茶淡饭,一锅汤和一份美味的煎蛋饼。不过,里面的鸡蛋是我们自家养的老母鸡下的,蔬菜是我们自家菜园里种的。你们想跟我一起吃吗?"

"对我来说，有份汤喝就足够了。"阿加莎感叹道。

"我倒是很愿意试试您的煎蛋饼。"米利接着说，"不过，如果可以的话，我想先洗个澡再过去。"

"你们慢慢来不用着急，准备好了就随时下来。"旅馆老板说完转身离开了。

阿加莎走进了自己的房间，米利尾随其后。

"你不是想单独住一间房吗？"

"您不是说要去朋友家吗？"

"他老婆是我的老朋友，我倒是不认识他。不过我很奇怪他老婆怎么不在家。"

"您可以问他呀！"

"吃饭的时候我会问的，现在还是先低调一点，我打算给她个惊喜，不想把事情搞砸了。"

"只要是跟您有关的事情，总是会变得这么复杂。您真是个神秘莫测的人。"米利一边翻着白眼一边抱怨，"明天要考虑一下给我买点换洗的衣服了，我总不能穿着同一套衣服一直到旧金山吧。"

这一回，轮到阿加莎翻白眼了。她打开行李包，掏出一条内裤、一件内衣和一件 V 领的套头衫，然后把这些衣物扔给了米利。

"拿去，先将就穿着，明天再说！现在给我滚蛋，我要泡澡了。"

当她们收拾完毕走下楼时，约翰已经在餐厅里恭候多时。

摆在餐桌中间的一锅汤正冒着热气，约翰在汤锅的周围已摆好了三套餐具。

米利吞下第一口汤之后就对约翰赞不绝口。在就餐的过程中，阿加莎巧妙地引导着大家交谈的内容，她得知旅馆老板娘中午过后就出发去采购了，晚上去一个朋友家吃饭，可能要夜里很晚才能回到家，也可能明天一早才回来。晚餐结束后，阿加莎和米利提出要帮主人收拾桌子和洗碗，但约翰恳求她们放着别动，然后提议她们去干点其他的事情，他似乎更盼望"客人们"能接受他的建议，去看一看罗阿诺克所拥有的全世界最大的人造星星。这颗闪亮的"星星"矗立于米尔峰顶，由六百五十码长的霓虹灯管组成，在七十英里外都能看见它发散出的光芒。这个安排让阿加莎喜出望外，米利却对此毫无兴趣，她唯一想做的事情就是躺在床上。可是，这个想法似乎让旅馆的主人相当雀跃，而米利又实在没有勇气拒绝他的盛情邀请。她撇了撇嘴，还是坐上了老板的小货车，被夹在了约翰和阿加莎中间。看起来，阿加莎似乎比旅馆老板还要兴奋。

经过三十多次的颠簸，他们终于来到了山顶。米利不得不承认，这颗硕大无比的人造星星很让人震撼。阿加莎从小货车里跳下来，就像孩子看见了游乐园一样迫不及待。

"真是个大家伙！"她感叹着说，"我从来没见过这么大的星星。"

"这只不过是霓虹灯管组成的东西，我简直不敢想象这玩意儿会耗掉多少电。"米利暗自嘀咕。

"一万七千五百瓦。"约翰骄傲地宣布,"还是值得来一趟的,对吧?"

"嗯,确实是!"阿加莎热情地大叫。

"她似乎不太喜欢。"旅馆老板悄悄地看了一眼缩在后面的米利,低声说,"你们俩怎么会到这里来的?"

"我的教女现在有点抑郁,我是为了帮她父母给她换换脑子,所以才提议带她出来玩一趟。我可以跟您保证,这可真不是闹着玩的。"阿加莎语气坚定地回答。

"能有您这样的教母真是幸运。她到底是怎么了?"旅馆老板继续打探。

"怎么说呢,现在的年轻人啊,稍微有一点不顺心就感觉天都要塌下来了。"

"我想我们年轻的时候也是这个样子。"约翰微笑着低语。

"也许吧,我都不记得了。我们回去吧,小姑娘也累了。"

他们开始往回走,米利双手插在口袋里,默默地跟在后面。

在拉开小货车的车门时,她探身对阿加莎说:"我就假装是没听到你们刚才的窃窃私语吧,什么您带着得了抑郁症的我来到这么个穷乡僻壤之类的鬼话。"

在钻进车之前,米利故意踩了阿加莎一脚,并对她报以狡黠一笑。

回到旅馆后,她们没有互道晚安就走进了各自的房间。

米利立刻躺上床,正准备呼呼大睡的时候,电话振动了起来。她赶忙接起了电话。

"弗兰克?"

"我是乔!"

"怎么显示出来的不是你的号码?"

"我在电话亭给你打的。"

"怎么了?"

"这个问题应该是我问你吧。我刚才接到了一个奇怪的电话。有一名法警问我关于那辆奥兹莫比尔的事情,或者应该说,他对这辆车的车主更感兴趣。"

"法警?"米利重复着,心跳加速。

"他正在找的一个女人被监控摄像头'逮'到了。她当时在加油站的7-11便利店附近,就在你的车子旁边游荡。这位警官担心她上了你的车。你的这个朋友有没有可能惹上了官司?"

"不可能。"米利有些结巴,"那他为什么会打电话给你呢?"

"加油站的工作人员认出了我。我今天早上过去给我的摩托车加油,当时是用信用卡付的钱。真是疯了,现在就连加个油都能被人追踪到。"

这个加油站距离乔的住所相当远,但米利此刻已经顾不得去细想为什么她最好的朋友要绕这么一大圈路跑去那里加油了。

"你怎么跟他说的?"

"我跟他胡说八道了一通，但他不怎么相信。我跟他说，我只是时不时跟你约个会，但我并不了解你，只知道你的名字，当然，我随便编了一个名字。我还跟他说，我已经很久都没有见过你了，你并不是住在这个地区。"

"老实讲，你告诉我的这些情况还真有点让人难以消化。"

"我知道，不过我已经尽力了。这就是现在我在电话亭给你打电话的原因了。那位警官听起来忧心忡忡的，你自己要小心一点，米利。我比任何人都更加懂得友情的珍贵，你可别让自己陷入复杂境地无法自拔。要知道现在可是法警而不是普通的警察在追踪你这位朋友，那就说明她的问题很可能比较严重。这些人是联邦官员，可不是开玩笑的。"

"乔，我跟你保证，这一切都只是巧合。"米利回答道，语气坚定得连自己都感到吃惊。

可是，这话刚一说出口，米利就不禁怀疑自己是不是正在对乔撒谎，或者说，正在自欺欺人。

"你现在在哪里？"

"在弗吉尼亚州，我刚刚见到了一颗巨大无比的裹满霓虹灯管的'星星'，那是世界上最大的一颗'星星'。这个东西那么大，以至于在七十多英里以外都能看得见，你能想象得到吗？"

"漂不漂亮？"乔问。

"其实比较丑。"米利说。

"好吧，我准备挂电话了，我宁愿在你讲真话的时候结束我们之间的对话。我明天再打给你,如果你需要我的话,我随时赶过来。"

"我知道。"米利低声回答。

可是乔已经挂断了电话。在这之后,米利尽管早已筋疲力尽,却久久无法入睡。

7

天刚蒙蒙亮，阿加莎就醒了。她悄无声息地穿好衣服，整理好行李，透过房间的墙壁听了听外面的动静，随后走下楼去。约翰正在给客厅里的壁炉生火。

"这就起来了？您起得可真够早的。"

这完全是环境的问题。还在监狱里的时候，每天早上五点半就开始有人狂敲牢房的门了。阿加莎心里想着，不过这话不能说出口。

"请您到餐桌边坐下吧，我太太回来了，我去跟她说一声。您想喝咖啡还是茶？"

"麻烦给我杯咖啡吧。"阿加莎回答道。

"您的教女还在睡着？"

"嗯，她需要休息。"

当约翰走向厨房时，阿加莎到餐桌边坐了下来。

几分钟后，旅馆的老板娘出现了，手里端着一盘早餐。

"约翰跟我说你们昨晚过得很开心，很遗憾我当时不在场。您想来点鸡蛋、煎饼还是面包呢？"老板娘在抬眼之前问道。

"按你最方便的来。"阿加莎冷冰冰地回答道。

露西瞬间石化,她手里依旧托着餐盘,与阿加莎四目相对。

这时,约翰走到了她的身后。

"别戳在这里啊,快给这位女士上菜。"

露西动了起来,她把餐盘放下,摆好餐具,倒上了咖啡。

"我太太在这里不会打扰到您吧?"约翰一边问一边示意露西坐下。

"一点都不。"

"那我就回厨房了,您想吃点什么?"

"鸡蛋吧,我昨天没尝过,那就黄油炒鸡蛋和烤吐司片吧,如果不是很麻烦的话。"阿加莎表示。

约翰转身离开,留下两个女人冷面相对。

"你来这里干什么?"露西低声问道。

"真有意思,布赖恩昨天见到我的反应跟你今天早上一模一样,你们应该很高兴见到我才对啊。但实际上一点都不,坦白讲,这可并不怎么有趣。"

"我当然很开心见到你,汉娜。我只是很吃惊而已。"

"开心? 你的生活过得也一样开心喽?"阿加莎问道。

"对付着过吧。就像你现在看到的,这里并没有多么奢华,我们每到月底都得艰难度日,尤其是在冬天的时候,每天都跟打仗一样,不过就是勉强能保持收支平衡吧。"

"要是跟我这三十年来待的地方相比,你这里可是要温暖舒适得多啊。你根本想象不到贝德福德山①会有多么让人不舒服。"

露西垂下了眼睛。

"你跟约翰说了吗?"她不安地搓着双手问道。

"说什么?"

"我们的事。"

"你害怕了?"

"他完全不知道我们以前的事,我们俩认识有十年了,我从来没有跟他讲过。"

"我明白。"阿加莎回答,"如果知道自己的老婆身上背着血染的道德污点,他很可能会备受打击吧。"

"如果你这次来是为了要勒索我的话,那我可没什么钱,你四处打量一下就知道了。"

"你把我当成什么人了,露西?"

"那你到底想怎么样?"

"我不过是想来探望一下你这个老朋友,我们可是一起度过了最疯狂的年轻岁月啊。对你来讲,这个理由难道还不够吗? 咱们这伙人里面难道就没有一个能张开双臂欢迎我,对我表现出哪怕一点点的关心和愧疚的人吗? 不管怎么说,至少你没有。要不然的话,你早就去探望我了……不过你放心,其他人也跟你一样。"

---

① 原注:美国唯一一座高级警戒的女子监狱,位于纽约州。

"那是因为，谁要敢去看你，肯定就会第一时间在监狱的会客室里被当场拿下，你应该很清楚这一点。不过，我一直都关注着你的消息，而且还给你寄过东西。"

"嗯，也仅仅是在头五年，而且我只有在圣诞节的时候才收到过你的东西。"

"再往后，我也不能再寄了，汉娜，实在是太冒险了。如果这一次你是需要我帮点小忙，协助你重新开始，虽说我也不富裕，但我还是能……"

"我只需要一样东西，我姐姐的笔记本。你把它交给我，我就立刻离开你的家。"

"我完全不知道你说的是什么。"

"她曾经给我写过一封信，也是唯一的一封，就在我的刑期被加重之后的一个月。她告诉我，她把真相保存在一个笔记本里，里面那些有她亲笔签名的手稿真实还原了曾经发生的一切。她在信里面说，她把这个笔记本交给了你们当中的一个，但是没有告诉我是谁。她这么做，可能是为了避免这个人的身份引起狱警的注意以至于暴露出来，因为我们在里面收到的所有信件都会经过他们的严格审查；但也有可能是为了让我打消逃出来的念头。无论是哪种情况，她其实都是为了保护她自己。不过，她也采取了措施以防万一。如果她发生了什么事，她托付信任的这个人就会把这个笔记本交给当局，以便让我沉冤得雪，最终获得自由。我得承认，我在里面经常祈祷盼望着她出事。这样的念头确实不怎么高尚，但我就是这么想的。五年前，她终于去世了，很显然，她的遗嘱执行人完全遵行了她的遗愿。"

"为什么她会交给我？为什么你觉得会是我呢？"

"她一点都不蠢。安东、基弗和安德鲁，他们三个都已经是被调查的目标，他们会立即烧掉这个笔记本，以免本子上揭发的内容落入联邦调查局的手中。对于联邦罪犯，追诉可是没有时间限制的。至于布赖恩，他一直都在四处漂泊，连自己都照顾不过来。相信我，露西，我有时间仔细考虑，有大把的时间，你们当中只有六个人可以让她托付，而我姐姐和你一直都很要好，默契十足。你是她的最佳人选。"

"可是，我真的没有这本东西，我跟你发誓。自从你被抓进去之后，我就再没有见过你姐姐，也再没有见过我们这伙人中除了布赖恩之外的其他任何一个了。他也住在这个地区。有一天，我们在市场里偶然碰到了。在那之后，我时不时会给他送一点鸡蛋和蔬菜过去，他更是穷得一无所有。"

约翰再次出现，一手一个盘子，两个女人当即闭嘴不再说话。

"都还好吧？"他问道。

"很好。"阿加莎回答，"您的太太正在跟我讲你们的酒店是怎么建起来的。就在您出现之前，我正准备告诉她，我昨天睡得非常棒。"

"'酒店'这个词太夸张了，我们这里充其量就是一家家庭旅馆。好了，尝尝我的炒鸡蛋，然后您跟我说一说感觉如何。

这些蛋是昨天才刚下的。"

"您泡的咖啡很好喝,能再给我倒一点吗?"

"如果您喜欢的话,我很乐意。"约翰说完转身离开了。

"忘掉那个笔记本吧。"露西一边低声说着一边转头确认自己的丈夫是否正在厨房里忙活着,"如果我有的话,我一定会交给你的,该死!以前你总是很信赖我,现在怎么就怀疑我会做出这样的事情来?而且你现在都自由了,这东西还有什么意义呢?"

"'自由'这个词也同样太夸张了,我是逃出来的。"

"妈的!"露西倒吸了一口气,"那跟你一起来的那个年轻女人是谁?"

"一个陌生人,被我劫持了。你想怎么样?我可是没办法自己去租一辆车啊。"

"你疯了吧?"露西结结巴巴地说,脸上满是惊恐。

"我一点都不疯,我还能在你这里住几天吧?"

露西张大了嘴,呆呆地望着阿加莎。而后者爆发出一阵狂笑。

"你应该看一看你现在的样子。"阿加莎拉起露西的手说,"淡定点,我只是搭了她的顺风车而已,我们正好有一段同路。"

"有什么好笑的事情吗?"米利一边走进餐厅一边问。

约翰也走过来,紧跟在米利的身后。

"看到你们俩相处愉快,我很高兴。露西总是不停地抱怨,在这个鸟不下蛋的地方连个伴儿都找不到。您想要点什么?"

随后他邀请米利入座。

"给我一杯咖啡就行了。"

她转身面向阿加莎。

"如果您叙旧叙得差不多了的话,我希望能早一点走,除非您想自己继续留在您的朋友这里。我们今天还有很长的路程要赶。"

"你们俩认识?"约翰吃惊地问。

"完全不认识。"阿加莎立即否认,"我想,米利指的是我们年纪差不多,我们在说以前年轻时干过的傻事,正聊得兴起呢。"

"都干过什么傻事?"约翰的好奇心被勾了起来。

"都是些少女情怀之类的事,跟你们男人无关!米利说得对,我们得走了。我上去拿一下行李。"

"我去吧。"约翰说,"露西会为你们结账,算账这一块儿可是她的强项。"

露西起身离开椅子,然后往客厅走去,阿加莎紧随其后。米利则继续留在餐桌旁边,一边喝着咖啡一边目送两人离去。

"我该付你多少房钱?"阿加莎靠在门口问道。

"不用了。"露西回答。

阿加莎从口袋里抽出一张百元大钞,把它塞到自己的老朋友手里。

"这点钱应该够付房费和餐费了,不要推来推去。你比我更需要钱。当你每天晚上入睡之前,你会时不时回想起从前的一切吗？"

"就没有一个晚上不想的。"露西语气坚定地回答。

"那你有后悔过吗？"

"没有，唯一感到遗憾的就是我们失败了。"

阿加莎笑了，脸上满是忧伤。

"不。"她呢喃低语，"你并不算失败，至少你跟爱你的人生活在一起。"

"你不知道我多么希望你能带我走，一起坐上这辆车，重新上路。"露西低声说道。

米利放下咖啡杯，离开了餐厅。她挽住了约翰的胳膊，对方站在楼梯上，正准备把行李放到那辆奥兹莫比尔上去。

两人在停车场边挥手道别，约翰和露西一直目送着车子消失在远处。

"看起来你们相处得挺好。"他说道。

"我们一开始还以为对方是大学里的旧相识，但其实并不是。"露西解释着。

"真遗憾，要不然那该多好。"

"就是啊。"露西的回答很简单。

路上一辆车都没有。她们俩越过了米尔峰，把世界上最大的那颗"星星"抛在了身后，它在清晨时分是那么的暗淡无光。

"为什么要对她的先生撒谎？"米利冷不防地问，"您跋山涉水前来跟朋友重逢，说了两句话就走，到底有什么意义呢？"

"我什么都没说,她没有认出我来。"

"可是,你们看起来聊得很开心呢。"

"她开了个玩笑,我只是出于礼貌做出了回应。"

"回应些什么?"

"告诉她我曾经遭过的罪。"

"为什么您什么都不对她说?"

"有什么用呢? 就好像跟某个人生活在一起,共建同一个未来,睡在同一张床上,分享最私密的事,然后有一天分开了,等某次大家在街头偶然重逢,两人只会面带尴尬,像陌生人一样聊一些无关痛痒的话题。虚伪得不得了! 还不如绕道而行,难道你不觉得吗?"

"原来您跟她相爱过啊?"

"当然没有,白痴,我们之间是友情。但性质都一样,只不过没上床而已。"

"让我来说的话,我更相信您说这番话的时候想到的并不是这个旅馆老板娘,对吧? 那个对您来说如此重要的男人,也是我们即将要去拜访的其中一个吧?"

"也许吧。"

"我敢肯定,他一定会认出您来的,而且我不同意您的看法,友情和爱情是不一样的。为什么你们再也不相见了呢?"米利脱口而出。

"因为我住的那个小岛很远很偏僻,而且很原始很危险。实在不是一个谈恋爱、组建家庭的理想地方。"

"我还是不明白你们为什么要分开。"

"干吗一定要知道?"

"因为我想搞清楚。"

"因为他对我不忠。"阿加莎回答道。

"您就一直没有原谅过他吗?"

"我做不到。"

"我还以为在你们那个年代跟任何一个人睡觉是很普遍的事情。"

"他不是'任何一个人',我现在不想谈这件事。"

"您这三十年来一直爱着他但又不肯原谅他?"

"好吧,据我所知,这并不矛盾!"

"不,绝对很矛盾,这完全没有任何意义。"

"可对我来说有。"

"这个男人,他除了很优雅之外,还有什么与众不同的地方吗?"

"我完全不知道我那个时代的男孩和女孩都有着什么样的生活方式,他们喜欢什么、讨厌什么,也不知道他们为了融入某个团体怎么就能做到完全掩盖或者部分掩盖自己的性格。我从来不是一个造反分子,我只是一个备受孤独折磨的人。我对任何的特立独行都不感冒,因为我其实根本不懂什么才是正常的状态,也不了解那些受过良好教育、外表平静、充满自信而坚定的年轻人心中一切所思所想。也许,我有时候也跟他们很像,也许,他们有时候也会跟我一样感到了发自内心的难受。

可是，在当时那样一个人人都在抱怨的时代，谁又能够真的了解其他人的真实感受呢？然而，只要有他在身边，我就能感到自己是真真切切地在那里，而不再是可有可无的存在。我们甚至连一天的情侣都算不上，我们只接过一次吻，唯一的一次，但那是怎样的一个吻啊，让人终生难忘！你知道吗，有时候，一朵小小的火花就能点亮你的整个生命。找不到其他的理由，就是这样。我知道就是他了，不会再有其他任何人。在他把我拥入怀中的那一天，我仿佛看见我的少女之门渐渐关上，从此，我就变成了一个真正的女人。"

"为什么你们只接过一次吻？"

"因为害羞吧？又或许是感到害怕了？总之，我们时不时会在一些学生会议上碰到。正因为这样，我才会去参加那些活动。我们总是四目交会，但又总是保持着距离，应该说，主要是他在保持着距离。他是觉得我太年轻了吗？害怕跟一个还不到二十一岁的小姑娘发生关系？如果说他是因为尊重我的话，那他有没有试过给大家一点时间让彼此真正认识呢？我想，就是因为刚才说的其中一个原因，我什么都没有干，而是准备好耐心地等下去，给他足够的时间。可是，我的姐姐发现了我们俩之间的暧昧关系。她是我的长姐，性格跟我完全相反，我很矜持或者说其实就是不善于表达，而她感情丰富、自信果敢，是一个爱挑衅的斗士，是货真价实的造反分子。当时，她刚加入团队不久就赶走了带头人，自己开始主导讨论的内容，拍板决策大家的行动。她强大的信心让我相当着迷，我为此相当崇拜她。但是,她不惜一切去勾引了他,她比我漂亮得多,而且又大我两岁。在我们那个年纪,两岁的差距已经很大了。简而言之,某一个晚上,她终于达到了目的。应该说,我真的很蠢,从头到尾都搞错了。如果说,生活如此折腾就是为了拆散我们,那或许就说明我们根本不应该在一起。"

"那他们俩之间持续了多久?"

"就一个晚上! 她把他带回到自己的床上,就为了让我抓狂,让我忌妒,也为了强调她的能力以及对我的掌控力。"

"真是个婊子!"

"我可没让你这么说!"

"他到底长什么样子?"

"左转。"阿加莎回答。

"往右的话能上高速公路,那样走要快得多。"

"可是老跟在一堆卡车的后面跑,你会越开越烦的。我们还不如打开敞篷吧? 外面的空气很温暖很舒服。"

等到了下一个路口,米利停下来打开了敞篷。

"跟您在一起都不需要 GPS 了。"她一边重新启动车子一边说,"您好像对道路了如指掌。"

"我其实一点都不熟,只是花时间仔细地研究过。"

"我希望到下一个城市能停一会儿,我得给弗兰克打个电话了。"

"你昨晚没给他打吗? 我好像听到你在房间里讲电话。"

"那是乔打来的。"

"他想干吗？"

"没什么，就是问问我怎么样了。"米利回答，"那您原谅了您姐姐吗？"

"如果不这么做的话，就相当于承认了我对这个被她抢走的男人是认真的。所以，我决定表现得满不在乎，然后再想办法狠狠地报复她，夺取她的胜利果实。后来，我们一起踏上了离家之路，我得感谢她把我从我们的妈妈手里解救出来，感谢她让我获得了自由。在她宣布要离开家的那一天，我恳求她带我一起走。我们的妈妈大声尖叫着，把我们的东西往我们身上砸。她一直走到大门边，双手交叉抱在胸前，堵在门口不让我们走。姐姐拉起我的手，一把推开妈妈，拖着我走出了家门。我得承认，跟她在一起的那些年过得相当精彩，她让我长了很多见识。如果当初她抛下我，那些经历，我自己根本连想都不敢想。在我们一起四处游荡的那些日子里，我们紧紧地黏在一起，终于像真正的姐妹俩了。她真的很古怪，我从来没有真正搞清楚过她的脑袋里到底在想些什么。有人居然能够理想主义到这种程度吗？她整天只想着自由、平等和博爱，只想着为穷人去抗争，为消除种族歧视而奋战，为妇女权益奔走呼号，而所有的这一切在那个年代都是充满危险的行为。"

阿加莎自顾自地笑了起来。

"有什么可笑的？"米利问。

"没什么，我只是突然想起来她之前做过的一件蠢事。高中的时候，她的一位老师在课堂上讲了比较种族主义的话，我也记不起来具体内容是什么了,总之是一个无意间说出口的蹩脚笑话。我们生活在南部的一个小镇里,学校里一名黑人学生都没有,按说,老师这么讲也不会惹来什么麻烦。可是我的姐姐为此制造了不止一个麻烦。她当时成绩优异,一直享受着教室第一排的位置。第二天,她戴着一顶非洲发式的假发走进了教室,而且身上穿的那件T恤上印着马丁·路德·金的画像。你可以想象得到老师走进教室时的表情吧。而她还嫌这不够,又开始哼唱起《夏日时光》①这首歌。我姐姐就是个讨厌鬼,不过,是一个很有才的讨厌鬼。所以说呢,让我怎么能够不原谅她?"

"你们没有父亲吗?"

"当然有!他非常了不起,是个爱胡思乱想的小木匠。战争给他带来了满身创伤,但在每一个疤痕的后面都散发着他的人格魅力。他和蔼可亲,总是善于倾听;他乐于助人,从不抱怨;他还是个很棒的艺术家!我们所有的玩具,都是他亲手做的。他曾经花费了很多时间在他的工作室里为我们建了一个洋娃娃之家,超级大!每年生日、圣诞节,他总是会为这个他搭建的房子增添一点小东西。他的老婆和女儿就是他的一切,尽管我常常怀疑他更喜欢我的姐姐,因为她是老大。在他过世以后,我们的生活就再也不一样了。我们的妈妈从此变得郁郁寡欢。当初是多么和睦的一对啊,他们之间的爱毫不掺假。他们

---

① 美国第一部黑人歌剧中的曲目。

相爱得那么深，以至于我和我的姐姐常常拿他们之间的甜言蜜语来取乐。他们唯一有可能争吵的情况都是由于我们，爸爸总是站在我们这一边，这点常常让妈妈勃然大怒。如果他一直陪着我们不曾离开的话，姐姐和我的命运可能就完全不同了。"

"我的爸爸也曾经是我生命中最重要的男人。"米利接着这个话题说，"荒谬的是，我从来没有见过他。我甚至都不知道他是谁。而我妈妈从来都不愿跟我提起他。"

"为什么？"阿加莎问。

"我要是知道就好了！都不记得有多少次了，我在夜晚入睡的时候呼唤着他，自言自语地假装跟他说话。在我的想象之中，他无处不在。有时化身学校里的老师，有时变成我某个朋友的爸爸。有一年，在跟着学校参观完消防队之后，我又觉得他就是消防队长。但到了第二年，我转而以为他是电影院老板，因为他很喜欢我妈妈，总是免费让我看电影。接着，轮到了杂货铺老板，我发现当我妈妈没工作的时候，他总是把我们赊下的账一笔勾销。到了最后，我甚至开始怀疑，她如此固执地拒绝谈及我的爸爸，是不是说明他已经死了？于是，我开始把目光转向天空中的云、大树的树顶，还有地上的水洼。慢慢地，这一切变成了挥之不去的执念。我是家里唯一的孩子，然而我有个像影子一样的好朋友。好处就是，这个'影子朋友'从来也不会跟我对着干。直到有一天，我觉得受够了。我不再因为生活没有给予我想要的东西就讨厌它，而是开始接受它现在给我的一切。然而，始终有一个缺憾是我无法去填补的，那就是这个我无法知道答案的问题：他会爱我吗？"

"你真是傻，他肯定爱你啊！"

"那他为什么要在我出生之前就离开了呢？"

"你妈妈这么跟你说的？"

"是的，说他既不想要我妈妈也不想要我。"

突然，一阵"啪啪"的爆裂声响了起来，车子不停地颠簸。不过，米利成功地控制住了方向盘，直到彻底把车停下来。

阿加莎抬头望着天，紧咬牙关。

"轮毂没有损坏，我觉得，轮胎还可以补一补。"米利蹲在地上检查完轮胎的破损情况之后说，"在后备厢还有一个备用轮胎，我先换上，等到了下一个休息站，我们再停下来看看。"

可是，整个操作的过程要复杂得多。米利用尽了全身力气转动扳手，但其中一颗螺丝始终纹丝不动。她拿着手机四处转悠，想打电话叫抢修车，然而周围没有任何信号，一个电话都打不出去。

在这个荒无人烟的地方等了一小时后，她们终于看到一辆卡车出现在地平线上。米利一下子跳起来冲到马路中间，迫使司机不得不停下了车。

从车上走下来的两个家伙应该是来自邻近的某个小镇。他们穿着格子衬衫、补丁牛仔裤，头戴牛仔帽，脸上还残留着昨晚宿醉的痕迹。

米利问他们能否帮忙把那颗该死的螺丝松开，她实在没那个力气，但像他们这样的壮小伙子则可以不费吹灰之力。

这两人当中的一个靠近奥兹莫比尔，一边抚摸着车门，一边轻佻地吹着口哨。而另一个家伙则把手搭在了米利的肩上，咧嘴笑着，满口无牙。

他随口吐出嘴里的口香糖，向米利贴近。

"我们当然可以帮忙，不过你们要怎么报答我们呢？"他一边说一边抓紧了米利。

突然间，这个男人感到背脊一阵发凉，阿加莎正用枪口对着他。

"我还没想好呢。"她略带嘲讽地说，"既然人家这么客气地请你帮忙，那你就把轮胎先换好吧。等弄好了之后，我再决定是不是让你带着你的两颗蛋滚回家。叫你那个傻里傻气的小伙伴也过来搭把手，如果他今晚还想回家的话。"

就算这个家伙有点怀疑这个举着枪的女人是否真的能说到做到，但他那个同伴快要吓哭的样子还是在瞬间就打消了他的疑虑。

"我们是开玩笑的，女士，没必要这么生气吧？"他结结巴巴地说。

"不过，这个玩笑还真好笑。"阿加莎一边回答一边用手枪狠狠地扇了他一记耳光，"看看我们一起笑得多开心啊。"

男人身子晃了一下，随即摸了摸自己被打出血的面颊。

"你是变态啊！"

"赶紧干活，要不然我就让你看看我到底有多变态。"阿加莎说完又扇了他一记耳光。

脸上挨打的剧痛让他彻底放弃了最后的抵抗，他的同伙也恳求他搭把手，好让他们尽快离开这个是非之地。

轮胎换好之后，阿加莎吩咐米利重新坐到驾驶座上去，然后命令这两个男人后退一百步。

两个女人坐进了奥兹莫比尔，全速往前冲去。

米利死死抓住方向盘，以至于手指的关节都被压得泛白。只需要看一眼，就能知道她的情绪现在有多么激动。

"他们都快被我吓傻了。"阿加莎终于松了口气。

"被吓傻的可不只是他们！依您看，他们还要多久才能追上我们，然后跟我们玩一场'碰碰车'的游戏？"

"还需要一段时间吧。"阿加莎回答着，同时一脸狡黠地把他们那辆小卡车的钥匙扔出了窗外。

"您到底是何方神圣？竟然能够变得这么暴力，而且还那么冷静？"米利质问对方，难掩怒气。

"别忘了可是我让你安然度过了刚刚那一刻钟。"

"用枪指着他还不够，您非得要打他吗？而且还打了两次？"

"如果他给我机会扇他第三记耳光的话，我一样还是会很乐意的。我受不了这些粗鲁的家伙，以为自己力气够大就耀武扬威。这两个蠢货是自作自受，下一次，他们再对其他女人动手动脚的时候就会先想一想今天的教训了。而你呢，也想一想所有那些曾经被他们非礼过的女人吧，我是在为她们伸张正义。话说回来，我们还是先离开这里，开到远一点的地方再去补轮胎吧。"

米利趁着车子向右转的时机，靠向了阿加莎。

"您之前住的那个小岛在哪里啊？为什么在上面待了那么长时间？"

"我好像已经回答过你这个问题了。"

"那么，乔为什么会接到法警的电话，而对方说正在找您呢？"

"你的那个乔吗？他什么时候接到电话的？"阿加莎冷冷地问。

"昨天，有问题吗？"

"有点。"阿加莎回答道，有些惴惴不安。

"我现在就想知道事情的真相，要不然，我跟您发誓会在下一个小镇下车。就让您自己一个人继续旅程吧，我不去了。"

米利的语气不容辩驳。

"我住的小岛叫作贝德福德山，它其实不是一个岛，而是一座州级监狱，在纽约州的北部。那是所有监狱中环境最恶劣的一座。我在那里待了二十年，然后被转到了训诫中心。几天前，我从那里逃了出来。"

"您是越狱的逃犯？那您不仅仅是对我撒了谎！"米利猛地拍打着方向盘，狂怒地喊着，"您还把我变成了您的帮凶。您知道我将面临什么样的风险吗？"

"你不需要承担任何后果，因为我把你绑成了人质。"

"我这个人质也太听话了吧。"

"这一点我承认。不过不要担心。首先，我们不会被抓到的，而且就算被抓到，我也会说你只是让我搭了便车，完全不知道我的任何情况。"

阿加莎把她的手枪放进了储物箱里，转头对着米利叹了口气。

"你说得没错，我没有权利要求你冒这样的险，你已经为我做了很多事。你随便在哪儿放下我吧，我自己想办法好了。"

害怕、怀疑、好奇，还有兴奋，许多种情绪在米利的体内碰撞。她的内心翻江倒海，不自觉地加大了踩油门的力度。

"你最好还是放慢一点速度，"阿加莎嘱咐她，"我得提醒你，我们刚换上的那个旧轮胎已经很久没用过了。而且，要是因为糊里糊涂地超速而被州警截停查车，那就更不值当了。"

"下一站是哪里？"

"纳什维尔。"阿加莎坦白道，"如果你继续这么踩着油门不放的话，我们过了中午就能赶到那里了。"

她们不再讲话，车子往前行进了五十英里。即便在修车行停下来补轮胎的时候，她们也没有再说过一句话。此后的一小时里，两个人依然相对无言。

"很好。"米利突然间开了口，"我把您送到纳什维尔，然后我们就分道扬镳。"

"随你的便。"阿加莎回答着，神色茫然，"在此之前，如果你能往右转的话，在十五英里之后就会见到一个音乐圣地，那里有世界上最大的吉他。挺可惜的……"

"经过的话去看一下？您不是认真的吧？"

"当然是！"

"刚才那两个家伙有一点说得没错，您真是疯狂至极啊。"

"我被关进去的时候才二十二岁，现在都五十二岁了。在这三十年里，我每天的生活都是循规蹈矩：起床、洗澡、吃饭、干活和放风，全部都被规定好了。我被偷走了一万零九百五十三天。我不知道我还能逍遥自在多久，不过我敢跟你担保，直到被重新抓住之前，我一定要把那些我之前没来得及做的事情做个遍，哪怕是很蠢很无聊的，我也要一一实现。既然你肯定不希望到了我这个年纪变得像我这样，那就不要学我，足足等了三十年才明白应该开始尽情享受。总之，好好考虑一下吧。虽然说你刚刚一直都在生气，但你至少得承认，我们俩其实玩得挺开心的。再想一想那两个蠢货，他们现在恐怕还在到处找卡车的钥匙呢。"

"我们又不是特尔玛和路易斯①！"

"我不认识，她们是你的朋友吗？"

"算了。"米利叹了口气，把车转向了右边。

把车开进停车场的时候，米利不得不承认她从来也没见过这样的地方。建筑物的左边部分有三层楼高，它的屋顶就像鱼尾板一样凹凸有致，形似一把巨型吉他的共鸣箱。建筑的中部有一扇蔷薇花饰的大圆天窗，而房屋的另一半更矮一些，就

---

① 公路片及女权主义电影《末路狂花》的两位女主角。

像吉他的琴颈一样向前延伸出去。窄小的窗户让人联想到吉他的琴格，而沿着整面墙挂满的金属线则代表了吉他的琴弦。

"你得承认，这里还是有些不同寻常的吧？"阿加莎吹着口哨走下了车。

米利推开这座奇特建筑的大门，发现里面的装饰布置更是完全超出她的想象。几把吉他静静地躺在两个布满灰尘的玻璃柜里。再往里面走是一家乡村风格的小酒吧，在半明半暗之中显得越发寂静冷清。所有的桌椅都面向着舞台，舞台上摆着一把高脚凳，竖着一支闪闪发光的镀铬麦克风。

阿加莎打开玻璃柜门，拿出一把吉布森吉他。

"您该不会想要偷走这把吉他吧？"米利低声说道。

阿加莎并没有回答，而是径直走上了舞台。在米利惊愕的目光之中，她坐上了高脚凳，拨弄琴弦，调节着弦钮。随后，一组和弦从她的指尖下飘然而出。

嗓音略带沙哑却不失音准，阿加莎哼唱出了一首广为人知的民谣[1]：

> 如果你错过了我坐的这列火车，你将会知道我已离去。
> 你会听到声声汽笛，在一百英里外响起。
> 一百英里，一百英里，一百英里，一百英里。
> 你会听到声声汽笛，在一百英里外响起。

---

[1] 歌名为《离家五百里》。

上帝啊,一百英里,两百英里,
上帝啊,三百英里,四百英里,
上帝啊,我已离家五百英里。

我身无分文,我衣不遮体,
上帝啊,我不能这样回家去,
这样回去,这样回去,这样回去,这样回去,
上帝啊,我不能这样回家去。

如果你错过了我坐的这列火车,你将会知道我已离去。
你会听到声声汽笛,在一百英里外响起。

一个男人从黑暗的角落里走了出来,静静地站在米利的身旁,听着阿加莎的歌曲。

米利正想开口跟他讲话,他却把手指放在双唇间示意米利保持安静。在清冷的舞台上,他看在眼里的是正在唱着歌的阿加莎,而浮上心头的却是过去那个年轻女人的身影。

他伸出一只手,用手背擦拭着眼角。等阿加莎唱完,放下吉他的时候,他鼓起了掌。掌声先是缓缓响起,而后变得断断续续。

"真是惊喜啊,一个该死的天大的惊喜!"他一边大声感叹,一边向阿加莎冲了过去。

男人把阿加莎拉进怀里,一把抱起她,在空中转着圈。他突然停了下来,抬头望着阁楼大喊:"何塞,你他妈的快给我把灯打开啊,我们的舞台好不容易盼来了一个大人物!我雇你来干什么的?你光站在那里干吗?"

阁楼上传来一阵咒骂声,只听见有人试图在堆满杂物的阁楼上挤出一条路,以便去打开舞台上的灯光。

"我宁愿待在一片漆黑之中。"阿加莎嘟囔着,"把我放下,你快勒死我了,拉乌尔。"

"等一等,让我好好看看你!老天爷,你还是这么美。"男人用浓重的墨西哥口音说道。

"老天爷,你还是这么傻,拉乌尔。不过我就是这么喜欢你!"

"你喜欢我,但是你从来都不想要我。但一点也不妨碍我就想对你献殷勤。你知道一切都还来得及,只要你一句话,我马上离开我的羊群,跟着你一直到委内瑞拉去。"

"关委内瑞拉什么事?"她打趣道,"你这西班牙口音又是怎么一回事?"

拉乌尔在阿加莎的耳边用纯正的美式口音低声说:"嘘,何塞不知道,没有任何人知道我的情况。我假装委内瑞拉人已经三十年了,这样的伪装最理想了。就连附近的警察都信以为真。"

阿加莎咬了咬嘴唇。

"明白了,至于我嘛,我从今往后叫阿加莎了。"

"Mi beldad① 阿加莎!"拉乌尔大叫道,"你饿不饿? 这个小姑娘是谁?"

"一个朋友。"

"一个朋友!"拉乌尔继续喊道,"你的这个朋友饿不饿啊? 她肯定会饿的,瞧她这么瘦、这么苍白! 呜啦啦啦啦,该拉乌尔派上用场了。何塞!"他发出雷鸣般的吼叫,"给我他妈的关掉这些灯,你瞧这位女士都不唱了。等会儿,何塞……阿加莎,你还想再唱一首吗? 刚才唱得真是太棒了!"他用食指指着麦克风,一脸虔诚地说。

"去搞点东西吃,这主意听起来还真不赖。"

"何塞,关灯! 怎么笨手笨脚的!"

他说完一把揽过阿加莎的肩。在体格健壮的拉乌尔旁边,阿加莎显得相当孱弱。

"她跟您说起过我吗?"拉乌尔问米利,用另一只手揽着她,"她跟您说过吗? 在我年轻的时候,当然我现在也不老,总之在我更年轻的时候,我曾经爱她爱得神魂颠倒的。注意哦!"他把两人拉往大门口的同时继续说,"我现在依然疯狂地迷恋她。对着这样一个女人,永远都潇洒不起来。"

米利没有回话,而是全神贯注地倾听着拉乌尔的每一句话。这个男人爽朗的脾气跟他强烈的幽默感一样令人过目难忘。

---

① 西班牙语"我的美人"。

到了停车场后,拉乌尔在那辆奥兹莫比尔轿车前面站定。

"这是你的车?"

"是那个小朋友的。"阿加莎回答着。

"我都三十岁了,你们或许该称呼我的名字吧?"

"她说得没错!"拉乌尔嚷嚷道,"如果我叫你小朋友的话,那我得成什么了!你叫什么名字?阿加莎,也该介绍一下啊!"

"米利。"当事人自己做出了回应。

"拉乌尔·阿方索·德·伊巴涅斯。"这个高大壮实的男人弯下腰吻了吻米利的手,低声说,"我来开车,行吗?"

"不行。"米利说,"这辆车非常特殊……"

"小朋友,像你这样的车,我十五岁在哈瓦那的时候就开过不少了。在那边,全都是这样的车。"

"你不是委内瑞拉的吗?"阿加莎问道。

"古巴……委内瑞拉……在以前都是一样的啦!"拉乌尔继续喊着。

阿加莎劝他打消这个念头,但米利却把钥匙递给了他,然后自己坐到了车的后排座位上去。

"就在今晚,让我们开启疯狂之旅……我能打开收音机吗?"

还没等米利回答,拉乌尔就已经扭开了开关。

"这是什么东西?"当他听到收音机里传来一曲缓慢的交响乐时,当场就呆掉了。

"勃拉姆斯。"米利向他解释说明。

"你来是要告诉我某个人已经死了吗？这是谁啊？"拉乌尔很抓狂。

阿加莎狡黠一笑作为回应。

"哎呀，吓死我了！"

拉乌尔马上转换了频道，直到听到收音机里传出迈尔斯·戴维斯的小号声，他这才动身出发。

汤姆想了很久，与其强逼某人开口，还不如去套他的话，这样往往能够听到更多的信息。他宁愿去布赖恩的住所找他问话，而不是去他工作的地方。于是，他按照名单上列的第一个地址找了过去。

在绕着这个地址转了好几圈之后，他吃惊地发现，在这条荒无人烟的小路尽头，有一辆废弃的校车停在路堤上，而车轴则被搁置在一堆水泥砖上面。要不是看到穿过车顶的一条管道里有气体喷出，他怎么也猜不到竟然有人在这里面安了家。他悄无声息地靠近了车子。

推开校车的折叠门，他走进了这个古怪的住所。在司机的位置上放着一个接满雨水的桶，旁边的车窗上开了一个洞，雨水就是沿着一条通向外面的凹槽流入桶内的。在蓄水桶的后面，有一个固定在地上的炉子，用于取暖和烹煮食物。车内的座椅沿着车的内壁一字排开，车内剩下的家具都是一些回收的旧货：车的尽头放着一张行军床、一张塑料桌子、一把皮革座椅、一个金属衣柜、一个食品储藏柜，以及成堆的书。

布赖恩正专心致志地看着书，一抬头发现有人踏进了自己的窝。

汤姆拉开外套展示出别在腰间的警徽，不想再做其他介绍。他请求这个倒霉的家伙认真地回答他提出的问题。

布赖恩并不是英勇无畏的人，但他也有自己的原则。要不是靠露西接济，他光凭着那点微薄的薪水根本过不下去。多亏了露西的慷慨相助，他才不至于落到乞讨的地步，还能够在冬天吃得饱、穿得暖。露西总是会在他需要的时候出现在他的身边，布赖恩不想给她招来麻烦。于是，他没有提起露西，并且发毒誓保证再也没有联系过以前的那一群伙伴。他孤苦伶仃的现状一目了然。在汤姆说明了协助逃犯潜逃要承担什么样的后果之后，布赖恩终于承认阿加莎曾经来找过他。不过，对于阿加莎打算去哪里，他表示毫不知情。两人的谈话只持续了几分钟，她想找一个笔记本，但布赖恩完全不知道这东西的存在，更不知道其中的内容。除此之外，阿加莎没有再提起任何其他事情，然后就突然消失不见了，就好像她突然现身的时候一样。

汤姆凝视着眼前的这个男人，心中升起几许敬意，也许是因为他的生活方式跟自己相差不远。

"我实在没有什么能够招待您的。"布赖恩说，"我的炉子上正煮着一锅兔肉，是我用绳子套的。当然这不太合法，但附近的'条子'并不怎么关心违禁打猎的事情，他们还有其他的烦心事要操心呢。如果您饿了的话，这锅东西也够我们俩吃了。"

在他生活的世界里，拒绝分享别人给予的食物是一种冒犯的行为。于是，汤姆找了一把汽车座椅坐了下来，接过布赖恩递来的盘子，吃起了盘中的兔肉。

在接下来的半小时里，他的理论得到了验证。关于阿加莎想要找的那个笔记本，布赖恩最终吐露了更多的实情。

吃完了盘中的食物，汤姆谢过布赖恩，然后回到自己的汽车里面，动身赶往纳什维尔。

他在途经的第一个居民区停了下来。现在，他最迫切需要的就是喝上一杯咖啡。趁着歇脚的空隙，他给法官打了个电话。

"最好能告诉我一点好消息。"克莱顿说。

"我没有搞错，她确实联系了以前那帮旧相识中的一个。我正赶往名单上的下一个地址，目前的形势是我占据优势，这已经很不错了。"

"我这边的消息可不太令人满意。"克莱顿回答，"训诫中心的负责人就要失去耐性了。他已经不愿意再继续保守秘密了。"

"他为什么改变了主意？"汤姆问道。

"跟他为什么保持沉默的原因一样，他担心会因此而毁掉自己的前程。我之前跟他保证，说我们会尽快把他的女犯人交还给他。因此，当时他宁愿选择掩盖阿加莎逃走的事实，否则他还得为中心安保系统的缺陷辩解一番。唉，可是他把一切都告诉了他的妻子，而他的妻子劝他不要铤而走险。我之前还能够安抚他，现在却很担心这位太太晚上在枕边添油加醋，这会很快打消他最后的顾虑。就算是最理想的情况，我也只能再争取两天的时间，不能更多了。"

"如果开得快的话，我应该能在她离开之前赶到纳什维尔。"

"那就全速前进吧，我的老伙计。我们的时间有限，联邦调查局不久就会介入调查了。"

"我总是能够领先他们一步的。"

"如果你不打算跟他们合作的话，就千万别玩这一套。你自己会惹上大麻烦的，如果真的出现那种情况，我也保不了你，这太危险了。"

"她在寻找一个特殊的笔记本。"汤姆松口说道。

法官沉默不语，汤姆只听到电话那头传来一阵呼吸声。

"你看过她落在床垫下的日记了吗？"汤姆追问。

法官依然没有回应。

"这个笔记本会证实她在自己的私人日记里面所写的内容。如果这东西真的存在，我认为，你会更希望我是第一个找到它的人吧。"

"你是在威胁我吗？"

"如果我真是这么想的，我的法官大人，您就不会提出这样的问题了。你还是尽力去安抚训诫中心的那个蠢货吧，如果他真的动摇了，那就动用你所有的力量拖住追捕的队伍。现在，我要挂电话了，我还得继续赶路。"

汤姆走出咖啡馆的时候，天色已暗，空中飘起了绵绵细雨。他坐回车上，用手搓了搓面颊以便赶走倦意继续赶路。

阿加莎答应过米利给她买一些换洗的衣物，却要保留为她挑选衣服的权利。

"现在正是你改头换面的大好时机。"阿加莎宣称，并鼓动一旁的拉乌尔表示赞成。

"我现在的形象非常适合我！"米利反驳道，也转向拉乌尔寻求支持。

"既然是阿加莎负责埋单，"他一边推开一家二手店的门一边回答，"那咱们至少先看看她的选择，然后再做决定呗。"

他让两位女士先进门，等她们背对着自己时，他朝店里的服务员眨了眨眼，随即又翻了翻白眼。

阿加莎在货架前面逡巡，挑了三条裙子、几双不同颜色的丝袜、几件紧身连体内衣、两件衬衫、两件V领毛衣，还有三条布裤子，但其中一条喇叭裤马上就被拉乌尔从她的手上拿掉了。她把所有这些衣物塞给米利，拖着她往试衣间走去。

"我坚决不穿这些！"米利反抗着，顺手把衣服还给阿加莎。然而，看到拉乌尔哀求的手势后，她改变了主意。她重新拿起所有的衣物，极不情愿地拉上了试衣间的门帘。

接下来只听到一连串的惊叹："棒极了，我看起来就像个婊子！""好啊，这回是高级婊子！""这又是什么鬼！"与此同时，裙子、丝袜和连体内衣接二连三地从试衣间的窗帘上方抛落下来。阿加莎每捡一次都让拉乌尔过目，而后者总是撇撇嘴，对米利表示赞同。

商店里的衣服几乎全被试了个遍。一小时过后，试衣间里悄然无声，在拉乌尔精疲力竭的目光之下，米利走了出来。她身着浅褐色长裤和格纹 T 恤，T 恤外罩着一件开衫。米利盯着镜子里的自己，流露出满意的神情。

于是，阿加莎又多拿了一条蓝色的同款裤子，还另外拿了一红一白两件同款 T 恤，再随手抓起同等数量的 V 领罩衫，然后往收银台走去。她突然发现米利的目光停在了一双皮靴上。

"试一试吧！"她说道。

"不了，这双鞋应该很贵，而且我也不需要。"

阿加莎向服务员招手示意，对方匆忙迎了过来。

在落地镜前，米利显得高了两英寸，外形也焕然一新。

"就要这双！"阿加莎吩咐道。

"不行，我不能接受。"

"错过这样一双鞋那才是不能接受的。我们只能活一回，行了，别再啰唆了。"

看到旁边的拉乌尔一副奄奄一息的样子，两人停止了争辩。

米利容光焕发地走出商店，心里想着如果弗兰克看到她现在这副装扮会是怎样的反应。她想拍一张照片，于是把手机递给了阿加莎。

阿加莎望着手机，觉得莫名其妙。电话不就是用来打电话的吗？拉乌尔夺过了手机，米利立刻摆出了一个撩人的造型。

"你要用这个小玩意儿发出照片？"阿加莎表示怀疑。

米利当初对弗兰克说明离开是为了回去处理家事，而不是四处游玩的。但她刚刚拍的这一张照片恰恰是一个反证。于是，犹豫再三，米利还是把手机放回了口袋，然后拉住阿加莎在她的脸上亲了一下。

"我都不知道该怎么感谢您。"

"应该是我谢谢你为我所做的一切。明天早上，我们就要分道扬镳了，不过，每当你穿上这双靴子的时候，你就会想起我们这一次短暂的旅程，不只有糟糕的回忆，你还会想起一些美好的时刻。"

米利还没来得及回答，阿加莎就抬手指向了一家内衣店。拉乌尔果断拒绝入内，决定在门外等着。

购物终于结束，拉乌尔把衣服袋子塞进后备厢，然后坐上了驾驶座。

"我不知道你们怎么样，反正我现在是饿得能吞下一整头牛！我们今晚会在音乐的陪伴下吃饭，我带你们去的可不是什么随随便便的地方，一般的游客都不会知道的。"

米利以为会听到一些民谣，然而拉乌尔带他们去的那家小酒馆里却演奏着查理·帕克和迈尔斯·戴维斯的乐曲。

大厅里坐着各式各样的客人，衣着挑逗的服务员在中间来回穿梭。并不像拉乌尔声称的那样，这家酒馆里既有常客但也有第一次来的游客。他似乎很讨厌那些游客,对他们嗤之以鼻。餐厅里有一对夫妇和一个衣衫褴褛的人坐在一起吃饭,拉乌尔选择了他们隔壁的座位。

"你看这两个人。"他对米利说,"他们是常客,每星期都会邀请一个流浪汉跟他们共进晚餐。这样的事情只有在这里才看得到。对这个流浪汉来说,一顿饭还不是最关键的,更重要的是,有人愿意花时间倾听他说话。如果你是一个乞丐,你就像是透明人一样,日复一日变得越来越微不足道。那些经过你身边的人都不愿正眼瞧你一眼,就好像生怕会传染上你的不幸。而即便是遇到慷慨之士,他们那种充满怜悯的眼神也会将你唯一剩下的东西彻底杀死,那就是自尊,是你即便肮脏不堪地在路边祈求那些有家可归的人行行好时也要拼命保住的自尊。"

米利用疑问的眼神望着阿加莎,猜想拉乌尔是否认识他口中的主角。

酒馆的老板走过来跟他们打招呼。他问拉乌尔是否愿意上台唱上一曲,言谈举止之间无不透出对拉乌尔的尊敬。拉乌尔推辞再三,最终欣然接受了邀请。

他上台跟乐队沟通了几句,然后在弱音小号和低音提琴的伴奏之下,用他那低沉的嗓音缓缓唱出了一曲蓝调。

米利马上注意到他的身上发生了一些变化。站在她面前唱着歌的不再是她认识的那个和蔼可亲的人,而是一个用神情诉说着别人故事的陌生人。阿加莎随即靠近米利,向她讲述了拉乌尔的故事。

　　十五岁的时候，拉乌尔跟着一群采草莓的人坐着一辆大卡车来到了加利福尼亚。他们大部分人都来自墨西哥。虽然这里不是南部的棉花田，但是跟那些摘棉花的人相比，草莓采摘工人的生活状况也没什么值得羡慕的。拉乌尔穿着他那破旧的工装走遍了加利福尼亚：他做过装卸工、货车司机、停车场保安、守夜人、夜总会看门人和酒店门童。直到有一天，一个在伯克利教书的音乐教授发现了他。这个叫作赫里曼的男人自称"大师"，他一头金发，体型高大瘦削，有些装腔作势。他很喜欢跟年轻漂亮的男孩子待在一起，而且总能发现那些有才华的人。年轻的拉乌尔外形俊朗、体格健壮，有着一副适合唱爵士乐的特有嗓音。如果你闭上双眼听他唱歌，很容易会以为他出生于新奥尔良。由于拉乌尔成功地抹去了自己家乡的口音，大家更觉得他神秘莫测，当然除了那位老师之外。拉乌尔有着一对异于常人、乐感灵敏的耳朵，他总能模仿出他所听到的一切东西。在泡妞的时候，他最爱使的一招就是装成一位非凡的博学之士，让女孩子们以为他会讲几乎所有的语言。由于接受过唐人街上那些卖烤鸭的人的帮助，他的中文变得跟他们一样流利，但实际上在词汇运用方面还远没有达到同样的水平。至于他假模假式的德语则偷师于赫里曼。众所周知，赫里曼拥有德国的血统。而他的法语则带有魁北克口音，这是为了跟那个他此生见过的最美的女人调情。那位来自蒙特利尔的女孩子为了逃离大雪,来到了充满阳光的加利福尼亚采摘橙子。

赫里曼在一家爵士酒吧里发现了他的这名新学生。拉乌尔是这家酒吧的常客,他每个晚上都会来这里,把挣到的钱喝到精光为止。

那个时候,拉乌尔很少能在一个地方连续住上两晚,每天都要操心晚上去哪里睡。于是,当音乐教授提出给他一个住处和一个受教育的机会时,这个年轻人立刻察觉到一个改变一生的机会就这样摆在了他的面前。而这个机会就像一列全速穿越平原的火车一样可能转瞬即逝。他并不蠢,知道赫里曼的特殊口味,只不过后者从未有过任何不得体的行为,以至于拉乌尔在这段无拘无束的日子里最终得出结论 —— 自己的导师对任何性别的人都不感"性"趣。他醉心于跟年轻人待在一起,只是为了被年轻的生命力所包围以便延续自己的青春。赫里曼是一位特别的布道者,他一直以拯救灵魂和改变他人的命运为己任。他的执着追求令人钦佩,然而他常常失败,偶有成功。在伯克利,有十来名学生因他而获得新生,拉乌尔正是其中一名。赫里曼教会了他们怎么穿衣打扮,怎么措辞得体,尤其是怎么运用自己与众不同的天赋,而不是只想着怎么把女孩子骗上床。住在教授家的两年时间里,拉乌尔抱着赎罪的心态,再也没有碰过女人,最多也只是偶尔多看两眼她们的胸脯和臀部,不过,这也不算什么。

阿加莎就是在这个时候认识了拉乌尔。那时她刚进大学,他们在马克斯的介绍下认识了,然后便建立起了深厚的友谊。

拉乌尔不是所有的课都会去上,只有赫里曼的课他才会一次都不落下,并且一直保持优异的成绩。赫里曼的一些同事对这些赫里曼的爱徒缺席自己课的事也睁一只眼闭一只眼,不再计较。

即便美国这个国家给了拉乌尔现在所拥有的一切,然而由于童年的成长经历,他十分同情那些受压迫者的命运。反战、反独裁主义、反种族隔离,所有这些行动对他来说是必须履行的义务。靠着那把嘶哑的嗓音,他走到了各种罢工游行队伍的最前端。不久之后,拉乌尔开始在法律的边缘游走,为了帮助某个被警察们粗暴对待的人,他终于还是越过了界。于是,在经历了一次又一次的斗争之后,他不得不转到了地下。跟他的绝大多数同伴一样,他的足迹踏遍了全美国。在纽约的时候,他曾经受温饱问题所困,度日维艰,时而流连在布朗克斯区,时而混迹于曼哈顿下城,只要能找到工作和住所,待多久都无所谓。然而十年过去了,拉乌尔依然心系南方,挂念着那些阳光灿烂的日子。沿着哈德逊河度过的十载寒冬对他来说是一次名副其实的苦行。靠着省吃俭用再加上时不时地小偷小摸,拉乌尔终于存够了钱,走出了黑暗。在某个一月的清晨,气温骤降,虽然未曾落雪,但翠贝卡的街道已染上了霜白。拉乌尔整理好行装,准备上路。他把屋子的钥匙交给一位同伴,不再相信某位表兄号称将为他在圣安东尼奥找份工作的许诺,他步行穿过三十个街区,在34号公路客运站登上了一辆长途汽车。

然而,在拉乌尔的心中,赫里曼一直占有一席之地,没有任何人能够取代。当他坐在灰狗大巴上,看着窗外的景色渐行渐远时,拉乌尔开始思考要如何向他的导师致以敬意。这个念头在他的脑海中一直盘旋,以至于旅途的头两个晚上他都难以入眠。当他看到路边纳什维尔的指示牌后,灵光乍现。赫里曼曾经为他所做的一切,他今后可以对其他人如法炮制:他可以发掘那些有才华的人,让他们为人所知。拉乌尔将会成为艺术家们的经纪人,而为了开创这一全新的事业,首先就要为那些音乐爱好者提供实现美好愿景的温床。

最初,他租了一块场地,把演出厅布置成音乐棚。然后,他开始穿梭于各个酒吧之间,广交朋友,给所有愿意来他的场地演出的音乐家提供期许未来的机会。而他最天才的举动是用免费看演出和免费喝酒作为交换,鼓动了一帮墨西哥工人把他的音乐棚的外形打造成了一把巨型的吉他。他的演出厅经历了"忧郁布鲁斯"①和"前卫村"②的辉煌时期,尽管拉乌尔自己并没有发现什么奇才,但他那座造型独特的建筑最终在当地赢得了不少美誉。

"你现在看到的在舞台上唱歌的这个男人,"阿加莎讲完了故事,最后说道,"他每年在我生日的时候都会给我写信,一次也没有错过。"

米利望着拉乌尔在雷鸣一般的掌声中放下麦克风,心中升起了异样的感觉。她突然觉得能跟他待在一起很幸运。回想起

---

① 著名爵士乐队。
② 纽约著名的爵士乐圣地。

自己在试衣服的时候拉乌尔表现得如此亲切,她倍感骄傲。再想到某位音乐导师所实现的成就,她更暗中发誓未来某天一定要带着乔来到这里,让拉乌尔听一听他演奏的作品。

拉乌尔回到桌子跟前坐了下来。

"过一会儿,"他对阿加莎说,"我们合唱一首吧。"

"千万别!"阿加莎回答道。

"听过了你在我那里唱的歌,就算你拒绝,我也会把你拖上台的。"

"你今晚不需要待在你自己的酒吧里吗?"

"我那儿现在也不太景气,何塞会搞定的。而且你在这儿啊。"

两人随后陷入了沉默,米利暗想,这两个久别重逢的老朋友之间肯定有不少的悄悄话要说。于是她借口要去给弗兰克打个电话便抽身离开,给两人留下了叙旧的时间。

拉乌尔目送着米利,直至她离开了大厅。

"真是不可思议,她跟'她'太像了。"拉乌尔说,"刚才在酒吧的时候灯光太暗,我都没意识到。等我们走出去的时候,我得向你承认,我真是吓了一大跳。"

"我早有心理准备,马克斯给我看过一些照片。不过,当我不请自来坐到她车子里的时候,我突然觉得时光倒流了三十年,我好像看到了她的影子。"

"她知情吗?"

"不,她完全不了解状况,除了知道我是逃犯之外。她对此还很有意见，非常想回家。我一直在说服她待在我的身边。"

"全部都跟她说了吧，我敢肯定她会改变主意的。"

"坚决不行，她不应该知道关于她的一切，现在还不是时候。"

"你是怎么成功逃出来的？"

"靠着无比的耐心和细心观察。"

"你在我家里躲一阵子吧，等一切风平浪静了再说。"

"问题就是，目前一切都出奇地平静。他们甚至没有提到我逃跑的事情，我在报纸里找不到任何相关的报道。"

"也许他们最终决定放过你了？"

"我很怀疑，我只看到一种可能性，那就是他们正在给我设下陷阱。"

"你有跟任何人说过你要去哪里吗？"

"在重新见到马克斯之前，我自己都不知道要去哪里。"

"那就待在这里吧，这样最谨慎。"

"我在监狱的时候，你给我写过信，他们迟早会来找你问话的，我不能让你冒这个险。"

"他们要是真想给我戴上手铐的话，早就这么做了。而且我现在是委内瑞拉人了！"拉乌尔开着玩笑。

"不是这样的，他们放你一马是因为没有找到任何不利于你的证据，而且他们抓住了他们认为的罪魁祸首。我已经为所有的人还清了债。"

"汉娜，你替阿加莎付出了代价，还有那些跟她一起策划了那次疯狂行动的人。你现在借用她的名字简直是受虐的表现。再说了,并不是我们所有的人都参与了那次行动,只是其中的几个而已。那些与此事毫不相关的人也不得不流离失所,不见天日好些年。虽然无法跟在监狱里面的日子相比,但我们也经历了不少艰难的时刻。"

"我知道,拉乌尔,我看过你写的信。"

"我能为你做些什么,汉娜?随便什么都行。"

"还是继续叫我阿加莎吧,尤其是在那个小姑娘面前!"

阿加莎跟他提起了她在寻找的那个笔记本。

"我赶来见你,是因为你当时是所有人都信赖的对象……"

"亲爱的,要是我知道有人手里拿着能宣告你无罪的东西,我早就去找他了,必要时甚至不惜用武力抢过来。那你早就能从监狱里出来了,而且是堂堂正正地从正门走出来。既然你现在跟我说了这件事,我自己也会着手开始调查。阿加莎为什么要把自己的供词交给其他人?"

"为了让我能够出去,在她出事的情况下接手。可是,她托付信任的这个人一直谨遵着她的遗愿。"

"接什么手?"

"那个小姑娘啊!"

在一片沉寂之中,拉乌尔对着他的朋友注视良久。

"如果你当初爱的是我,所有这一切就不会发生。"

"我知道,我运气太差,爱上了其他人。"

"别跟我说你还爱着他。"

"求你别说出他的名字。"

"你知道他现在变成什么样了吗?"

"不知道,我怎么可能知道?"阿加莎回答,"他应该变老了吧,就像我们一样……不过他应该有了家室吧……"

"如果你想知道的话,我再也没有听到过关于他的任何消息。"

"我可能并不想知道。"

"那现在你有什么打算?"

"如果在被抓住之前,我能够找到那个笔记本的话,我会回去等待重新判决。"

"如果你找不到呢?"

"那我也不会回到监狱里面去,马克斯给了我一把手枪,里面还有一颗子弹,是留给我自己的。"

拉乌尔的目光变得柔情似水,其中还夹杂着一丝哀怨。

"我会尽全力的。"他低语道,"你就别说傻话了。至少在我做调查期间,你就待在这里吧。"

"谢谢了,不过还是应该由我自己来做调查,我得去找到其他人。你把这当作本能也好,偏执也好,我预感得到危险,我宁可动起来。"

"这一点用都没有,只会给你带来更多的危险。时代已经变了。在当今这个时代,想要找到并且定位一个人,就像过家家一样简单,任何事情都可以处在被监视和监听之中。发送电子邮件、信用卡支付、关着机的手提电话,所有这些都会暴露你的位置。"

"行了吧,拉乌尔,你不觉得你有点太夸张了吗?联邦警探毕竟还不是'斯塔西'①,而且据我所知,我们毕竟还没有陷入独裁统治之中吧?"

拉乌尔做出痛心的表情。

"我们的身份、我们的行程、我们的观点、我们的品味和选择、我们买的东西、我们看的电视或者电影,我们整个生活的每一个细节都一丝不差地被记录在案。国家安全局收集的数据太多,他们根本都处理不过来。在今天的话,奥威尔会被指控犯有叛国罪,然后遭到追捕。"

阿加莎摆出一副怀疑兼厌恶的表情。

"我没法相信你所说的话。你们不是都自由了吗?怎么会允许发生这样的事情?"

"统治的方法在发展变化,但宗旨一直没有变:激起大家心中对他人的恐惧,对混乱的恐惧,还有对看不见的敌人的恐惧。难道你不觉得似曾相识吗?在我们那个时代,政府渲染的恐惧是共产主义和原子弹,又或者是我们参与搞的那些示威活动;而现在呢,则是洗钱的大毒枭、极端主义者以及无处不在的暴力。由于所有这些威胁都是真实存在的,人们对于政府监控的警惕防范意识也就下降了,结果在社会上逐渐形成了这样一种主流观念:不做亏心事,不怕鬼敲门,政府监视的都是坏

---

① 前民主德国国家安全部,当时世界最强大的情报机构。

人,好人没有什么需要藏着的。当然,你的情况可不一样,你还是要习惯于怀疑一切,每分钟都要保持警觉,甚至比以前还要更加小心。你得站在他们的角度去想问题,他们同样也会试着搞清楚你是怎么想的,会想办法预测你的每一步行动。"

阿加莎突然转身望向酒馆的大门,神色紧张。

"她在干什么呢?已经出去很长时间了。"

拉乌尔拿起外衣,站了起来。

"一起去看看,反正现在也该回去了。"

米利背靠着自己的车子,正在停车场等着两人。

"你们这就聊完了?"她掐灭烟头问。

阿加莎和拉乌尔尴尬地交换了一下眼神。

"你们的表情好奇怪,有什么不妥吗?"

"没什么不妥。"拉乌尔回答道,"就是夜里要开始下雨了。"

汤姆再次停了下来,疲惫就快要把他压垮了。还剩下一百多英里路,一旦到了纳什维尔,他就必须保持头脑清醒以便采取行动。

他一边查看地图一边思考着要以什么样的方式去抓阿加莎。阿加莎的身边还有其他人,而他一心想要在她独自一人的时候再逮捕她。汤姆的脑海中浮现出这样一个问题:那个奥兹莫比尔的车主为什么肯带着她横跨整个美国?一个念头突然冒了出来:这个女孩子可能是被劫持当作了人质。汤姆觉得自己好蠢，之前太匆忙草率了，怎么就没有早一点想到这个呢？

如果阿加莎手里有武器，那形势就彻底改变了。在这种情况下，迅速结束这一场疯狂的逃亡显得更加迫在眉睫。

他打开保温瓶，倒了一杯咖啡，喝完之后立刻重新上路。已经发黑的天空中传来一阵阵雷鸣，看来一路需要小心驾驶了。两小时后，他就能抵达目的地了。

走出小酒馆之后，拉乌尔把车钥匙抛给了米利。为了庆祝阿加莎的回归，他有些喝多了。于是，米利坐上了驾驶座，而两个好伙伴则躺在后排座位上兴高采烈地齐声高唱着"彼得、保罗和玛丽"①的另一首歌。从这趟旅行开始到现在，米利还是第一次见到阿加莎这个样子。她也想加入他们的合唱，可是她不知道歌词。

在拉乌尔酒吧的门前还停着十来辆车。他让米利绕了一圈，开到了屋子后面的车库。他今晚一点都不想见到何塞。划过夜空的闪电照亮了空中落下的瓢泼大雨。

车子入库后，拉乌尔让两位客人进屋。一条楼梯直接通往表演大厅的二楼，拉乌尔把楼上布置成了自己的套房。这里面只有两间卧室，他把自己那间让给了阿加莎，让米利住进了那间用来招待朋友和音乐家的客房。而他自己则睡在了沙发上，这也不是第一次了。

---

① 美国民谣三重唱组合。

米利进房间睡下了，客厅里只剩下阿加莎和拉乌尔。

"你生活中就没有女人吗？"阿加莎一边问，一边接过拉乌尔递给她的最后一杯酒。

"曾经有过很多，然后是一个，但最后她也离开了我。从此之后，我就一个人过了。这也算公平，我曾经伤过不少人的心，现在也该轮到别人让我心碎了。"

"她是谁？"

"她是个很棒的音乐家，一个很了不起的艺术家。我在某家酒吧里看到她正在唱歌，惊为天人，真正的一见钟情。我们在一起幸福地过了好几年，可是，她待在这里实在是大材小用。你可能会觉得我疯了，但其实是我把她推开的。我几乎是把她赶出了家门。我实在太爱她了，以至于我每天早上照镜子的时候，只会觉得镜子里的那个男人耽误了她的人生。我们俩相差二十岁，她已经为我付出太多了。"

阿加莎拿走拉乌尔手中的酒杯，轻抚他的面颊，然后拉着他往卧室走去。

"来吧。"阿加莎低语呢喃，"我跟你年纪差不多。"

房间的门在他们俩身后关上。米利伸出头看了看无人的客厅，不禁莞尔。透过墙壁，她听到酒吧里的最后一批客人陆续离开，听到何塞在收拾桌椅。没有多久，房内的灯全都熄灭，一切陷入了寂静。

一连串尖锐的喇叭声震醒了昏昏欲睡的汤姆。他被一辆大卡车的车灯晃花了眼，猛地打了一下方向盘，车子突然偏离了道路。汽车的轮胎骑上了路肩，在车子冲出道路、即将冲进一片田地之前，汤姆及时控制住了方向盘，终于把车停了下来。他走出车外，一边呼吸着新鲜空气一边试图恢复平静。远处传来了一阵雷声，他抬头望向天空，零星的雨点开始打在他的身上，一场瓢泼大雨迅猛袭来。由于雨势太大，他立刻回到车里面，坐在驾驶座上避雨。

大雨猛烈地敲打着风挡玻璃，车内只能听到震耳欲聋的"噼啪"声。汤姆重新发动车子，竭力辨认着道路的标识带，试图重新回到马路上。

地上积满了水，轮胎在泥泞之中不断打滑。车子左摇右晃，举步维艰。车底传出一阵烧焦的橡胶味，情况不容乐观。就在这个关键的时刻，发动机熄火了。汤姆抬起踩在油门上的脚，没有办法，只能放弃了。就算他能想办法叫来一辆抢修车，也没办法说清楚自己的位置。

他只能耐心地等到明天早上，才有可能脱离困境。

8

清晨的空气依然有些湿润。米利第一个起来，走到室外四处溜达。她很高兴看到自己的爱车躲过了昨晚的暴雨。就在这时，拉乌尔出现在她的身后。

"起得这么早？"

"一直都这样。您睡得还好吗？"她笑着问。

"睡得就像婴儿一样香甜。"拉乌尔狡黠地回答，"来杯咖啡？"

"乐意之至！阿加莎醒来了吗？"

"还没有，我听到你下楼的声音就出来找你了。来吧，如果你愿意的话，我们一起散散步吧。"

"她是个很奇怪的女人，对吗？"

"不，她是个很了不起的女人，只不过你还不了解她。"

"我打算要回家了。"米利说。

"我知道，我理解你，所有这一切都不关你的事。"

"我得回去找弗兰克和乔了，而且得回去上班了。"

拉乌尔点了点头，表示赞同。

"我很希望有一天能介绍他给您认识。"

"弗兰克还是乔?"

"乔,他是个很棒的钢琴家,很有天赋,只是他自己还没有意识到。"

"富有才华的人通常都是这个样子,他们总是最后一个认清自己才能的人。"

"乔也是这样,他不自信,对自己的音乐和诗歌都没有信心。"

"那弗兰克呢?"

"弗兰克不存在这样的问题。"

"这样的话,我担心你跟他在一起会无聊死的。请原谅我这么直白。"

米利突然爆发出一阵大笑。

"如果我在小时候遇见您的话,我可能会幻想您就是我的父亲。"

"好奇怪的念头,你为什么会这么想?"

"因为我很喜欢有人能这么对我:推翻我的观点,反驳我的论据,跟我讲那些我不愿意听的道理。总之,就是在我成长期里做一切让我讨厌、让我生气的事情。"

"那我给你一个建议,好好利用你跟阿加莎在一起的这几天时间。如果你喜欢辩论,她绝对是这方面的专家。"

"您也绝对会是一个很出色的父亲。"

"是吗?"

"是的,因为我都没问您的意见。"

"好吧。至于我嘛,我可不会喜欢有你这样的女儿。"

"真的吗?"米利感到诧异。

"当然不是真的。"拉乌尔说完揽住了米利的肩。

他们沿着房子后面的林间小路往前走。

"我想请您帮个忙。在离开之前,我想送个礼物给她。我昨晚入睡之前一直在想着这件事,我想,这也是我这么早就醒来的原因吧。"米利看着自己脚上那双靴子说,"我也希望给她留下一件纪念品。"

"那我怎么才能帮到你?"

"昨天,当她站在您的酒吧舞台上独自唱歌的时候,我很激动,就跟乔在教堂为我演奏管风琴时的感觉一样。"

"你在酒馆里听我唱的时候难道不激动吗?"

"不是的,您的表演很美妙,不过感觉不一样。她从玻璃柜里拿的那把吉他很贵吧?"

"你是说那把斯普林斯汀①用过的吉布森吗?一点都不贵。"

"您骗我的吧?您认识布鲁斯·斯普林斯汀?"

"你喜欢他的音乐?"

"您开玩笑吧?他用过这把吉他?"

"他不仅用过这把吉他,而且为了感谢我帮过他的忙,还

---

① 美国七十年代摇滚巨星。

把这把吉他送给了我。我发过誓永远不提这件事的。不过，对你嘛，我倒是可以好好讲一讲这段故事。他当时跟我一样是个穷光蛋，曾经在我这儿住过一段时间。我知道你会觉得这简直不可思议，不过这圈子里最伟大的天才们也难免要经历各自的二十岁。在那样的年纪，他们中的大部分人都放荡不羁，过着波西米亚式的生活①。总而言之，有一天晚上，我回家的时候听到卧室里面有动静，还以为他是跟某个女孩在一起。我觉得很好笑，于是推开房间门想看看那个女孩够不够漂亮，是否值得我为她让出自己的床而去睡沙发——如果你还能把它叫作沙发的话。然后，我就发现他正躺在我的床上打盹儿，紧紧贴着他那把吉他，就好像身边睡着的是他的情人一样。第二天，他跟我道歉，对我说'她'需要好好地休息一个晚上。"

"他送给您的就是这把吉他吗？"

"不是。不过很多年以后，他路过了纳什维尔。我不太记得他是偶然到了我的俱乐部还是专程来这里找我，总之，在一群朋友的陪伴下，他推开了酒吧的门。当他看到我时，一把抱住了我，就好像从来也没有真正长时间地离开过。我们一起喝了几杯，然后他走上了舞台。最搞笑的是，当时在酒吧里的客人还觉得台上唱歌的那个家伙没有什么特色，因为他很滑稽地模仿着斯普林斯汀。当晚，我的酒吧本来应该可以狠狠地'火'一把，但是我什么都没有说。我知道他就喜欢隐姓埋名，跟从

---

① 指生活漂泊不定的状态。

前一样。我们一整个晚上都在不停地喝酒、抽烟、嬉戏打闹,直到精疲力竭。第二天,当我在舞台边上醒过来的时候,他已经走了。不过,他给我留下了这把著名的吉他,就是你想跟我买的这把。在琴弦间夹了一张小字条,上面写着:'她需要好好地休息一个晚上,照顾好她。'"

"您是骗我的吧? 这个故事不是真的,对不对?"

"我刚才跟你讲的都是真的。现在轮到我来请你帮个忙了。待在阿加莎的身边吧,至少再多待一段时间。如果你不离开她的话,我就送你这把吉他。"

米利抬起头盯着拉乌尔看了好一阵。

"我不是那种能被收买的人。不过,如果您答应我等我带乔回来找您的时候您会听他演奏,那我就一定会把阿加莎送到她的下一个目的地。"

"成交。"拉乌尔说道。

米利把手从裤子口袋里拿出来,伸手递给拉乌尔一百块钱。

"这是什么意思?"

"这是向您买吉他的钱。如果它真是斯普林斯汀用过的,就不至于一文不值地被放在玻璃柜里积灰了,那个玻璃柜甚至都没有上锁。如果真是这样的话,您怎么会舍得跟它分开?"

"犀利! 你够狠的啊,不过我服了。"拉乌尔摇着头回答,"阿加莎应该正在收拾行李呢,去跟她说吧,告诉她你会继续跟她一起上路。而且我们可是说好了,这一切跟我无关。"

"确实跟您毫不相关。"米利明确表示。

"很好,我趁现在去把车开出来,把吉他放到后备厢去。然后我就去给你准备咖啡,之前答应了你的。我们一会儿在吧台见。"

米利一路跑进屋子里,以免自己改变主意。

汤姆在拂晓时分醒了过来。他走到了马路边,车子停的地方比他昨夜想象的要更靠近马路一些。一个开着拖拉机经过的农民来帮了他一把。他的车身布满泥浆,不过车子本身的性能没有受到影响。在由衷地谢过"救命恩人"之后,他加大马力,全速向前疾驰,终于第一次用上了警笛。现在是清晨六点,距离纳什维尔只有二十多英里。仪表盘上的计速指针远远超过了一百的刻度。

米利坐在驾驶室里耐心地等候着。拉乌尔在门边紧紧搂住阿加莎,又再次抱着她转起圈来。

"放下我,傻瓜,你要勒死我了。"

"如果可能的话,我真是想紧紧箍住你,直到你昏倒。这样就能把你留在我的怀里了。"

"告诉我你昨晚闭着眼睛。"阿加莎在拉乌尔耳边轻声说。

"我为什么要那样做?"

"因为只有你的双手见过我。"

"好吧,我闭着眼,心里想着如果我看不到你,你也会看不到我。"

"谢谢你所做的一切,拉乌尔。"

"应该是我……"

然而,阿加莎伸出手指放在他的双唇上,不让他继续讲下去。

"那个你爱过的女人,她已经离开很久了吗?"她问道。

"到这个月底就满三年了。"

"你知道她住在哪里吗?"

"亚特兰大。"

"那就去找她啊,笨蛋。因为我敢肯定在这三年里,她一定早就对身边跟她同龄的男孩子厌烦透了。经过昨晚的体验之后,我可以跟你担保,她一定会很懊悔,每个晚上都要想念你的。"

"我会找出是谁拿了那个笔记本,相信我。"

"小心一点,拉乌尔,我不想冒险,我可不希望这东西在找到之前就已经被毁掉了。我会尽可能给你打电话的。"

"记住只能用公共电话亭,通话要保持简短。一挂掉电话,你拔腿就跑。"

"我现在就该跑路了。"她低头看着拉乌尔的手,对方死死抓住她的手还是不肯放。

他亲了亲她,然后陪她一直走到车前。

"你们一路小心。"他弯腰靠向车门嘱咐道。

奥兹莫比尔出了停车场,转了个方向,开上了大路,然后消失在拉乌尔的视线里。

拉乌尔走回屋,关上玻璃柜,叹了叹气,然后上楼重新躺下了。

"我饿得要死。"阿加莎说,"你不饿吗?"
"您听过一句谚语吧?'睡觉可以忘记饥饿!'"
"好吧,那我就是没睡够。"
"我相当清楚,绝对不需要了解更多的内情。"
"你需要,这会让你变得更加成熟。"
"下一个目的地还远吗?"米利很不耐烦地问道。
"在天黑之前就能赶到。往北边走,出了克拉克斯维尔之后,我们将进入肯塔基州。"
"肯塔基州有意思吗?"
"如果你喜欢马的话,那就还不错。至于我嘛,我喜欢尽可能地跑遍全美所有的州。"

她们在沉默里停下来稍事休息。这是一个小城市,比与这里同名的大学大不了多少。米利毫不犹豫地把车停在一家餐厅前,只是因为她看到这家门口挂着"校园吧"的牌子。

"你就这么想念你在校园的生活吗?"阿加莎一边问一边翻看着菜单。

"您怎么知道我在学校里工作?我不记得曾经跟您提起过啊。"

阿加莎放下菜单,直视着米利。

"你瞧,这不公平,在你三十岁的时候,大家会把这看作是心不在焉,甚至有点小可爱。可是再过二十五年,你身边的人就会因此而为你担心,以为你的脑子越来越不好使了。如果你没有对我说过的话,我又怎么会知道呢?那么,柏林戈太太这个人也是我自己想象出来的吗?"

"是柏林顿!我想了半天,还是记不起什么时候跟您说过这个。"

"那就算是我猜到的吧,我天赋异禀,随便你怎么想吧。"

"您在监狱里的工作是什么?"

"你真的希望我们在一家餐厅里讨论这个吗?"

"我们还需要多久才能到达目的地?别再跟我信口开河了,您对行程和路线都烂熟于心了。"

阿加莎抬头望向天花板,摆出一副仔细思考的样子。

"要我说呢,七到八个小时吧,如果不算上停下来去厕所和吃饭的时间的话。傍晚左右,你就能摆脱我了。不过要是路上堵车,那可就难说了,这个我也预测不了。我的占卜能力有限,到时候可别让你失望了。"

"其实,我希望您能跟我讲讲您的故事,不要跳过任何细节。您现在就可以开始讲了,不会有人监视我们的。"

阿加莎的目光扫过整个餐厅,靠向米利说:"你的脾气还真差,有人对你说过这话吧?"

"从来没有,恰恰相反!"

"那就是你身边的人都不够真诚坦率!"

"您别再叽叽歪歪的了,相当招人烦。"

阿加莎不再说话,一口气吃光了盘子里的鸡蛋和培根,中间只停顿了两次,一次是命令米利吃饭,一次是请她把盐瓶递过来。

阿加莎结完账,果断地大步迈出餐厅,往汽车的方向走去。米利紧跟在后面。

"上床这方面我倒是不太清楚,但看起来,成熟对于性格的改善也没多大用处啊。"

阿加莎没有回答,径直钻进了奥兹莫比尔,米利则重新坐回驾驶座。直到离开了默里,阿加莎才终于敞开心扉,对米利讲述自己的过往。

"我是在那些宣扬民主、平等和祖国伟大的高谈阔论之中长大的,但每天看到和接触到的却只有贫穷、性别歧视、种族隔离和政治迫害。后来,我跟着姐姐一起去参加集会,亲眼看到他们组织争取公民权利的示威活动,我从中感受到了浓浓的人情味,这可要比我们童年时所住的那些白人街区强太多了。从此,我由一个旁观者变成了战士。"

"那您是在为什么而战呢?"

"为了所有的一切。"阿加莎咯咯笑了起来,"从对南美的强权政治到对越南、柬埔寨的残暴行径,所有那些由我们的统治阶层发起的对向往自由的人民的压迫,我全部都反对。最初本来是为了争取公民权利的活动很快就将政府发起的境外战争和国内盛行的种族主义联系在了一起,与黑人同胞团结一致也就成了所有活动的第一要务。我就属于不会凭肤色去评判别人的那一类人。我喜欢的音乐都是黑人创作的音乐,我拒绝被那道看不见的壁垒所束缚,希望自己能跟其他各种肤色的年轻人团结在一起。我们的上一辈经历了纳粹大屠杀的时代,我的父亲就是从奥马哈海岸登陆,一直打到了柏林。作为他的孩子,你说我们怎么可能接受得了一丁点的种族歧视,或者说是成为压迫他国人民的帮凶呢?在二十世纪六十年代末,早在我还没有加入任何团体之前,美国的各个黑人居住区就纷纷出现了骚乱。洛杉矶华兹地区的一次暴动造成了三十五人死亡,当时警方抓捕了四千多人。接下来在芝加哥、克利夫兰、密尔沃基和代顿都相继爆发了骚乱。第二年,骚乱继续蔓延到了三十多个城市。1967年5月,在得克萨斯的一所黑人大学里举行的示威活动简直变成了一场噩梦。六百名警察赶来驱散学生,对着他们的宿舍扫射了六千发橡胶子弹。这就是一场披着合法外衣的洗劫。联邦调查局的势力开始渗入到学生和示威人士的行列当中,那个夏天的所有活动都被破坏了,暗杀行动层出不穷。你听说过休伊·牛顿①吗?"

"我感兴趣的是您自己的故事,而不是这一整段历史!"米利抗议道。

"不提故事开始的背景,又怎么能说得清楚呢?"

米利并不知道,阿加莎刚才说的其实原本是自己辩护词里

---

① 著名黑人领袖。

的一句话。但当时在面对检控时，她并没有机会为自己辩护。因为她最终与检控官达成了和解：只要她认罪，刑期会减至五年。否则的话，她将接受大众评审团的审判，很有可能被判无期。在二十二岁的年纪，谁敢去冒这样的险？

"休伊·牛顿和波比·西尔是梅里特学院的两名学生，他们创立了一个叫作'黑豹党'的自卫社团。这个社团很快广为人知，同时也引起了争议。他们致力于推广一些针对黑人群体的社会计划，如开办自卫课程、普及政治教育、开展免费医疗、向最贫困的人派发食物等等。他们以社团为基础，从国家最核心的地方推动革命，由内至外最终引起了整个世界的反响。这样的功绩却被联邦调查局看作对美国国家安全的一大威胁。于是他们设下埋伏，在休伊开车的时候截停了他。事发时一阵枪声响起，一名警察因此身亡，于是他们把罪责归到了休伊的身上。但事实上后者根本就没有携带武器，而是在受伤之后就消失不见了。其实，他们是把他关进了牢房。要求释放休伊的声音在全国范围内响起。人们在大街上高喊：'释放休伊！'而美国所有的左派活动分子都会聚在了这同一个呼声之下。"

"您就是从那时候行动起来的吗？"

"还没有，不过也快了。当时，第一批退伍军人从越南撤回，开始向所有人讲述他们在那里参与犯下的恐怖罪行。这样的自我告白在和平主义的示威活动中尤其受到欢迎，因为与那些只知道从新闻中了解战争的学生相比，退伍军人的分量要重得多。我永远记得那一天给整个国家带来的震撼。那一天可真棒，对于热爱自己国家的人来说，就好像遭受了一次致命的电击一样。我们正是出于对国家的爱才会投入抗争。在那一天，数以千计的退伍老兵把自己的荣誉勋章扔在了国会大厦的阶梯上。你完全想象不到在那个年代，种族主义对人们的影响有多深。一位曾经参过战的海军士兵萨米在亚拉巴马州被杀害了，就因为他走进了只对白人开放的厕所。你能意识到我们这四十年都经历了些什么才终于走到今天吗？你能明白为什么这么多人在听到奥巴马当选总统之后喜极而泣吗？我在牢里的时候从来不看电视，只有一次例外，那就是看奥巴马庄严宣誓。我当时也是流尽了所有的眼泪，心里不禁想起了那些死去的朋友，他们都只是一些温和的梦想家而已。当时，抗争仍然在持续和蔓延，各地的暴动愈演愈烈，整个国家处在分崩离析的边缘。我们特别想争取让其他的白人也加入到反对种族主义的抗争中来。可是在那个年代，只要是捍卫人道主义就都会被当成共党分子。随着这场运动越来越走向极端，政府也变得越来越强硬。联邦调查局的'大佬'把我们定性为'除了苏维埃政权之外国家面临的最大威胁'。于是，针对这场运动的活跃分子的暗杀行动就此展开，很多人甚至死在了睡梦之中。我们只是一群想唤醒良知的年轻人，当然，其中也有一些人坚决要颠覆整个体制。后来我才看清楚了他们的目的。事情慢慢失去了控制，玩火者终将自焚。以美好的理想为借口，我们其实干了数不清的蠢事。当你坚信自己站在善的一方，站在公理和正义的一方，那么什么也阻止不了你，你就敢做出可怕的事情。①"

"什么可怕的事情？"

"他们所做的事情超越了普通公民抗争的范畴，于是丑恶从中滋生。暴力就像毒药，一旦进入了你的血液，它的毒性就会侵蚀你的大脑，让你以为你的初心从未改变。"

"那您呢？您曾经做过什么？"

"我也做了一些让我羞于启齿的事情，三十年了，我仍然无法开口说出来。请再给我一点时间吧。"

"您是怎么加入这些组织的？"

"我当时还不到二十岁，苦涩沉闷的生活压得我喘不过气来，唯有爱情能让我逃脱。于是我就去爱了，用尽全力地去爱。我爱上的都是一些疯疯癫癫的人，例如音乐家、画家。有些家伙沉迷于语言修辞，有些家伙会为了微不足道的小事就没完没了地长篇大论或者最终争辩起来。还有些家伙打开家门迎接潦倒的驴友，不提任何问题，只因为对方是所谓的朋友的朋友。我还爱上过逃兵，也爱过一些无业游民，他们会沿着铁轨追赶正在开动的火车，然后爬上车，尽管他们其实并不知道这趟车要开往哪里。我喜欢过那些喜欢睡大马路的家伙，还喜欢过酒鬼，他们要不就是为家人所不齿，要不就是为法律所不容，也

---

① 原注：这是戴维·吉尔伯特的一句名言，他是"地下气象员"组织的成员，仍在关押之中。"地下气象员"是由美国年轻人发起的一个极端革命组织。该组织大部分成员在二十世纪七十年代转入地下，变为违法人士。

有的两者都不是。不过相信我，他们都是一些令人高兴的疯子。当时的我们什么也不怕，对别人更是毫无戒心。我跟他们一起度过了多少个狗血的夜晚，有时候当我在清晨醒来的时候，我完全不知道自己身在何处，只感到浑身不自在。数不清有多少次了，我们逃奔在那些错综复杂的贫民窟里面。在阴暗的街头巷尾，流氓一般的警察一边吹着警哨一边挥舞着警棍恶狠狠地朝我们扑过来。我曾经疯狂地迷恋过一个狂热分子，愿意跟着他踏遍天涯海角。我们一起跑去了威斯康星州，我们开着跟你这辆一样的车，开着敞篷任由头发在空中飘舞。我们往麦迪逊开去，那里的学生正企图阻止'陶氏化学'公司在校园里的招聘活动。"

"为什么要阻止'陶氏化学'公司？"

"因为我们国家在越南投放的汽油弹就是这家企业生产的。这些燃烧弹烧死了成千上万的平民。我们决定就选在那一天对他们宣战。结果，在穷凶极恶地痛殴了示威的学生之后，警察逮捕了六个人。那个时候，说我们士气高涨都算是客气的了。我们围住他们的警车，放掉了轮胎的气，然后狠狠地摇晃着车身。接着，我们干脆在车子前面躺了下来。"

"他们有什么反应？"

"他们能怎么样，总不至于从我们的身上碾过去吧。他们释放了我们的伙伴，不过或许是认为我们太亢奋了，警察向我们投掷了催泪瓦斯。这还是他们第一次在校园里用毒气对付学生。你想象不到这个卑劣的行为造成了多大的影响。我们咳个不停，吐得稀里哗啦，感觉双眼像着了火一般刺痛。我们胸口发紧，全身痉挛。尤其是那些冲在最前面的后果最严重。在遭受了这样的对待之后，我们这群人都感到火冒三丈。大家离开了麦迪逊，重新回到加利福尼亚。奥克兰那边也相当动荡，大家都不想错过。一个月后，我们又重新横跨整个美国来到了纽约。这是我第一次踏足纽约，当时感觉很梦幻。说实在的，我从来没见过这么肮脏的地方。天刚一黑，跟我胳膊一样长的大老鼠就开始满街流窜。不过，我也从来没有见过像时代广场那么美的地方。一个在偏僻小镇长大的小姑娘跟着一帮朋友身处大纽约，你想想这对于当时的我来说意味着什么。自由的感觉像电流一样传遍了全身。第一个星期，我狂热地投入到示威活动中去，反战、反种族歧视。我随心所欲地走遍了大街小巷，从早到晚对着那些摩天大楼看个不停。走在第五大道上的感觉就像登天一样。上东区跟下城区完全不一样，这里的街道上没有老鼠四窜，在这里只看得到衣着光鲜的高雅人士、崭新豪华的汽车、身着制服的门童和闪闪发亮的商店橱窗，其奢华程度远超出了我们的想象。我看中的一条裙子非常精美，它的价格相当于我们一年的所有开销。另外，我还记得自己在街边的小摊上第一次买热狗的情景，真是相当神奇，可惜里面放了鱼子酱，这一点让我有些失望。虽然我从来没有尝过鱼子酱，不过这毕竟是鱼吧，在那个时候，我对所有水里游的东西都不怎么放心。"

"那个热狗有这么神奇吗？"

"是吃热狗的地方非常神奇。我们当时坐在40号街拐角的纽约公共图书馆的阶梯上。不是为了转换话题啊,不过我听到后备厢那边传来了奇怪的声音,不会是备用胎松掉了吧?"

"我迟点会停下来检查的。您当时在纽约干吗呢?"

"我们在那里跟拉乌尔、布赖恩、昆特和维拉会合了,当时大家轮流睡在一个小公寓里。每个晚上我们都会去光顾那些爵士俱乐部、脱衣舞夜总会和通宵不打烊的酒吧。白天的话,就会去找点活来干。我曾经在宾州车站里偷偷地卖过花,也做过梅西百货里卖鞋专柜的服务员——就跟所有其他的临时工一样按提成赚钱,还做过第十大道上某家餐厅的服务员、电影院的领位员,还在'肥猫'酒吧里卖过烟。"

"您说的'我们'指的是谁?"

"布拉德和我。"

"布拉德是您的爱人吗?"

"像你这么年轻的女人居然还用这么老套的词语!他不是我的爱人。"阿加莎故作娇羞状重复道,"他是我疯狂迷恋的男人。我随时都在想着他,起床的时候、穿衣服的时候,还有白天每次看表的时候,都会在想要过多久才能看到他。我想你对弗兰克也是这样的吧?"

"当然。"

"撒谎!"

"我不许您这么说!"

"可我就要这么说,不管你乐不乐意。你还是先停下车来看看这个声音到底是怎么回事吧,真是烦死了。"

"等我们需要加油的时候我再停车,我很希望在入夜之前赶紧到达目的地,这样我才能尽快回到弗兰克的身边!"

"什么臭脾气!开慢点,从这个分岔口往北走,就是那边。"

"如果您还希望去旧金山的话,就应该穿过密西西比河,而过河的大桥在南边啊。"

"也许吧,不过还是按照我的路线走吧。我们会搭乘一艘老邮轮过去的,这比走高速公路更有趣。"

"我已经受够了兜圈子绕路。"米利抗议道。

"你照我说的做,我就会接着讲我的故事。要不然在到达尤里卡之前就给我闭上嘴别讲话。"

"我们是要去那里吗?"

"你想问的是到那里之后就分道扬镳吧?嗯,如果你还是这么想的话,我们今晚到了尤里卡之后就各走各的路。"

米利服从命令,开上了阿加莎所指的路。这让阿加莎很满意。

不久之后,她们穿过了一个小村庄,经济大萧条令这里变成了一座幽灵村。在这个叫作希克曼的地方,所有的房屋都破败不堪,马路上空无一人,中心街道两边的商铺全都拉下了卷帘门。

"以前住在这里的居民都去哪里了?"米利问道。

"我猜都掉进地狱里了吧。"阿加莎回答。

"您为什么要这样说？他们跟您没有任何过节啊。"

"如果你失去了房子，不得不把家具搬上货车，背井离乡，到其他地方养家糊口，那你觉得该怎么描述这样的情形？"

"这个地方使我想起了我的家乡，让我觉得有些伤感。"

"好吧，那就开快点！"

道路的尽头是一个小码头，位于大河的东岸。一艘蓝白相间的接驳船正停在岸边，等待着需要过河的车子。自从河的下游建起了大桥，这艘"多里纳"号上就不再车流滚滚了。然而，船主是一个老实巴交的船工，很喜欢自己的这份职业，他在自己的船上搞了好多告示牌，对乘客进行指引，就好像这艘接驳船的甲板上依然一如既往的满是乘客，因此他在驾驶过河的时候也得特别小心操控。

"这真是不可思议啊！"阿加莎感慨着，"三十多年前，我们就曾经这样过河，一直到今天还是这个样子，竟然什么都没有改变。不过，那个时候啊，我们要排队等两小时才能上得了船呢。"

船工示意米利拉紧汽车的手刹并熄火，接着抽起上船的斜板，松开了缆绳，最后回到驾驶舱里安坐下来。

接驳船晃晃悠悠地滑向航道中央，密西西比河的河水波光粼粼，裹挟着各种碎屑顺流而下。

阿加莎下了车，到后面打开后备厢，对着里面看了很久，然后重新关上，走到一边倚着船的栏杆。米利靠了过去，打量着她。阿加莎的目光随着波涛游走，恍惚而迷离，就好像水面是一面镜子，从中能重新看到往昔的影像。

"我们当年就是在这个地方，布拉德、拉乌尔、露西、我的姐姐和我。"她叹了一口气，"上帝知道我有多么期盼时光能够倒流。"

"您的姐姐后来怎么样了？"

"她死了。我好像告诉过你。"

"很遗憾。"

"自从我们分开之后，对对方的情况就不太了解了。"

"那么，您为什么看起来这么悲伤？"

"不是悲伤而是感动。这都是因为拉乌尔。我们刚才在路上听到的并不是备用轮胎发出来的声音，而是那把我昨天晚上弹过的吉他，他把它放在了你的后备厢里。拉乌尔心里很清楚，我是不会当面接受这样一份礼物的。这把吉布森吉他对他有着非凡的意义，一直以来他都很在乎这个东西。那一天，斯普林斯汀将这把吉他送给了他，当时他是那么高兴，还写了一封信寄到监狱里面，告诉了我这个事情。"

这一下，轮到米利盯着河水发呆并陷入沉思了。

"既然他把它送给了你，"她最后开口道，"那就说明他是真心想要这么做。"

"当我们还年轻的时候，我们所做的一切事情，当年所有那些战斗、越狱和逃亡，全都是为了追求另一种意义的幸福。而我自己，也是完全沉浸在那里面，结果竟然忽略了一些其实原本更重要的东西。如果当初我能够爱上拉乌尔，或许我也能拥有一个美好的人生。"

"仅仅在几天之前,您还困在牢房里面。而现在看一看周围吧,我们正在穿越密西西比河,您还有大把的时间可以去追求'另一种意义的幸福'。"

阿加莎犹豫了片刻,然后伸手揽住了米利的肩膀。

"你妈妈一定会为你感到骄傲的……尽管如此,我还是要说,你的脾气真的跟猪一样糟糕。"

船长拉响了雾笛,密西西比河西岸就在眼前。当接驳船靠岸的时候,阿加莎和米利重新坐回了奥兹莫比尔车里面。

拉乌尔脱掉衣服,重新躺倒在床上。他以前很少会这么早就从温柔的梦乡中挣扎着爬起来。枕头上还有阿加莎用的香水的味道,多么令人沉醉的一夜啊,他把枕头抱在胸前,闭上眼睛,发出一声喘息,然后就睡着了。

一串铃声响起,他抬起一只眼的眼皮瞥了一眼闹钟,还不到下午三点,那个大懒鬼何塞是绝不可能这么早过来的,至于供应补给的运货车,更是从来也不会在何塞到来之前经过这里。

拉乌尔爬起来,随便套了一条裤子,穿上衬衣,轻手轻脚地走到客厅,小心翼翼地打开了一个暗格,这样他就能从自己的居室看到楼下大厅里的情形了。他蹲在自己的"观察哨点",看到有个人走了进来,在楼下的台子和椅子中间穿行,径直走向了舞台。拉乌尔抓起了他的棒球棍,走下了通往后台的楼梯。

他藏在一块幕布的后面，当那个人的身影飘过时，他一下子跳上前，挥棒敲在了对方的后背上。这个不速之客瞬间倒下。

汤姆醒过来的时候，发现自己坐在一把椅子上，双脚和双手都被绑着，腰部如针扎一般疼痛。

"幸运的是，我并不怎么喜欢用火器，否则的话，你现在就已经死了。"拉乌尔叹着气说。

"你要是敢向一位联邦官员开枪的话，那可就真要吃不了兜着走了。"

"我的婶婶还是消防大队的头头呢。"拉乌尔冷笑着说。

"我的警徽就别在腰带上，你只要掀起我的上衣看看就能证明一切了。"

"没错，这样一来，你就好趁机采取行动了是吧。来，继续说，你还有什么把戏？"

"我被绑着呢，你以为我能怎么采取行动？"

"你什么也干不了，那就最好不过了！你就给我待在这里吧。至于我嘛，我可是要去继续睡我的觉了，顺便再想一想该怎么处置你。"

"我是执法官，你可别干什么将来会令自己感到后悔的事情。要知道，你刚才袭击了我，这件事情就已经足以让你付出沉重的代价了。"

"执法官？这恐怕还有待证明吧。"拉乌尔的语调平和而温暖，"我知道，只要掀起你的上衣看看就可以了，但是我并不想这么做。你非法闯入我的私宅，既没有亮明身份也没有执法的证书。你自己也应该很清楚，这么做并不怎么合理合法。"

"门开着呢，该死的！"

"借口说门没有关严实，就可以随随便便进入别人家里了？那所谓尊重他人私有财产的法律还算不算数了？在警校里面，难道你就没有学过这些吗？别跟我扯淡，你根本就没有敲门，而且一进我家就到处翻看。这是入室盗窃吧，能判多少年来着？我得给律师打个电话咨询一下。看来，还真是有必要为自己雇一个私人律师呢。我这就去查一查电话黄页，看能不能在那里面找到一个，当然，除非你这里能给我推荐个人选。"

汤姆盯着拉乌尔，眼中直冒火花，拉乌尔看起来却一点也不在乎。

"要不要来一杯水？我可不是什么不讲道理的粗人。"

"我正在执行任务。"汤姆的耐心已经达到了极限，他忍不住喊了起来，"我把话搁在这儿，妨碍司法公正，那可是要蹲两年班房的！"

"什么任务？"拉乌尔也拉了把椅子坐下来。

"你这是把我当傻瓜吗？"

"老实讲，是的！我再问你一遍刚才那个问题。因为闯到我这里来的并不是哪个随随便便的普通警察，而是一个老相识了！你以为脸上多了几道皱纹，又把头发剪短了，我就认不出你来了？"

"既然如此，拉乌尔，你就别再搞这些愚蠢的鬼把戏了，赶紧把我解开，我们必须好好谈一谈。"

"我倒是很乐意跟你谈一谈,不过我更希望你还是就这么待着,因为我真的要去补两小时的觉,我已经累得筋疲力尽了。等我睡醒之后嘛,如果你足够老实的话,我就给你上一杯咖啡,然后我们两个就能好好谈一谈了。"

拉乌尔站起身走向楼梯,刚刚踏上第一级台阶,他又转过来面向自己的"囚徒":"如果你企图挣脱而把我吵醒的话,我得告诉你,给你打的这种结是根本不可能自己解开的,但我一定会重新下楼来再把你收拾一顿。如果真是那样的话,这一次你也得相信我,我敢保证你一定会'睡'得比我还久!"

说完这话,他的脸上绽放出一个大大的笑容,然后他就重新上楼睡觉去了。

很多时候,过去生活的画面都会出现在她的梦里面。在被囚禁的那段日子里,从某种意义上来说,这些画面这些梦对于阿加莎就意味着安慰和解脱。白天被褫夺了自由,唯有黑夜才能为她敞开一扇心灵畅想的自由之门。如果监狱里的看守不是每天在太阳还没有出来的时候就把各个牢房的房门敲得如雷响的话,那她肯定情愿就这么一直睡着熬过整个漫长的刑期。现实当然不可能如此,所以在白天必须清醒地面对自己的囚徒生活时,她唯有通过阅读和写东西来寻求慰藉心灵的避风港湾。只要手里握有一支铅笔,没有任何一堵墙,没有任何一个牢笼能够阻止她思绪飞翔。

倚靠在奥兹莫比尔的车窗上,她脑袋轻轻一顿一顿地打着盹儿。时不时地，米利会把视线从前面的马路转回到车里，就这么看着她睡觉。她在睡梦中还带着笑，嘴唇不断地嚅动张合，就好像在跟别人说话一样。米利不禁感到好奇，她这是在梦中跟谁说话呢？

布拉德在特里贝卡咖啡馆等着她，身上穿的是白衬衫配灰裤子，外面还罩着一件开领的法兰绒上装。一看到她，他就站起来迎接，嘴里还叼着烟。他要跟她行贴面礼，想把香烟从嘴边拿下来的时候却不小心烫伤了自己，手足无措的样子令她觉得十分有趣。

快乐喜悦与局促不安这两种情绪同时在心中汹涌澎湃，这是何等特别的激荡心情啊。此刻，她在心中有着同样的感受，而看到他的表现也是如此，这不禁让她心里面安定了很多。两个人都在讲述着他们曾经共同经历的事情，相互勾起不到三个月之前的回忆，但是谁也不敢触及在横穿密西西比河的渡轮上的那一幕场景。当时，两个人都倚在栏杆边。布拉德伸出他的手臂揽在了阿加莎的腰间。在怎样的环境里，两个生命、两个灵魂之间才会产生如此奇妙的化学反应？这一切的根源究竟在哪里？而最终又是什么让两个人心生节制，发乎情，止乎礼？他们都在想着这些问题，但谁也没敢开口承认这个事实。为了显得更加自在一点，阿加莎跟他谈起了接下来他们将要采取哪些行动。然而，布拉德回避着这个话题，似乎并不想同她就此讨论下去。相比之下，他好像更愿意跟她聊一聊她的兴趣爱好，更喜欢打听她最近都读了些什么书，而这些问题她原本是打算稍晚一点再跟他聊的。他想让自己显得兴致勃勃，但结果却是徒劳无功。他只觉得自己讲出的每一句话都是那么的平淡乏味、毫无意义。其实，他问那些问题都是为了掩饰自己心中的慌乱，而她给出的每一个回答，也都是出于同样的目的。

布拉德的手在慢慢地向她的手靠近，但就在这个时候，特里贝卡咖啡馆消失在一片昏暗的浓雾之中，而她的声音也随着他的身影一起慢慢淡去。

下一个场景，他重新出现在一间阶梯教室的讲坛上面，阿加莎坐在了第一排，她的后面有一群学生喊着叫着，高高举手表决，一致同意延长各地的占领行动。这是在哪一所大学来着？弗里斯科、菲尼克斯还是纽约？相隔一把空椅子坐着的是她的姐姐。她正在一个笔记本上疯狂地记录着台上演讲的内容，就好像恨不得抄下每一个句子、每一个辩论的精彩瞬间，以此作为她下一篇文章的素材。但她不停地在纸上涂涂改改，脸色始终严峻，而每当布拉德在演讲中稍做停顿的时候，她总是会不自觉地咬起铅笔。

透过她脖子上白嫩的肌肤，几乎可以看见里面正血脉偾张，似乎被记录在小本子上的每一个词语都要经由她的血管喷涌出来。

布拉德走回来重新坐下,向她的姐姐倾着身子,询问她对于刚才的这一番演讲有何评价。这个毫无来由、略显突兀的亲昵行为让她感到很受伤。她离开了阶梯教室,在走廊上来回踱着步。

一对情侣躲在格子柜的后面亲吻,他们把所有的抽屉都拉了出来,以为用这种方式就能把路人偷窥的视线挡在外面。

再远一点的地方,三个女孩子直接坐在了地上,一边吃东西一边聊天。阿加莎推开了一道门,从楼梯走到了地下室。这里有一个出口,穿过连接着下水道的地下通道就能够去到外面的大街上。学生们天黑以后就是利用这个秘密通道,在封锁校园的"条子们"的眼皮底下,大摇大摆地走出去觅食购物、补充给养。

来到大街上后,她沿着学校的围墙走了一段,一直来到了一个路口,然后穿了过去。

她朝着杂货铺的方向继续走,但是走进去之后,眼前呈现的却仿佛是一场有产阶级狂欢派对结束之后的乱象,到处都是赤裸裸的没有穿衣服的人,横七竖八地躺在地上,甚至有些还像叠罗汉一样交织在一起,空中弥漫着一股浓烈呛鼻的烟味。她一步一步地挪动,向前迈进,在光怪陆离的人堆中寻找布拉德的身影。她用尽全身气力唤醒了他,然后他抬起了头,冲着她一个劲儿地傻笑。在他身旁,她的姐姐也看着她,脸上却是嘲讽的讥笑。她想质问他们为什么要背叛她,可是他们还没有来得及回答,她就醒了过来。

"您睡了有四小时了。"米利对她说。
"我们这是在哪里?"阿加莎终于睁开了眼睛。
"还在密苏里州,这里是贝克斯菲尔德。但愿我没有走错路吧。反正,我必须找个地方停下来加油,而且,我也得下去活动活动筋骨,我觉得我都快要握不住方向盘了。"
"我也是,我也得活动活动。"阿加莎叹了一口气。
"是美梦还是噩梦?您睡着的时候讲了好几次话呢。"
"两方面都有。我经常做这样的梦,开头很美好,结尾很悲伤。"
"有那么一段时间,"米利说,"我不敢睡觉,一直要跟自己斗争到最后一刻,一直到疲倦彻底地把我打倒。世间没有任何其他事情能够让我感到如此害怕,人处于半梦半醒的状态,在一片漆黑之中,房间里哪怕是最细微的一丁点声音也仿佛是我们心中恐惧的回荡,而周围的静谧也会让人不由自主地想到自己的死亡,更糟糕的是,会让人联想到自己所牵挂的人的死亡。"
"这是在你妈妈去世之后才发生的吗?"
"不,在我的童年和青少年时期,每一个晚上都是如此。"
"跟我说说你妈妈吧。为什么总是我一个人在这里讲啊?"
"我的妈妈是一个艺术家,她会租一些空的仓库来办画展,从春天一直持续到夏天结束。但是她的画卖得不好，很少有人愿意花大价钱收藏她的作品。为了维持生计，妈妈会断断续续地打一些短工，有时候去花店帮忙剪一剪玫瑰、扎一扎花圈，或者是搞一搞用于婚礼的花环，再有就是给附近街区的孩子们上一上补习课。吉他、英语、历史、代数，她什么都能教。到了冬天，她甚至有时候还会临时去开车挣挣钱，用她那辆皮卡捎上附近的街坊邻居，送他们去看医生、去理发、去补充过冬的木料、去杂货铺采购，又或者是去圣菲的商业中心逛一逛。有那么几年我们过着表面上看还过得去但其实很艰难的生活，她原本是有条件去申请政府综援的，但自尊心不允许她这么做，只要能有瓦遮顶，只要能保证家人不挨饿就行了。有时候，我觉得自己再也撑不下去了，这时候她就会鼓励我说，我们跟其他人不同，只要靠我们自己就足够了。但是，我们这种'与众不同'，在我的眼里却好像是一场噩梦。我们家的寒酸，别人一眼就能望穿，而我永远也忘记不了，当我受小伙伴的邀请去他们家里参加生日会的时候，她们的母亲那种高高在上的优越感和俯就屈尊的高傲态度，就像是红色的烙铁在我的童年记忆里留下了深深的印记。当年，我总是穿得乱七八糟的，套头毛线衫要么太大要么又太小。打扮成那样去上学，真心不容易。"

"我有点不太理解，之前在那个圣诞货品中心的时候，你不是告诉我说，小时候你妈妈很宠你吗？"阿加莎问道。

"您就从来没有因为自尊心作祟而撒过谎？一直以来，我的自尊心都很强，正因如此，我没有办法去面对和承认事实。"米利继续说，"或许这不太容易看得出来，但是到了读中学的时候，我经常会跟那些嘲笑我的女同学打架呢。"

"我希望你当时能把她们狠狠地揍一顿，这些该死的家伙！"

"当妈妈有事外出的时候，外婆有时候会过来临时照顾一下，她总要偷偷地在我的口袋里塞几块钱，还会把我们家里的食品柜全都填满。妈妈当然很清楚，这些装满食品的大瓶子绝不会是因为奇迹而凭空出现，但是她从来也不过问，就好像什么也不曾发生一样。"

"你妈妈跟外婆相处得不好吗？"

"她们之间几乎从不交流。我总是看见她们两个互相气鼓鼓的样子，为什么会这样，我从来也不知道。'妈妮妮'，这是我给外婆起的外号，她有两个女儿，我妈妈是长女，小女儿在我出生之前就死了。我在家里就从来没有见过小姨的照片。'妈妮妮'说，失去一个孩子是父母心中永远不能愈合的伤疤，在家里，谈论她失去的那个小女儿是禁忌。有那么为数不多的几次，我曾经试图提起这个话题，但她的嘴巴一下子就会闭起来，就好像受惊的生蚝一样严实，然后马上转身走开。我并没有坚持追问，我不愿意因为自己的好奇心而让她受折磨。这是个性格温和而有点脆弱的老人家，我的外婆。"

阿加莎转过身去，望着车窗的玻璃。

"'妈妮妮'是我的伙伴，是我最信任的人，跟她在一起我从来不需要撒谎。"米利继续说下去,"失去她是我这一辈子最大的伤心事。她不仅把自己的汽车送给了我,还曾给予我自由。我想,即便是在咽下了最后一口气后,如果可以的话,她肯定也情愿继续跟我的母亲'斗争'下去。"

米利瞄了她旁边的"乘客"一眼,透过车窗玻璃的反射,看到她已是泪流满面。

"您很难过吗?"

"很抱歉。"阿加莎仿佛在跟自己说话,"我这是太累了,所以才会多愁善感。这几天经历了太多的事情,我都有点不知所措了。"

"应该说抱歉的是我,本来不应该跟您说这些的,我可不想增添您的烦恼。更何况,我的童年并不全是黑色的回忆,也曾经有过美好的时刻。我们是没什么钱,但现在回过头来看,我们倒也的确是真的与众不同,这一次,我指的是积极的那一面。妈妈是一个很棒的女人,她很幽默,有钢铁一般的意志,而且很勇敢。她那近乎狂热的乐观主义表现出来就是无忧无虑,但是我相信其实她本质上又是一个很理性的人。妈妈总是跟我讲,她一点都不喜欢其他人,不过这显然也不是真心话。要是谁想要找人帮忙的话,她是最靠谱的一个了。而且,所有愿意跟她深交的人,最终都会喜欢上她。如果您有机会认识她,我想您也一定会是这个样子。"

"有可能吧。"

米利在一个加油站停了下来,给她的汽车加满了油。阿加莎走去付了钱，回来的时候，手里捧满了各种零食。

"棉花糖、相思梅还是巧克力？我这儿没有一样东西的热量是低于一百卡路里的！"

"等一下我。"米利说，"我要去给弗兰克打个电话。"

阿加莎没有搭话，只是打开了零食的包装，大把大把地往嘴里面塞。

米利走开了一点，手里拿着电话。阿加莎用眼角的余光扫着她。通话还在继续，米利发现阿加莎在窥视她，于是叹了口气，走得更远了一点。

又过了好一阵子，她终于回到方向盘前发动了车子。

"他还好吗？"阿加莎轻描淡写地问了一句。

"我们很快就能赶到尤里卡了，我有一种预感，前面等待着我们的可能会是一场暴雨，天色正在变暗，这一眼就能看出来了。"

"如果跟我聊天令你感到厌烦的话，你只需要直接告诉我就好。"

"他工作得很辛苦，希望我能赶回去。"

"想要你去照顾他？"

"因为他想我了！"米利强调着，心中有些恼怒。

"那你呢？你想他吗？"

"您为什么老是要针对他？"

"绝对没有。我甚至都不认识他。其实，我很愿意了解更多一点关于他的事情。他是怎样的人？之前我所了解的爱情故事,全都是在书里面看到的。"

米利简短地介绍了她跟弗兰克相遇的过程,添油加醋地强调他有多么优秀,跟他在一起有多么安心。他们两个之间或许并不是什么轰轰烈烈的爱情,但两人关系融洽,一点点地共建二人世界,没有矛盾冲突,没有谎言欺骗,得伴如此,还有何求?

在转过几个弯之后,眼前是一大段直路穿过一个空旷的山谷,西边的尽头有一连串山丘。山谷里,白色的篱笆像伸出的手臂,一直延伸到视线的尽头,篱笆的后面有一群马在驰骋,脚下的草原是如此宽广,看起来就好像它们并不是被圈养,而是野生的一样。三英里以外,无边的栅栏开着口子,任由一条铁路穿过,一直延向北方。

"转到那里去。"阿加莎说。

奥兹莫比尔开了过去,两匹花斑马先是盯着车子看了看,然后立刻在旁边跑了起来。米利接受了马儿的挑战,猛踩着油门往前冲,而坐在副驾驶位上的阿加莎则瞪圆了双眼,竭力按住自己随风飞扬的头发。米利模仿着放牧归来时牛仔们的样子大喊大叫,然而,那两匹马轻轻松松地赢得了这场比赛的胜利。眼看着马儿越跑越远,米利把踩在油门上的脚抬了起来。

在她们的面前出现了一座具有美国殖民时期风格的建筑①,看起来活生生就像是电影《乱世佳人》里的场景。

---

① 美国殖民时期为1492—1763年,当时建筑大多为欧式木结构板房。

"这块地方真的是属于您的朋友的?"

"我的确是这么认为的。马克斯已经跟我介绍过了,但这还是远远超出了我能想象的程度。"

"您觉得他会让我骑一骑马吗?"

"你以前骑过没有?"

"我可是在南方长大的,那里的草原天路可是要比柏油马路多得多呢!在我的家乡,没有哪个人不会骑马。而我妈妈还是个很棒的骑手呢。只要我走在那些路上,追求的就是速度的快感,不管是骑马还是骑摩托……"

"这简直就是一个男孩子干的事嘛!"

"屋子里面总得有个男人不是?"米利一边把车停到雨篷下面一边说道。

一个管家出现在门前的台阶上,扬起眉毛,上下打量着这两个顶着一头乱发、脸上满是灰尘的女人。

"马厩在农场的另外一边。"他拿腔拿调地说,"回到大路上去,朝着尤里卡的方向开,再稍远一点那里有另外一条路。"

"我看起来像是个马夫吗?"阿加莎朝他走过去说。

管家有点窘迫,看着米利。

"莫非你们是黛西夫人和她的司机?"

"不是,'夫人',你要是再继续用这种腔调跟我讲话,'我就要在你的屁股上狠狠地来上一脚了'!"

"我很抱歉。不过,我们这里不接待游客。另外,如果你们是那种常年纠缠我们不休的商品推销员的话,那我得告诉你们，我们什么也不缺。或许你们没有注意到，但我要提醒你们，这里是私人宅邸，赶紧给我走人吧，滚！"

"艾尔弗莱德，去告诉你的'先生'，有一位老朋友在门口等着他。"

"我的名字是威廉，'先生'不在家。在我的日程表里没有安排任何约见的记录，恐怕……"

"告诉昆特，一位索莱达的姐妹前来拜访，别再拖拖拉拉的了，小伙子。第一，你已经开始弄得我抓狂了；第二，我们已经在路上奔波了一整天了。好吧，现在就像你说的那样，'赶紧的'！另外，我并不反对你顺便给我们各自来一杯清凉的饮料。"

管家转过身去，被这个奇怪的来访者坚定的眼神给镇住了。

"拜托你，"阿加莎又对米利说，"去把我放在车里的包拿过来，我想先单独跟昆特谈谈。"

米利也被她的沉着镇定所震撼，因此没有啰唆半句，转身下了楼梯走开了。

昆特出现在台阶上，原本满腹疑云的他一看到阿加莎，脸上就绽放出了一个大大的笑容。可是，阿加莎对他的"问候"却是结结实实的两记耳光。

"第一巴掌，是为你'频繁'地到监狱里来看我；第二巴掌，是为了我们上一次见面时你那无礼的行为。"

"我刚想说：'汉娜，这是多大的惊喜啊！'"昆特揉着脸说,"可我还是万万没有想到是这么一个情况。"

"汉娜已经不存在了。我现在叫阿加莎。千万别忘喽,特别是当我们两个并非单独相处的时候。至于目前的情况嘛,既然我们两个之间已经两清了,你现在可以把我搂在怀里并且吻我了。"

昆特马上照做,然后就邀请对方进了屋。

米利被眼前的这一幕惊呆了,她远远地跟在后面,相距两人有二十步。

"闭口不言者一定是在生闷气。唉,你就别像棍子那样戳在那里啦。"阿加莎对她喊道。

"那是谁啊?"昆特悄声问道。

"一个让我搭了顺风车的女子。我们两个在路上一见如故。在她面前讲话小心一点。"阿加莎压低了声音说。

管家走上前想帮阿加莎拿包,但她牢牢抓住不放,瞪圆了眼睛盯着他。

"我为刚才的事情道歉,夫人。"他喘着大气说。

"永远也不要因为尽了自己的本分而道歉。淡定一点,我不是一个喜欢告状的人。"她走向回廊的时候说,"去看看我的朋友,我不知道是怎么回事,她好像是瘫在那里了。"

管家可没有忘记他们刚才对话的每一点内容,他问阿加莎想要喝点什么。

"只要是劲头足一点的酒,什么都行。不过,低调一点,明白我的意思吧,我得要保持我的好名声啊。"

管家鞠了一个躬,转身去迎接米利。

昆特把他的客人迎进了客厅。板墙上挂了许多色彩阴暗的油画,每幅画旁边都有盏小型射灯照着;各式家具都是贵重的细木镶嵌,里面塞满了一些古玩摆件。天花板也十分华丽,门和窗户的边框上都装饰有线脚,整个屋子给人的感觉就是极尽夸张、过度装饰。

"你这是打劫了诺克斯堡①吗?"阿加莎一边问一边将整个身体陷进柔软的沙发里。

"比这还更酷!我后来不再顽固地坚持想要推翻这个体系,而是学会了从这里面捞好处。既然我不能摧毁它,那我就陪它'玩一玩',最终嘛,赢的还是我。"

"不过,在'政府的走狗'②面前,你掏钱还是挺大方的嘛。"

"那只是看待问题的视角不同而已。在赚钱的同时,我每年都会捐钱给慈善机构,这样一来,我就能够实实在在地跟社会贫困现象做斗争,而不是像我们当年那样,只是满足于在昏暗的地下室里印一些革命的宣传单。"

"你这么做是真的要帮助那些最贫困的人,还是因为你自己的良心不安?"

"有什么不安?就因为我现在的生活很富裕吗?我在整个

---

① 诺克斯堡位于肯塔基州北部,自1936年以来就是美国联邦政府黄金储备的贮存地。
② 这里指的是为美国政府收税的工作人员。

青少年时期都全身心地投入事业，就算是现在，我也什么都没有忘记，既没有忘掉我们来自哪里，也没有忘掉我们曾经做过的事情，而且不要问我为什么，但我就是敢肯定，我如今踏踏实实做的好事绝对比我们当年所做的要多得多。不要因为无知而对我妄加评价。这个当年我们如此痛恨的社会体系，现在是我在压榨它，而且我把自己赚到的大部分钱都重新分配了出去。我赞助了许多所学校、两家诊所，还有一家养老院，在这个地区，我创造了上百个就业机会。倒也不是说我就是什么圣人，但恐怕大部分的统治者都没有办法达到我这样的境界。"

"我没有问你要什么东西，今天来到这里也不是要对你进行评判。你可以按照自己的意愿去生活，而如果同时能够帮助到其他人，那就更好了。至于我自己，在过去的这三十年里，我都不敢妄言在这方面有任何的成就。"

"好吧，那就让我们转换一下话题吧，我都已经挨了你两记耳光了，咱们还能够好好聊下去吧。他们是什么时候把你放出来的？"

"我是通过一道小门偷偷溜出来的。"阿加莎稍微放松了一点，看到昆特被自己问得这么狼狈，她心里面多少有些愉快。

"你现在是在逃亡？"

"是的，既然你已经知道了情况，那么接下来我们待在一起的每一秒钟，你都相当于是我的同谋了。"

"我怎么才能帮到你，阿加莎？"

"这很有趣啊。"她回答道，"当年我就已经发现你挺会讲话的。即便是在这穷乡僻壤养了这么多年的马也没有改变你啊。在我看来，这种华丽和浮夸简直就是你的天性啊。"

"你这是在夸我还是在贬我呢？"

"只是一个评语而已。我姐姐告诉我，当我还在监狱里面的时候，她曾经来这里看过你？"

"如果这个事情真的发生了，那我肯定会是第一个大吃一惊的人。那样的话，在你面前，我也就肯定不可能像你刚才评价的那样，如此优雅考究地遣词造句了。让我把话说得更直白一点，流水有情落花无意。我们之间，她和我，曾经有过一段感情，但并没有多少缱绻缠绵，而更多的是简单粗暴。你那个时候年龄还太小，可能没有留意到，你的姐姐有点水性杨花，而且诡计多端。我嘛，那个时候还是感情脆弱的小年轻，属于那种还不是太有自信的男孩子，不确定自己是否能够吸引到女孩子的注意。尽管我们那个时候正在经历性解放运动，但交际花式的生活还没有成为社会风尚。你的姐姐与众不同，好胜心十足，简直就是一个女汉子。她当时令我神魂颠倒，大大地利用了我。我就是她的左膀右臂，她唆使我去为她做所有的事情。为了她，我经历了太多难以容忍的风险。那个时候，她就算是喊我去解救乔治·杰克逊①，我恐怕也会义无反顾地去进攻收押他的监狱。当年，我真的是发自内心地信任她，现在想起来

---

① 乔治·杰克逊（1941—1971），非洲裔美国人，左翼活跃分子、作家，因参与社会活动被关进监狱，1971年在一次所谓的越狱行动中被监狱守卫射杀。

可真傻啊！就在我忠实地执行她的指令时，她转身就投入了另外一个人的怀抱，然后是下一个，再然后，又换一个。"

"够了，昆特，不要再说下去了。"

"如果你姐姐真的要拜访老朋友，毫无疑问她最后想到的才会是我。她自己心里很明白，在我这里，她是不可能受到欢迎的。"

管家陪着米利闯进了客厅，打断了两人的谈话。他端上了清凉的饮料。当把一杯橙汁摆到茶几上的时候，他冲着阿加莎眨了眨眼睛，意思是已经在橙汁里面加了足份的伏特加，然后，他就闪身告退了。

"米利想要去骑骑马，你觉得有没有问题？"

"你骑马骑得好吗？"昆特问她。

"还行吧。"米利表示。

"我这里最不缺的就是坐骑了。我这就让人给马装上鞍，然后我会派一个人陪着你。这地方的风景很美，太阳还有两小时才落山，你有足够的时间好好逛一逛，当然还是不要耽搁太久。"

昆特拿起了电话打给管家，向他下达着指令。过了没多久，客厅的大门就打开了，米利对主人表示了感谢，然后兴高采烈地往外面走。

"小心一点，我们的马有点野。"

"不用担心。"米利在离去的时候说道。

"我可是有点担心啊。"阿加莎一口干掉了她面前的"饮料"

说,"你最好帮她找一匹温驯听话的乖乖马,我可不想看到她遭遇任何意外。"

昆特重重地叹了口气。

"现在既然只剩下我们两个了,告诉我,你为什么想要知道你姐姐有没有来找过我?"

"既然她都没有跟你联系过,那这个问题就已经不重要了。今天晚上,你能招待一下我们吗?"

"可以,只要你愿意,多久都行。我这个地方很大,有六间客房,但从来没有住过人。在吃晚饭之前你可能会想去梳洗打扮一下?"

"我这个发型,你不喜欢?"阿加莎问。

"说老实话,亲爱的,我觉得你有点脏兮兮的,还是上去洗个澡吧。"

"说老实话,亲爱的,我说你啊,就好像是白瑞德①。我这可不是什么恭维话。"

阿加莎离开客厅,爬上高高的楼梯,向上面的客房走去。来到最上面一级台阶,她又转过身来,从上面俯瞰了一下昆特这个巨大的宅邸。管家早已把行李放进了房间,阿加莎在走进去的时候感到一阵眩晕。她这辈子还从来没有见过这么奢侈豪华的地方。房间里面还有一间大得出奇的浴室,里面的大理石地板上安着一个大浴缸。在青金石洗手盆的上方是一个镀金边

---

① 经典名著《飘》、电影《乱世佳人》的男主角,个性粗率、实际、不羁,视道德如无物。

框的镜子,镜子里面映照出整个屋子的富丽堂皇,阿加莎决定好好享受一番。

整个身体浸在冒着泡沫、香气弥漫的水里面,阿加莎仿佛看到在她的面前出现了一系列的影像:她的母亲命令她待在家里不要出去;她的姐姐晚上拖着她离开了家;她们一起在路上,穿过了整个美国;监狱的大门在她的身后缓缓关闭。然后是在那间铺着方砖的房子里,她被迫脱光了衣服,受尽侮辱,所有的个人物品都被没收;她穿上了那件从今往后将是她唯一装束的橙色囚衣,上面绣着她在监狱里面的编号;接下来,她戴着手铐脚镣走在一条长长的走廊上,过道两边,愤怒的囚犯们拍打着牢房的铁栅栏,用这种方式"欢迎"这个刚被扔进来的"菜鸟"。她永远也忘不了意味着监狱生涯开始的那一段似乎怎么也走不到尽头的走廊。空中仿佛回荡着监狱里的各种声音,这让她不寒而栗:手铐脚镣当啷作响,集体冲凉房水龙头的开关嘎吱作响,还有暴力行为发生时受害者低沉喑哑的呻吟,那是将已经退无可退的人逼入绝境的最后一道高墙。她曾经生活在地狱,而如今却突然一下子来到了天堂。她感觉有点透不过气来,喉咙发紧,她想自己这是要窒息了吧,于是挣扎着爬出了浴缸,瘫倒在地板上。

一直过了很久她才恢复平静。当心跳最终慢了下来,呼吸也逐渐正常后,她站起身,套上一件浴衣,然后走到房间里把衣服穿好。

在走向客厅的时候,她遇到了管家,管家告诉她,"先生"

在外面等着,他陪她一起走过去。

昆特坐在门前的台阶上。
"我们可以从零开始了吗?"听到她走过来的脚步声,他说。
"重新开始干吗?"
"恢复我们的友谊啊。我很不喜欢之前我们在客厅时的气氛。你知道,我虽然表面上装得很阔气,但其实从来就没有变过。人们都说,到了五十岁的时候人就会变得内心宁静、更加自信,可是我已经五十岁了,怎么就没有找到宁静和自信呢?怀疑一切、满心焦虑,这些总是给人带来苦恼的情绪从来就没有放过我。我们曾经经历过的一切,有时候,我真是想得太多了。"
"有烟吗?"阿加莎在他旁边坐下来问。
"我去让人拿过来。"
"不,昆特,我想你去帮我拿一下,你。对了,回来的时候再带两瓶冰镇啤酒吧,我们就这么对着瓶嘴喝。然后嘛,说不定我就能重新看到当年我认识的那个昆特了。"
昆特遵从了她的命令。片刻之后,他重新出现在阿加莎的面前,已经换下了之前的白衬衫和灯芯绒西裤,换上了一件黑色的T恤和穿破了的牛仔裤。
"这样看起来好点吗?"
"这样看起来才更像你嘛,嗯,或者应该说至少是更像在我记忆中的你。"

昆特把两根香烟叼在嘴里,划着一根火柴,点燃了香烟,然后把其中一根递给了阿加莎。她长长地吸了一口,又一边咳嗽一边把烟喷了出来。

"我说,这里面就只有烟草吗?"

"差不多吧!"昆特回答着,一副很愉悦的样子。

"我当年认识的那个总是穿得破破烂烂的年轻小伙子到底是怎么混成功的呢?"

"等一会儿在餐桌上我慢慢跟你说。这样的话,在吃饭的时候,我也有话题可聊,就不至于因为担心在你的朋友面前说漏嘴而紧张到讲不出话来了。就在刚才,我有好几次差一点喊出了你真正的名字。"

"在她的面前注意一点,我求你了。"

"你是把我当傻瓜吗?还是说真的仅仅是巧合?这个米利太像……"

"是的,"阿加莎打断了他的话,"米利是我的外甥女,但她还不知道。我还不想让她知道。"

"看出来了。你还借用了你姐姐的名字,这样的话,事情难不成更简单了?"

"米利出生的时候,我们早已经互换了身份。对于她来说,她的妈妈一直都叫汉娜。因此,要是我重新用回自己的名字,那岂不是等于掩耳盗铃,不打自招了?"

"为什么不告诉她?可别告诉我你们是偶然遇上的。"

"马克斯帮了我的忙。我知道什么时候在哪里能够找到她，她过着十分有规律的生活，真令人感到痛心。"

"你还没有回答我的问题呢。"

"她什么都不知道，既不知道我的存在，也不知道她妈妈的历史，更不知道在我们两个人之间发生的故事。"

"她甚至都不知道自己有个小姨？"

"她知道，但是家人告诉她，小姨在她出生之前就已经死了。"

"你姐姐竟然敢这么干？！"

"比这更令人伤心的，是我的母亲把我'送'进了坟墓。"

"我很遗憾。"昆特叹了一口气，"这一定会让你感觉很难受吧。"

"其实我早就该想到是这样了，妈妈从来就没有原谅我。当然，她也没有原谅她的另一个女儿。至于米利，我想见她，这个梦都做了好多年了。不过，我并不想扰乱她的生活。"

"你是为了她才选择逃亡的吗？"

"为了她，也是为了其他跟我们两个都有关的事情。"

"我能帮你做什么？"

"根据你告诉我的情况，你帮不了我。"

有两个人骑着马快速靠近。阿加莎真喜欢米利策马扬鞭的样子。

"你外甥女还真不差啊。"昆特也很高兴地说，"甚至可以说她很懂骑马。"

阿加莎对于这样的赞誉感到万分骄傲。

"我求你了,昆特,在她的面前讲话注意一点。"

"别担心了,我知道怎么保守秘密。"

"你跟我们那帮人还保持联系吗?"

"没有了。"昆特表示,"我向来都是我们这群人里面的小黑户,人家带着我玩,但从来都没有真正地把我放在眼里过。"

"你这么说是由于你皮肤的颜色吗?"

"别傻了,就这么一说嘛。"

"我懂的,不过我还是觉得很好笑。"

"在结束了隐姓埋名的生活之后,我重新找到了一位当年在'黑豹党'的小伙伴。你知道,我当年时不时会去参加他们的活动。后来,当我开始在这里发展的时候,我曾经收容过一个来自'社会发展委员会'①的女孩,她需要一份工作和一个住所。那个女孩叫什么珍妮弗,你应该不认识她。她驯马倒是一把好手,可是有一天,她就这么走了,再也没有回来!至于其他人嘛,我倒是也曾经听过他们的一些消息,不过这也已经是很久以前的事了。你呢,跟他们有联系吗?"

"马克斯是唯一一个会到监狱里来看我的人,每年来一次。露西刚开始的时候倒也来过,但后来她就没有再出现了。另外,拉乌尔每年会给我写一两封信。至于其他人嘛,那就是一点消息都没有了。我并不怨恨任何人,我想大家都在竭力应付自己

---

① SDC,创立于1962年的非政府组织,旨在推动社会发展,帮助消除贫困现象。

的生活。"

"我倒是希望我能够去看你,但我太害怕了。走到监狱里面去,待在会客室,还要被搜身和盘查,这,我实在是做不到啊。"

"你没有必要为自己辩护,昆特。既然你当年曾经跟阿加莎走得那么近,那你是不是应该知道她最信任的人是谁啊?"

"你姐姐谁也不信任。她跟维拉关系很好,我甚至相信她们在一起睡过,但我从来也没有找到这方面的证据。还有罗伯特,马克斯的表兄弟,我不知道你是不是还记得他,一个十足的蠢蛋。另外,比尔也曾经上过她的床。你究竟想要了解什么啊?"

"再跟你重复一遍我的问题:她最信任谁?"

"我也希望我能够告诉你,但我真的不知道。"

"维拉一直住在伍德沃德吗?"

"谁告诉你的?"

"马克斯从来就没有真的脱离这个圈子,他简直就是我们当中的'活化石',他知道我们每一个人的近况。要不是有他的帮助,我想我不太可能逃得出来,就更别提跟米利重逢了。"

"维拉现在是教师了,她嫁了个好人家。我最后一次遇到她已经是很多年以前的事了,那是在俄克拉荷马举行的一次赛马大会上。她还是老样子没有变,一直都是那么漂亮、那么骄傲。你这是要去找她吗?"

"有可能吧。"

"再然后呢?你要去哪里?"

"一直去到大洋边上,如果我能够走那么远的话。我想找一个一眼望不到边的地方,这个梦已经做了好多年了,我很希望这一次能够美梦成真。"

米利跟她的向导骑到了屋子跟前,她在台阶前面拉了一下缰绳,让马停了下来。昆特夸她骑得好,她滚鞍下马,气喘吁吁,容光焕发。

"谢谢,真是太爽了。"

"你是一个很好的骑手。"昆特一边轻抚着花斑马的脖子一边说。

他示意向导把两匹马牵回马厩,而米利则留下来跟他们在一起。

"你赶紧去洗个澡吧,我们马上就要开饭了。"

米利没有片刻耽搁,她跟向导打了个招呼就上楼去了。

在吃晚饭的时候,昆特应阿加莎的请求,讲述了他过去生活的故事。

"二十年前,我两手空空来到这里,身无分文,唯有黑人的气质以及满腔愤怒。这块地原来的主人叫约翰,他在路上让我搭了顺风车。当时,他正从阿尔布开克回来。在那里,他刚为自己的夫人下葬。我本来应该编个谎话骗骗他的,但当时也不知道什么原因,我就跟他讲述了真实的故事。我因为偷商店货架上的东西而蹲了六个月的监狱,刚刚才从监狱里面放出来。一位带有种族主义偏见的法官判了我的罪,但其实我还以为他会给我定下比这严重得多的罪名。我参加了被政府严禁的示威游行，狠狠地冲撞了警察，甚至还炸过公共建筑物，但我最终被逮进'号子'里，却是因为有一天我饿坏了，在一个杂货铺里偷了三个食品罐头和两条巧克力。那位法官恐怕永远也不会明白，面前的这个家伙在听完了宣判词之后，竟然还如释重负，松了一大口气。我的运气不错，他们把我送进了郡县一级的监狱，这还不算是最糟糕的地方。在'号子'里，我时刻提醒自己小心，默默地承受了监狱看守以及那些老囚犯的各种侮辱、教训，甚至暴力，而没有表现出任何的不满。我一天天数着日子过，不停地告诫自己不要给他们任何借口来延长我的刑期。"

昆特坚定地看着米利。

"你想不想知道在监狱里面，一个黑人囚犯每天的生活是怎样的？监狱的看守们乐于看到监狱里面不同帮派团伙之间爆发种族冲突，甚至打架斗殴。为了找乐子打发时间，他们会对有矛盾的双方下注，还会把一些武器交到他们看好的囚犯手里。当白人对拉丁裔人不满的时候，就'武装'白人，而当拉丁裔人对我们黑人有意见的时候，就'武装'拉丁裔人。要想在监狱里面站得住脚，有时候就要主动地挑衅其他人。而推动我们自相残杀的永远都是看守们乐此不疲的消遣之心。他们会命令一个古巴犯人把粪桶扔到黑人的牢房里面，还要说这是来自麦尔坎·X[①]的'礼物'。而对于白人囚犯，看守们就会假装

---

① 原名麦尔坎·利特尔（1925—1965），非洲裔美国伊斯兰教教士，美国民权运动中的重要人物，1965年于一场演说前被激进的黑人杀手刺杀身亡。

好意地告诉他们说在黑人里面有一个家伙发誓要在出狱以后到处去奸污他们留在家中的妻女。另外,看守们还会强迫我们黑人把碎玻璃放到另一个囚犯的饭菜里面,不管是谁,只要皮肤的颜色跟我们不一样就好。对于这些看守来说,恐怕没有任何其他的事情能比激发囚徒之间的仇恨更让他们感到高兴了,因为只要这种恐怖的氛围一直保持着,即便是这个世上意志最坚强的人也难以长时间地坚持下去。他们之所以要这么干,唯一的目的就是要让我们精疲力竭、颓丧至极,可是我并没有屈服。白天,这些穿着制服的家伙打我们打累了,就故意在我们面前大吃大喝,而我们所有的人那个时候都填不饱肚子,因为州长已经下令要减少监狱里囚犯们一半的口粮。平日里,我们的视线如果敢跟他们的接触,他们就随时都有可能把我们投到禁闭室里面去,而就算是顶着我们的脑袋开一枪,他们也不会受到任何惩罚。而同样是这一批人,每个星期日都要跟家人一起去教堂里参加弥撒,祈祷上帝赐予他们仁慈的眷顾。凡人总是习惯于在宗教信仰中寻找精神寄托,以为上帝是站在他们这一边的,所以他们不管做任何事情都是正常的,都是对的。

"监狱里的暴行简直无法无天、无穷无尽,而每当遭到毒打的时候,我总是会在脑海里尽量地去想那些在越南被燃烧弹密集轰炸的孩子,然后我就能够对自己说,我还不是最倒霉的那一个。就这样,我坚持下来了,他们最终把我放了出来。一旦重获自由,你说我能做什么呢? 到工厂里面去每天辛辛苦苦地熬十一个小时? 我的身体状况已经不允许我这么做了。套上制服，当一个门童，每天在那些白人面前点头哈腰，而他们在餐馆里吃一顿饭的开销就超过了我一个月所赚到的全部？我或许还能去咖啡馆里当一个洗碗的小工，但与其如此，我宁愿选择流浪和自由。我就这样上了路，足足走了五天，每一次有汽车经过的时候，我都会跳到旁边的排水沟里面去，唯恐被人家以流浪罪的名义再把我送进监狱。最后，当约翰开着他的车出现在马路上的时候，我已经筋疲力尽，虚弱得甚至都没有来得及藏起来。我也不知道自己抽的是哪根筋，竟然把自己的经历对这个愿意让我搭便车的陌生人和盘托出。我简直不敢相信他竟然会为我停了下来。约翰就那么听着我讲，一句话也没有说。我浑身都是汗臭味，但他甚至都没有因此而打开他的车窗。他不可能闻不到我身上的味道。我很有礼貌地提醒了他，并且向他表示抱歉，这个时候，我才第一次听到他的声音。他对我说：'孩子，我刚刚参加了一场葬礼。这个世界上没有任何活生生的东西能比死亡的味道更加难闻。不过，如果是我身上的古龙水香味让你觉得不舒服的话，你可以把你旁边的车窗摇下来。'他把我一路载回了家，但不是这栋房子，而是马厩旁边的那个小屋。即便如此，鉴于我之前的处境，对于我来说，这也已经是前所未有地奢侈了。我有自己独立的房间，有一张床配有一整套被褥、一张桌子、一把有坐垫的椅子、一间带洗手盆的浴室、一面镜子，还有干净的卫生间。约翰让人给我带来了干净的衣服和热腾腾的饭菜。他对我说明天再过来看我，还跟我道了晚安。第二天一大早，他就来敲我的房门，大声地喊着说就在屋子外面等我。我有点怀疑,因为以前从来没有哪个人对我这么好却不期望得到任何回报。我想,他接下来可能会要求我为他干什么坏事,会不会是他需要有个人来帮他复仇?他不是告诉过我刚刚去参加了一场葬礼吗? 在我穿衣服的时候,各种坏念头在我的脑海中一一闪过。我走出房门,外面阳光耀眼,他坐在一辆皮卡的驾驶位上,我爬上车,我们就出发了。我知道有些白人会捏造莫须有的罪名,把某个黑人交到警察的手里,这么做的唯一乐趣就是能够彰显他们的优越感。在约翰驾车前行的时候,我一直紧握着车门的把手,一旦苗头不对,我就马上跳下车,有多快就跑多快,有多远就跑多远。

"约翰话不多,而他默默不出声的样子令我更加心慌。他把车停在了一家 Diner 餐馆跟前,然后问,如果他请我陪他一起吃早餐,我是否会感到不便。你们要是当时能在场看到我们走进那家餐馆时的情形就好了。一片死寂,所有的人都看着我们,一动不动,嘴巴张得老大,就好像是时间在那一瞬间静止了一样。约翰在这个地区很受尊重,没有一个人敢说什么。我们坐到了卡座上,女服务员走上前来请约翰下单。然后,她又转过来问我:'先生您呢? 想吃些什么?'这一句'先生',我一直到现在都忘不了,它比全世界所有的菜肴都更金贵,我感觉就好像这个女服务员用银餐盘托上来的不是早餐,而是我的尊严。在这之前,还从来没有人喊过我'先生'呢。我对她说:'小姐,请给我来一些鸡蛋,还有很多很多的培根烟熏肉。'与此同时,约翰对着周围喊了起来:'今天早上怎么这么安静啊,你们这是刚刚把谁给埋了吗？'听到这话，大家都感到有点局促不安，因为恰恰是他刚刚为自己的夫人送葬。在几声轻咳之后，餐厅里的客人重新开始吃饭，开始交谈。约翰看着我，什么也不说。在吞下最后一口早餐后，他就带我进城去买东西了。我们先去买了一套洗漱用具，然后他又带我去理发。坐在理发店的大班椅上面，我想，理发师会不会在我的两条颈动脉之间划出一道像笑脸一样的弧线来？这样的话，他就能把我的血全放光了，谁叫我刚才去吃了那顿该死的早餐呢？在监狱里面，我们早就看惯了各种酷刑和折磨。结果，我享受的是贵宾式的服务：刮胡子的时候，系在脖子上的毛巾热乎乎地冒着薰衣草的香味，剪头发的时候用的是剪刀而不是理发推子。当我们离开那里的时候，约翰对我说，如果我还想工作的话，他可以带我入行。我问他：'是哪一行？''依你看来，在马场里面，除了养马，还能干什么呢？'他如此回答。于是，我就问他为什么要为我做这些事情，他直视着我的眼睛，然后说出了这样一句我永远也不会忘记的话：'我觉得这个世界亏欠你挺多的，总要有人开始为你做点事情，你说对吗？'他是我的良师益友，什么都教给了我。怎么样医马，怎么样喂马，学会在这些马儿还小的时候就看出它们将来擅长什么：哪些是领头马、最好的坐骑；哪些四肢发达，可以用于驮东西、拉马车；哪些可以去参加比赛争冠军；还有那些难以驯服的，可以送去参加驯马大赛。三年后，他开始教我学会计，还带着我一起去谈生意，他从始至终都以平等的身份待我。后来时间久了，他开始慢慢赋予我更多的责任和权利。这种做法要想让本地人接受，那绝对不是一件简单的事情，只要一想到某个有色人种竟然在这么大的一片农场里拥有了话语权，有些人就会感到不高兴。有一天晚上，约翰和我跟几个侮辱我们的农场主打了一架。我俩也挨了几拳，但那些乡巴佬显然不知道我是从哪里打拼出来的。结果嘛，其中有一个人到现在还想着要在哪一片玉米地里才能找回他当年被我撕扯下来的一块耳朵，而其他的人只要一碰到我就会不由自主地把眼睛垂下。有时候也会有人来偷我们的牲口，破坏我们的栅栏，还会在大门上刷三个"K"①。约翰知道这些事情不是空穴来风，也没有那么简单，但他咬紧牙关假装什么也不知道。随着时间的流逝，我最终被当地人接受，并且赢得了农场所有工人的尊重。在临终前，约翰把他的产业交给了我。他没有什么亲人，唯一的愿望就是死后能够埋葬在这块属于他的土地上。我每天都会去跟他问个好，他就躺在那个丘陵的顶上，你刚才骑马应该会经过的。"

昆特继续吃完了他的晚饭，再也没有讲一句话。在上甜点的时候，米利提议为纪念约翰干一杯。阿加莎的脸上闪过一丝古怪的微笑，然后也举起了她的酒杯。

"你们两个是怎么认识的？"米利问道。

"我已经不记得具体的场景了，是在哪里也不记得了。"昆特坦承。

---

① 原注：Ku Klux Klan 的缩写，三K党是白人至上种族主义组织。

"是在俄亥俄州的肯特郡。"阿加莎表示,"是在为了反对入侵柬埔寨而举行的大型示威游行之后的第二天。那场游行有点失控,国民警卫队朝我们开了枪,打死了四名学生,还有九名严重受伤。结果,示威游行、罢课以及占领校园的行动在整个美国蔓延开来。我们两个就是在一次商量如何对政府采取报复行动的委员会上相遇的。"

"说得没错。"昆特点了点头,垂下了眼睛。

"有什么不妥吗?"米利觉得很奇怪。

"没什么。"他表示。

"几天之后,我们就炸了国民警卫队在华盛顿的总部。"

"你们干了什么?!"

"你没有听错。我敢跟你保证,那一次爆炸没有造成任何人员伤亡。当我们决定采取此类行动的时候,我们会采取一切必要的防范措施。目标只是政府的建筑物,行动只会选在他们关门的时候。如果发现那里面还有职员在加班的话,我们就会打电话给相关机构,在引爆装置之前给他们留下充足的时间,让他们能够把所有的人都疏散出来。"

"我简直不敢相信我的耳朵!"米利喊了起来,"你们说得这么轻描淡写,就好像这只是什么劲爆的跳舞晚会似的。"

"从某种意义上讲,这的确就是一场舞会。"阿加莎冷笑着说。

"你不应该跟她讲这些的。"昆特表示反对。

"你难道更希望她以为我们只是任人宰割而不做任何反抗

吗?第二天,警察在奥古斯塔殴打了六个参加反对警方滥用暴力示威游行的黑人。第三天,密西西比州杰克逊大学的两名学生又遭到了同样的厄运。我们只是对国家暴力做出回应而已。"

"你们这是以暴制暴啊!"米利表示抗议。

"我很明白这为什么会让你感到震惊。实际上,我自己当年也经常反对采取这样的行动。"

"但显然你反对得还不是很坚决,不足以帮你避免牢狱之灾!"

阿加莎以沉默表达了自己对这句话的不满。

"够了!"昆特发话了,"这些都已经是过去的事情了,我不希望看到你们两个在我的屋檐底下这样争吵下去。让我们聊聊其他话题吧。"

"不,为什么不能谈论这个?"米利带着她惯常的嘲弄挖苦的语气说,"您或许会想要我去帮您把吉他拿过来,这样您就可以给我们唱一首《爱与和平》,又或者是琼·贝兹①的哪一支小曲吧。"

阿加莎把餐巾搁在台子上,推开椅子,站了起来。

"您到哪里去?"米利质问。

"去给拉乌尔打个电话,多谢他的吉他。你刚刚让我想起了这件事,这样,我也就不用面对你的无礼了。我在哪里可以安安静静地打电话?"阿加莎转头对着昆特问。

---

① 琼·贝兹(1941—),美国民歌手。她的政治观点、参加民权运动与和平示威的经历常常备受争议。

"到我的书房去吧。出了餐厅,就在对门。"

拉乌尔告诉了阿加莎,就在她们离开不久后,一位联邦调查员来到了他这里。尽管根据拉乌尔转述的这名探员透露的情况,她所面临的形势实际上一点也不乐观,但当他向她讲述自己是如何把对方绑在了椅子上面时,阿加莎还是忍不住笑了起来。如果说到目前为止,暂时还只有这一个家伙追在后面的话,那么接下来FBI将要采取的就是大动作了。除非是掘地三尺找个地方藏起来,否则她几乎没有任何机会能够逃过警方的追捕。

"这还不算是全部。"拉乌尔喘了喘气说,"现在在我这里的这名探员,你和我都认识。"

阿加莎感到自己的心紧了一下。

"这么说,那是真的喽?"她叹了一口气。

"是的,在这件事上,你姐姐并没有撒谎。我也不愿意相信,但是,那个曾经跟我们并肩战斗的汤姆,他是警方的'卧底'……"

"他对你承认了?"

"一个二十岁出头上街抗议的人是不可能一下子就投靠到路障另外那边去的。人的观念不可能转变得这么快。"

"那么,也就是说他真的背叛了我们?"

"他倒是发誓说没有,他说并不是他出卖了我们。"

"你相信吗?"

"我也不知道。不过,有一件事挺困扰我的。当我向他提出疑问的时候,他正准备离开这里。当时他可是带着武器的,没有人可以强迫他留下来回答这个问题。然而他却转过身来跟我讨论,我感觉好像他就等着我问这个问题。特别是,他好像要竭尽全力地为自己辩护,证明自己的清白。他不但否认曾经出卖我们,而且还确认说在我们这伙人里面有个'叛徒'。"

"谁?"

"他说他一直没有搞清楚。"

"如果是这样的话,那他又是怎么知道的,而且为什么他当时不告诉我们呢?"

"我也是这么问他的。他承认的确有FBI的人来找过他,但他发誓说他对我们是忠诚的。按照他的说法,他之所以答应做警方的'卧底',其实是为了保护我们。他说如果真的告发了我们,他的良心一定会备受煎熬。他还说正是由于他的帮助,我们在东村的那个'窝点'才能够逃脱警方的抓捕。"

阿加莎记得很清楚,那一次他们的确是差点就被一锅端了。当时,大家正计划开会讨论那个后来由她一人承担所有后果的行动。有一个神秘的消息来源称联邦密探打算等他们开会的时候突袭会场,将他们一网打尽。

大家也不知道这个秘密情报到底是真实可靠的,还是扰人的谣言。当时,政府采取了各种手段试图动摇反对组织的军心。为此,FBI经常会贴出各种虚假的告密信,让人以为这个或者那个反抗分子其实是与政府合作的。有时候,FBI还故意假借反对组织的名义搞出一些暴力活动，从而降低这些组织在公众舆论中的印象分和影响力。联邦探员甚至会使用各种变态的小伎俩，在反对派内部营造出相互怀疑的氛围。不过，那一次，谨慎小心的意见占据了上风，原本计划好的会议被临时取消了。马克斯租了一辆出租车，来回在原定开会的地点前面经过了好几次，他发现在街边的确停了好几辆经过伪装的公务车辆。没有一个人知道到底是谁提前通知了这个重要的信息，但大家无疑都为此欠了人家一个大大的人情。第二天，所有的人都离开了纽约，四处躲避，好吧，或者应该说是几乎所有的人。

"他还跟你讲了什么？"

"你不会愿意听的。"

"还是跟我讲讲吧。"

"他请求我，如果你跟我联系的话，一定要劝你去自首。"

"还有吗？"

"他已经知道了笔记本的事。"

"你跟他说了？"

"当然不是。"

阿加莎神情一变，脸上出现了那种钓鱼的人看到自己的浮标在水面上晃动时的微笑。她屏住了呼吸。

"他是什么时候离开的？"

"我试图尽可能久地拖住他，但我不能够关他一整天，毕竟他是联邦探员。大概是中午，也就是你们离开之后五小时，他重新上了路。你们在昆特那里已经待了有多久了？"

"大约三个多小时吧,而且我们在路上还耽搁了一阵子。"

"如果是这样的话,那你就赶紧跑吧,抓紧每一秒钟的时间。另外,明天请你务必给我打电话,告诉我你最新的情况。"

"如果还可以的话,我向你保证。"

"阿加莎,不要对这个佩枪的家伙干蠢事。如果你被逮捕的话,我会去找那个笔记本,然后我就把你救出来,你听明白了吗?"

"没有任何证据表明这个东西还存在着,我亲爱的拉乌尔。"

"那么,我就去找出那个曾经收藏笔记本的人,然后我再逼他写下口供。如果你早一点告诉我这个事,我就……"

"我们的通信监狱的看守都会拆开来看,我不可能在我的姐姐死之前说这个事,这里面的情况很复杂,拉乌尔,但愿有一天我能够给你全部解释清楚。"

"还有最后一件事令我感到担忧……为什么偏偏这么凑巧他们派的是汤姆来把你带回监狱去呢?你明明告诉我说你的越狱行动是神不知鬼不觉的啊。"

"你相信世事有这么凑巧吗,嗯?我向你保证,很快我就会把所有的真相告诉你。多谢你的吉他,你原本不必把它送给我的,这是……"

"这不关我的事,那把吉布森吉他是那个小姑娘要来送给你的,她没有告诉你吗?"

阿加莎沉默了。

"时日艰难啊,我欠了一屁股的债。她提出来买这把吉他的价钱,我无法拒绝啊。不过,这件事我就不再跟你多说了,因为这是一个礼物嘛,你要好好使用这把吉他。"

阿加莎紧紧抿着嘴巴,试图控制自己心中翻腾的情绪。

"拉乌尔,原谅我,当我们还年轻的时候,我还不懂得爱你。"

"像这种事情,没有什么可以责备的。"他回答道。

然后,他先挂掉了电话。

阿加莎慢慢地放下了话筒,四处打量着昆特的书房。她想象着他坐在这把扶手椅上面不停地处理各种事务的样子,然后就想,自己的生活跟他真是相差千万里啊。命运究竟跟什么有关?人生的轨迹究竟在什么时候会突然转向?一个放在书桌上面的相框引起了她的注意,她靠过去,凑近一点看着里面的照片,然后忍不住笑了起来。

晚上十点半,时钟的叮当声把她带回到现实。时间已经很紧了。她转身回到客厅,昆特和米利还在那里讨论着什么。

"很抱歉打搅你们了。"阿加莎表示,"我必须尽快离开这里。"

"发生了什么事情?"昆特站起来,有点担心。

"联邦密探不用多久就会赶过来了。"

"在明天日出之前,他们没有权利进入我的领地。"他愤慨地抗议着。

"可是如果等到黎明的话,我们就该被包围了。赶紧动身吧，否则就太迟了。"

"好的。"昆特回答说，"在这附近有一家汽车旅馆，你可以去那里待一个晚上，旅馆的主人是一个靠得住的朋友。等我拿上钥匙，我陪你过去。"

"还是我来开车吧。"米利插了一句，"去拿您的行李吧，我在外面等您，别再耽搁了。"

米利快步走了出去。当她坐到车里面把钥匙插进去打火的时候，两只手还在因紧张而颤抖。阿加莎随后也打开车门，坐在了她旁边的座位上。

"保持镇定，没事的。"她说话的时候很冷静，一只手握在了米利拿钥匙的手上。

奥兹莫比尔的马达发出一阵轰鸣，然后就像一支箭一样蹿上了小路，沿途扬起一片尘土。跑到小路的尽头，在转上公路的时候，米利急打方向盘，结果力度太大，汽车猛甩了一下尾巴，像喝醉了酒一样踉跄前行。

"请你注意点，别把我们甩到马路外面去了。"

阿加莎转过身，透过汽车的后窗，看到远处有两盏汽车大灯照亮了黑夜。

"关掉车灯，尽量小心一点开。"

米利紧紧抓住方向盘，期待着自己的双眼能尽快适应黑暗。

"昆特告诉你那家汽车旅馆怎么走了吗？"

"你只管专心开车好了。慢一点，我都不知道你是怎么做到的,反正我是什么也看不见。"

"不用担心,我的视线足够保证我们不会开到马路外面去。"

阿加莎再次转过身,看到后面那辆汽车的大灯转到了通往农场的小路上。

"就差那么一点点。"她喘了喘气说。

在她的前方,一条几乎一眼望不到头的大路沿着丘陵一路向上攀升。当她们终于越过了丘陵的最高处后,阿加莎告诉米利,她现在可以把车灯重新打开了。

阿加莎的这个指令下得刚刚好,黑乎乎的几片云很快遮到了月亮的下方,一场如洪水般的大雨倾盆而下。

汽车的敞篷有点关不严实,雨水透过敞篷与风挡玻璃之间的接口猛地灌下来,倾注在阿加莎的大腿上。

米利皱紧了眉头。

"别担心你的车子,明天太阳一出来,很快就能晒干了。"

"我可不是担心我的车子。这条路如果被雨水浸成泥浆的话,要知道我的轮胎可不是那么新,表皮都被磨光滑了,在这种情况下,我可没有办法开着车跑路。"

她们在一个废弃了的加油站找地方避雨,米利把车停到了雨棚下面,不过这个雨棚也不堪重负,淅淅沥沥的雨滴不停地流淌下来。

"我很懊恼自己把你拖到了这一场逃亡中来,我没有权利把你牵扯到这个事情里面。"阿加莎咕哝着说。

"您不觉得，现在说这个有点太晚了吗？"

"不，还不算太晚。等会儿雨一停，你就在最近的一个村镇把我放下。"

"这大半夜的？那您接下来怎么办呢？"

"那就明天早上吧。"

"您想在这个事情刚刚开始变得有一点好玩的时候就把我给甩了吗？"

"就我们目前的形势来看，我还真不觉得这有什么好玩的！"

"您看看我们两个，大半夜关了车灯全速疾驰，在此之前，我们刚在您的朋友那里吃了一顿晚餐，您的这个朋友简直就是以前我妈妈在电视里看的黑白电影当中才会出现的人物。我们忙碌奔波了这么久，最终难道就是为了待在这个糟糕的鬼地方？您全身没有一个地方是干的，连骨头都要湿透了，而我一直都在不停地颤抖。我现在甚至不知道我都已经离开家有多远了。这几天我对弗兰克撒了那么多谎，比我之前跟他在一起那么久所撒的谎的总和还要多。我都不用说'柏林戈太太'了，这是您给人家的称呼，拜您所赐，以后我要再称呼这位太太的时候，恐怕都要忍不住哈哈大笑了。我敢跟您保证，与其抓破脑袋去想这一整件事情到底有什么意义，还真不如干脆大笑一场算了。"

"你想让我给你一个真正的理由大笑一场吗？昆特，这个讲话俏皮尖刻、举止夸张造作的家伙，他如果是这个农场的业主,那我就是美国的第一夫人了。"

"您在说些什么呢?"

阿加莎扭着身子,掏出了一个她藏在背上的银质相框。

"这个可怜的约翰死得还挺像模像样的,竟然能够跟这么漂亮迷人的女伴一起庆祝跨年呢。这张照片可是最近才拍的,你自己看看吧。"

米利翻看着照片,瞪大了眼睛。照片里那个揽着约翰的年轻女子戴着一副眼镜,镜框构成一组数字,正是这两人庆祝跨年的年份。

"也就是说,昆特讲的所有故事都是骗人的喽?"

"不是的。"阿加莎以肯定的语气说,"他的青少年时光、监狱生活,以及他来到这个农场,所有这一切都是千真万确的。相反,他那令人赞叹羡慕的上升之路,很可能是在亲爱的约翰授予他农场总管一职的时候就达到了顶峰。在那之后,有了昆特在家管事,约翰就可以安享他的退休生活了。其实,昆特这一辈子干的事本身就挺值得尊重的,可是人嘛,难免总是会自我膨胀……如果没有其他的人可以代劳,那就干脆自己上阵为自己编织一个光环好了。"

大雨停了。阿加莎往外走了几步,然后绕回来对米利说:"你累了吗?"

"今天开了一整天,有点筋疲力尽,晚上那一顿吃得也有点太撑了,再加上骑马遛了一圈,那就更是要累趴下了。"

"让我来开车好吗?"

"您不是已经没有驾驶证了吗?"

"没有驾驶证并不等于我就不会开车了。在这个时间碰到警察的机会微乎其微。当我还年轻的时候,我就是坐在跟你这辆一模一样的汽车上面,一次又一次地横跨整个美国。"

"您当时是坐车还是开车?"米利问道。

"都有啊!相信我吧,我会很小心的。我们必须立即离开这里。"

"您觉得自己现在的状态适合开车上路吗?"

"别忘了,今天一路上,我可是在车里面睡了好久。"

"好吧。"米利说,"我怀疑我们是不是能够找到一家旅馆,而我是无论如何不想在这个鬼地方待一个晚上的。"

阿加莎把座椅往前面调了一下,然后转动钥匙启动了车子。米利努力抗拒着睡意,偷瞄了几眼阿加莎,想看看她开车是否稳当,可是当车开出去十几英里之后,前方的路就逐渐消失在她的视线中了。

昆特和管家站在门前的台阶上,看着奥兹莫比尔在通往大马路的小道上绝尘而去。

"我知道现在已经很晚了。"昆特喃喃低语,"不过,我们要尽快抹去她们在这里停留过的一切痕迹。"

"老板明天回来吗?"管家问他。

"不,按原计划月底才回来,不过我们这里今天晚上恐怕还会有客人来。"

"又是谁啊？"管家问。

"联邦探员。我会去给他们开门。到时候，我必须对他们撒撒谎，实在没有必要把你也给牵扯进来。"

"撒什么谎啊？我们这几天根本就没有见过什么人嘛！在他们到来之前，你如果先去换上一件睡衣，看起来会更像那么回事一点。还是让我去给他们开门吧。"

"不，威廉，我们进去吧。马上就要下雨了，我会招呼他们的。"

只用了一会儿工夫，管家就收拾好了餐具，更换了桌布，并且把椅子都放回了原位。经过他的处理，阿加莎曾经待过的房间看起来又是那么洁白无瑕了。他猛地冲到客厅里面，把沙发全部归位，然后又走去巡视书房。正当他把书桌前面的扶手椅摆回到原位的时候，门铃响了起来。

昆特向门厅走去，脑海里想着一个人如果从睡梦中被惊醒应该是什么样子，可惜他有点想不太出来。

"迎接客人是我的特长。"威廉嘶哑着嗓子说，"上楼吧，让我来处理。"

昆特犹豫了一下，听从了对方的建议。

阿加莎驾车穿过黑夜。在她的旁边，米利睡得很深，即便是一路颠簸也丝毫没受影响。雨后路上的车辙很多，每当车轮碾进去的时候，她的脑袋就要向前猛冲。而每一次，阿加莎都会小心翼翼地轻轻地把她的头重新抬起来。

管家打开了门,直截了当地对对方说,他的雇主外出度假了。

"劳驾您去告诉昆特,有个老朋友来求他招待一个晚上。"

"总管先生已经睡了。假如真的要我去叫醒他的话,我该跟他通报谁的名字呢?"

"我刚才告诉过您了,一个老朋友。"汤姆有点不耐烦,冷冰冰地重复着。

管家让他进了屋,请他在前厅稍候片刻。

昆特出现在楼梯高处的尽头,身上穿着睡衣,手捂着嘴,略显夸张地打着哈欠。

"怎么回事,威廉?"他一边走下楼梯一边喊了起来。

"有人来拜访,先生。"

"这个时候?"

汤姆越过管家走上前。当昆特终于认出对方的时候,他忘记了自己伪装出来的疲倦,脸上写满了惊奇。

"汤姆?"

"你难道还在等着其他人?"

"我谁也没在等啊。"昆特结结巴巴地说。

"在这么大的一间破房子里,能不能有个更舒适点的地方招待我一下啊?来一杯苏格兰威士忌就好,哦,再来一份三明治也不错。当然,如果在这个时候提出这种要求不算太过分的话!"

昆特对管家做了个手势，然后就邀请汤姆走进客厅。他们面对面，各自坐在沙发里，相互对视了很久。

"我们已经有多久没有见面了？"

"有三十几年了吧，老实讲，我都已经不想去算了。"汤姆回答道。

"你来找我干什么？"

"自从退休之后，我就觉得漫漫长冬实在是有点太难熬了。我住在威斯康星州北部，对于我这把老骨头来说，那里真的是太冷了。"

"可是，我们现在是在春天啊。"昆特回嘴说。

"是的，我也想赶回去，不会在这里耽搁太久的。我是在秋天快结束的时候上路的，然后就游遍了整个美国。实话告诉你吧，从去年开始，我就想要把当年的那些老朋友全部都找出来，跟大家问个好。大家当年一起经历了那么多非凡的事情，我觉得现在我们要是就此终老不来往，那实在是太可惜了。我甚至想过，把大家的回忆都记录下来，整理出版一本书。我们当年为了什么而奋斗，这对于当今的那些年轻人来说也还是有点吸引力的吧？"

"你现在是作家了？"

"也别说得太夸张了。我就是听一听大家想要对我说什么，然后把这些话都记录在纸上。才刚刚开始呢，不过我是打算要干下去了。"

"在这之前呢，你在干什么？"

"我干过好几份工作，四处漂泊，人总得要力所能及地自己想办法谋生啊。不过，我看你混得挺好的，祝贺你，为你感到高兴。"

昆特勉强挤出了一丝笑容。管家走进来把一个餐盘摆在了汤姆面前。

"一杯苏格兰威士忌，还有一份三明治，但愿这能让您感到满意。"

昆特谢过了威廉，并且告诉他可以退下了。一直等到他离开了房间，昆特才重拾话题。

"这么说来，你是想要跟以前的老伙计们重新建立联系了。一帮当年的斗士又再约到一家小餐馆里聚会，想想也是挺逗的。把我们这群人一网打尽，这是多好的机会啊。我敢肯定，大家一定都会觉得你的这个提议，简直是棒极了。"

"我说的可不是这么回事，昆特，这是我个人的行为。我要游遍整个美国，然后就想，如果不趁机跟老朋友们见面叙叙旧，那实在是太傻了。"

"不是还要写一本书吗！你这是打算让书里面提到的所有人都跟你一起作为这本书的作者署名吗？"

"为什么不呢？毕竟，我要讲述的是我们当中每一个人的故事啊。"

"我的人生故事就非常引人入胜啊。"昆特吹了一下口哨说，"估计你写个八十页都没问题。不瞒你说，如果能够看到这本书包装得漂漂亮亮地出版，那我会感到非常自豪的。为什么不现在就开始干呢？脱掉你的夹克衫，到那边的写字台坐下，我去给你找一些可供你创作的素材，然后，我也会坐到桌子的旁边来。"

"我们可以等到明天再开始吧，这会儿有点太晚了。"

"有谁已经跟你聊过了吗？"

"罗伯特啊，不过很不幸，他当时喝太多完全醉了，讲话语无伦次，根本就提取不出什么有意思的东西来。我还见过了马克斯，他跟一个漂亮的女人一起住在费城。布赖恩在一辆旧校车里安了家，他的生活挺艰难的，但他还是一如既往的聪明。拉乌尔在纳什维尔经营着一家爵士酒吧，跟他重逢真是一件令人愉快的事情，他跟我讲的故事挺刺激挺有趣的。那么你呢，你怎么会混得这么好？"

"你还打算去找谁？"

"我说老伙计，作为公民，我总有权利接受合法的审讯吧？再说了，难道不是应该我来向你提出问题吗！"

"我不是那个意思。只是说，你的这个写书计划蛮吸引人的，你引起了我极大的兴趣，听你介绍的情况，我越想越觉得我们的故事的确是挺值得一写的。"

"你这么热情让我备感欢欣鼓舞。我希望能够再见一见维拉。"汤姆接着说，他依然在玩着自己设定的这个"游戏"，俨然已经化身为一个天性喜欢打破砂锅问到底的调查记者，"一直以来我就挺喜欢她的，听说她现在住在俄克拉荷马州与得克萨斯州交界的地方。"

"她是挺漂亮的,你的眼光不错。"

"我也挺想去看看汉娜的,不过我不知道她住在哪里。"

"那么我呢?你是怎么找到我的?"

"这就是职业敏感了……写作其实就是作者追寻着他笔下人物的轨迹的一场游戏。我在一家酒吧里遇到了罗伯特,他告诉了我马克斯家的地址,然后通过马克斯,我又找到了布赖恩以及接下来的其他人。"

"然后,拉乌尔又把我的地址给了你……"

"完全正确!"

"关于她的那个部分还挺劲爆的。最近一次看到她的时候,我还没有被扔进监狱。作为一个自我吹嘘很靠谱的人,你还得要继续努力啊。你确定不想去好好放松一下吗?"

汤姆盯着昆特看了一会儿,然后敞开夹克衫,亮出了他的徽章。

"既然如此,那么就让我们都停下这一套把戏吧。如果我是以联邦警官的名义要求进来的话,我猜想你可能会要求我出示搜查令吧?"

"要那个东西有什么用?我又没什么好隐藏的!我只是感到很惊讶,一个当年跟我们一起对抗这个体制的老伙计竟然能够转而投身到了警察那一边。考虑到我们曾经把他们搞得那么狼狈,这可真是出人意料啊。除非嘛,当年你就已经是一个'条子'啦?"

"既然你都已经心中有数了,那还陪我玩刚才那个'游戏'

干什么？"

"这是因为，看到你依然像以前那样厚颜无耻地撒谎，我感到挺好玩的，可是，今时不同往日了。吃完你的三明治吧，看在我们往日交情的分上，我可以为你提供一张床。你明天一早就请离开吧。"

"她来过你这里，对吗？"

"我不知道你说的是谁，汤姆。"

"阿加莎！或者应该说是我们在那个时期称呼的那个'汉娜'。"

"正如你讲的那样，'在那个时期'，是你出卖了我们吗？"

"不是的，昆特。在这个问题上我跟你发誓，联邦密探是曾经接触过我，但我只是利用了他们来保护你们。当年，恰恰是因为我，你们才没有掉进陷阱，才能够逃脱他们布下的天罗地网。"

"听到从你的口里面说出'你们'，这真是让人不舒服啊。我还一直以为你是我们这一边的呢。这就是你为他们干活的明证。双面间谍？听起来是挺传奇的，不过，请原谅，我还真不怎么信。"

"我也不能逼着你信，尽管这是千真万确的事实。我从来也没有出卖过任何一个人。没错，我是转到了路障对面警察的那一边。当我们的队伍最终离开越南的时候，我实在看不到任何继续这么战斗下去的理由。我一直都是反对组织过激行动的。那个时候，我奋斗是为了和平，而不是在这个国家内部发起另一场战争。我没有成为警察，而是成了联邦法警。我这一辈子在干的事情就是把那些人渣关到牢房里面去，比如说杀人犯、毒贩、强奸犯、绑匪，以及所有那些把暴力当作自己存在价值的家伙。对于这样一份职业，我一直都很自豪。这也完全没有违背我当年加入组织的时候心里憧憬的公平正义的理想主义。而且，如果你还想知道的话，我要告诉你，正是我使得我们当中的大多数人避免了牢狱之灾。你瞧，我这不是说'我们'了嘛。每一次当我有机会接触到老伙计的档案，只要没有被人发现，我都会想办法销案。就这样，好几个以前的小伙伴都是由于我，才能够保持自由，在外面隐姓埋名地生活下去。甚至还有一些当年没打过交道的人，我也帮了忙。"

"这真糟糕，应该给你发一枚勋章才对啊。"

"你可以一直这么讽刺挖苦下去，如果这能够让你感到高兴的话。"

"我领教过在牢房的日子，在那里养成了跟当权者作对的习性，你可要对我宽容一点啊。"

"那么依你所见，当年法官一直都不了解你过往的历史，这是拜谁所赐呢？"

"你到底想怎么样，汤姆？"

"赶紧找到汉娜，否则就真的太迟了。"

"这个嘛，尽管你大概会感到难过，但我依然要告诉你，你恐怕还是来迟了一步。你可以在圣菲的墓地里找到她，不过，我很怀疑她是不是还能够跟你说些什么。"

"你所说的并不是全部。三十年前，阿加莎变成了汉娜，而汉娜变成了阿加莎。两姊妹中的姐姐五年前死于一场交通意外，而我现在跟你讲的是那个妹妹，她在进入监狱之前冒名顶替用了她姐姐的名字。"

"我还记得她。相比她的姐姐，我倒是更喜欢她。不过，正如你所说，她都已经被关在监狱里面那么多年了，我怎么可能……"

"她越狱了，而且我知道她来看过你。"

"我为她感到高兴。不过，你高估我了。为什么你要说'否则就太迟了'？"

"我必须在二十四小时之内找到她，否则联邦密探将介入此案，那她就真的一点机会都没有了。"

"那你是想要帮她逃跑？你打算想办法让她越过边境吗？"昆特问道，汤姆所讲述的情况令他有点动摇了。

"我想要做的是救她的命。她是不会投降的，而我认识那帮可能来追捕她的人，扣动扳机对他们来说简直是轻而易举的事情。我很希望能够让她回归理性，同时也有充足的理由可以保障她余下的刑期不至于因为这一次越狱而延长。如果我能及时把她带回去，她最多在禁闭室里面待上几个星期，仅此而已。"

昆特在房间里来来回回地踱着步，心中左右为难，焦虑万分。

"你凭什么认为她不会投降？"他咕哝着。

"假设你最近真的没有再见过她,你还记得她是怎样一个人吗?你能够想象哪怕是一秒钟,在面对追捕的人时,她会丧失勇气吗?"

"现在是睡觉的时候了。"昆特说,"我需要考虑一下。"

"如果你知道什么的话,赶紧告诉我,该死的!就算是为了她好,求求你了。在这个事情上,我什么也得不到。你相信到了我这把年纪,还会想要钻营谋求职业晋升吗?我已经退休了,这一点我并没有骗你。而我这一次之所以愿意重新出山,全都是为了她。所以,如果要考虑的话也请快一点,现在每一分钟都是宝贵的。"

"明天早上,吃早餐的时候,我会告诉你我所了解的一切。现在已经很晚了。看你这样子,应该是有很久没有睡觉了吧。今天晚上,我不会让你上路的。"

"你能够保证吗?"

"我只能够保证会好好考虑,而这已经算是不错了。"

说完之后,昆特就邀汤姆跟他一起上楼。他们从阿加莎之前曾经短暂待过的房间门前经过,昆特安排汤姆住进了隔壁的那间房。

"我嘛,也有一个问题要问你:如果不是你出卖了我们的话,那还能是谁?"

"我只是有一些怀疑,还不能确定。"

"一个像你这样的老执法官,难道不是应该对自己的灵感充满信心吗?"

"我的'线人'总是用'他'来称呼这个'内鬼'。他很可能参加了那一次最终导致阿加莎失去自由的行动。"

"你所说的'参加'是什么意思？我们所有人都知道组织正在筹划这个行动计划。"

"可是，我们当中只有四个人最终实施了这个计划，而他们其中的一个转为了'污点证人'，把另外三个人的名字供了出来。既然你今天晚上打算好好考虑一下，那么你也可以顺便想一想，到底是谁从来也没有在监狱的格子间里面待过。我希望你是一个习惯早起的人，明天早上五点半，我会泡好一杯咖啡等着你，到时候请你告诉我她到底去了哪里。"

"你能向我发誓，今天晚上肯定不会上路吗？"

"请相信，如果我还能够坚持得住的话，我是一定会连夜赶路的。不过，你也看到了，以我现在这样的状态，是肯定开不了车了，更何况你给我提供的那杯苏格兰威士忌在这方面恐怕也帮不了我什么忙吧。"

"她去伍德沃德找维拉了。维拉和她丈夫的房子位于俄克拉荷马大道。现在，你给我听好了，如果她遭遇什么不测，那我本人一定会来找你的，才不管你是不是什么联邦法警呢。至于我找你干吗，我想说的是，在找完你之后，我很可能就要在监狱里面度过我的余生了，你明白我的意思了吗？"

汤姆盯着昆特看了好久，然后关上了他的房门。

9

时不时地，会有村庄在僻静的平原上突然冒出来，先是出现在汽车风挡玻璃的前面，然后又在后视镜里面渐渐消失。阿加莎紧紧地握住方向盘，在广阔无垠、铺满艾蒿灌木丛的一片旷野中前行。黎明即将到来，朝霞染红了天际。

"现在几点了？"米利撑开眼皮问。

"早上五点半。"

"我们这是到哪里了？"

"俄克拉荷马州的某个地方，我开得很小心。"

"我来换你吧，你现在肯定累坏了。"

阿加莎早已习惯了白昼，所以现在还觉得精神奕奕。她决定在找到一个可以喝咖啡的地方之后再停下来。

她们经过了一块路牌，上面指示着前方就是塔尔萨。米利的目光一直在跟着路牌转，眼睛都瞪圆了。

"我们甚至还没有经过塔尔萨？您这速度是每小时二十英里吗？"

"刚才跟你讲了，我开得很小心。虽然是这么说，但我怎么觉得自己的速度要比这快得多啊？"阿加莎回答着，"另外，一路上黑灯瞎火的，我想我可能是有点迷路了。唉，总之，重要的是我们还是往前走到了某个地方嘛。再说了，你这一路上都在呼呼大睡，还有脸来怪我！"

阿加莎把车停在了一家快餐店前面，转身对她的同伴露出了大大的笑容。

"一个美味的蜂窝饼配一大杯咖啡，你觉得怎么样？"

"您还真是随时都能把我惹毛啊！"米利喊了起来，"您到底知不知道您有多么让我受不了啊！"

"是的是的，别担心，有时候我一个人待着也会很冒火。所以，我还是非常理解你的。来吧，吃完早餐你或许就能平静下来了。"

在第一缕阳光照进屋子的时候，昆特就醒了。他穿上睡衣去敲汤姆的房门，没有一点反应。他推开门，房间里床上空空如也。他马上冲到了楼下，餐厅里面也没有人。他瞄了一眼客厅，然后三步并作两步走向前厅，当看见安全锁链空荡荡地挂在门边时，昆特知道他昨晚的客人已经不辞而别了。

"该死的！"他咕哝了一句。

管家出现在他的背后。

"你还起得真早啊。"

"不好意思。"昆特表示，"我并不想吵醒你的。"

"他已经走了？"

"是的，我也不知道他是什么时候走的。"

"半小时前，我听见了汽车马达的声音。"

"但愿我没有做错吧。"昆特叹了一口气。

"我不知道你指的是什么，不过如果你是真诚地做一件事情，就肯定无须因此而责备自己。我想，在接下来的这几天里，昨天晚上发生的事情或许值得我们好好聊一聊。至于现在嘛，我这就去准备早餐。还有最后一件事，你的那位女性朋友'顺'走了一个银质的相框，我们要想出一个借口解释一下了。"

"哪个相框？"

"就是摆在老板书桌上面的那个，我想他不太可能留意不到。"

笑容在昆特的脸上一闪而过。

"一个朋友来到你这里避难，却利用你的慷慨大方顺便偷走了东西，而这还令你感到很好笑？"

"一个银相框也不是什么大不了的玩意儿，而这个世界还亏欠着她两三样东西呢。"

每个早晨，克莱顿法官会一如既往地走到外面的花园去丈量他家的树篱笆。树丛的长势和高度令他感到很满意，于是他走回厨房开始吃早餐。

在洗过了餐碟之后，他走上楼去上了个厕所，穿上西装，对着卧室的镜子打好领带，然后好好地打量着自己全身的装束，自己感觉还是挺适合去执行今天的任务的。

他走到书房里坐下来,打开电话簿,然后静静地等待着时钟的指针指向八点。当整点报时第一声敲响,他就拿起电话接通了费城的 FBI 分部。接线员转接的时候请他稍等,于是他浅浅地抿了一口茶。

"这里是克莱顿法官。"他隔着话筒对接听的人说,"我很遗憾地通知您,在州立训诫中心发生了一起越狱事件。我刚刚才得知这个消息,想跟您通报一下此案的一些核心要素,您现在能够记下来吗?"

米利把嘴唇完全浸到了咖啡里,然后撇了撇嘴,表示并不是那么喜欢。

"如果你曾经尝试过我们在监狱里面喝的咖啡,那么你肯定会觉得眼前这个简直就是阿拉伯产的精选上品了。我还得提醒你一句,这个蜂窝饼简直就是难以下咽啊。"阿加莎一边说着还一边把她的叉子送到嘴里。

"我们今天要去哪里?"

"不太远的地方,伍德沃德。我们应该能在午饭之前赶到那里,然后,我们就要穿过得克萨斯州的边界。"

"我们去伍德沃德干什么?"

"去拜访某个人。"

"要不是这样才怪呢。"

阿加莎在口袋里摩挲了一阵子,然后掏出了一个汽车模型摆到了台面上。

"给你的一个小礼物,对你表示感谢。"

"谢我什么?"米利把模型拿在手里问道。

"那把吉他。我还没能有机会告诉你,这件事多么令我感动。你这么做真疯狂,但我真是深深地被你打动了。"

"它看起来就好像是我的奥兹莫比尔。"米利一边在台子上推着玩具车跑一边说道。

"我选中它就是这个原因。"

"您是在哪里买的?"

"我是在圣诞中心里面偷来的。不过,这仍然算得上是个礼物。"

"它真好看。"米利说。

"你喜欢这个东西,那我就太高兴了。我希望你不要再那么生我的气了。"

"我们这是要去拜访谁?"

"她叫维拉,不过这一次该让她来找我们了。昨天晚上就差那么一点点,危险随时都可能靠近,况且现在还太早了一点。"

"什么太早了?"

"我被逮捕还太早了。"

"既然如此,那为什么要冒这么大的风险去看什么老朋友,然后又急匆匆地跟他们道别?为什么要那么固执地一路向西边开?我们要是转向南边加油赶赶路,今天晚上就能够到墨西哥的边境。"

"没有护照,我到那里又能怎么样?"

"我是在圣菲长大的,那里的每一条大路、每一条小道,我都再熟悉不过了。就算是遮着眼睛我也能带您穿过边境。"

"如果我们被逮住的话,你就要进监狱了。这个事,没门!"

"如果您感到担心的话,我可以在某个能够穿越边境的地方附近把您放下来。"

"如果能够去到边境另一边的话,我又将如何生活呢?"

"在那边,您是自由的。如果您一开始缺钱的话,我可以给您寄一点过去。"

阿加莎直视着米利,似乎要看到她的心里面去。

"你为什么要为我做这些?"

"就因为我喜欢。"

"你真伟大,但我还是不能够这么做。不过嘛,等我们赶到伍德沃德以后,我还要求你帮我最后一个忙。"

她们重新上路,阿加莎趁机打了个盹儿,一直睡到了伊尼德。

"如果有可能的话,你会要小孩吗?"她一边伸展着四肢一边问。

"我能不能知道,您为什么要问这么一个问题?"米利笑着说。

"你只需要简简单单地回答我'会'还是'不会'就好了。"

"我不知道。"

"当你在弗兰克身边入睡的时候，你有为他生一个小孩的冲动吗？"

"您不会又要开始讲他了吧？"

"你这就算是回答了？"

"我根本就什么也没有回答。况且，这是我自己的事情。"

"至于我嘛，你瞧瞧，如果我是自由的话，这个问题简直连一秒钟都不用去考虑。假如老天能给我这个机会，我肯定愿意为我喜欢的男人生孩子。"

"可是，您从来都没有跟这个人一起生活过，所以嘛，这只是说得轻松罢了。"

"如果我跟你讲的东西真的这么不合你意，你尽可以说这些令人讨厌的话。不过，一个女人应该懂得这样的道理，只是表面上不愿意承认而已。"

"这个您喜欢的男人，之后您就再也没有见过他了？"

"有的。在我刚刚被抓进去的时候，我们在监狱的会客室里碰过几次面。他每一次来见我的场景，我到现在都还记得很清楚。那是当时为数不多的让我觉得自己还活着的时刻……为此，我甚至不惜付出我的生命。可是有一天我对他说，以后再也不要来看我。"

"为什么呢？"

"为什么，为什么，为什么！你也一样，要用这些愚蠢的问题来激怒我吗？我是一个在监狱里面服刑的女人，而他是一个自由的人，在面对其他女人的诱惑时，他又能坚持得了多久呢？与其如此，还不如在他来坦白之前，我自己先主动提前结束这段关系。现在嘛，我们该转换一下话题了。等我们到达伍德沃德以后，你把我随便放在哪家咖啡馆门口，然后你就去一趟中学，到那里找维拉·纳尔逊，她在中学里面教书。你去告诉她我想见她，然后把她带到我这里来，不过一定要注意别让人跟踪了。另外，你不要走最短的捷径，最好在附近的居民区绕一大圈，然后停下车，掉转头折回来，在整个过程当中都必须保持警惕。假如两次留意到同一辆汽车跟着你，那你就陪着维拉回去，不要过来了。"

"那您怎么办？"

"我自己会想办法的。如果你不能在一小时内赶回来，那我就自己跑路了。"

"不要，别这样，不要，千万别！我们可以约定一个落脚点，一个我可以去找到您的地方。"

"他们如果跟上你的话，就一定不会让你跑掉的。如果是那样，就太危险了，我们没必要再讨论这个话题了。"

汤姆·布雷德利把车开得飞快，远远超过了路上的限速。快到塔尔萨出口的时候，有一辆高速公路的巡逻车拉响了警笛，对他展开了追逐。汤姆把车停在了路肩上，然后向警察出示了他的徽章。在他重新回到自己车上时，那名警察通过无线电通话系统向其他的警察传达了信息，让他们不要拦截一辆在路上高速飞奔的黑色福特，因为开车的是一名正在执行任务的联邦法警。

来到伍德沃德之后,汤姆把车开到了中学的停车场里面,然后拿着一张报纸坐在了正对主楼大门口的一张长凳上。

米利在风之咖啡馆门口停了下来,然后转过身面向阿加莎,一副随时都会情绪失控的样子。

"别这样,一切都会很顺利的。在你把维拉带到我这里来以后,我想请你回避一下。不要因此而生我的气,因为我想要跟她谈的是很私人的事情。"

"不管发生任何事情,都请您在这家咖啡馆里等我。"米利恳求着她,"如果我被人跟踪的话,我一定能够甩掉对方的,就算是为此要花一整天的时间也无妨。我开车挺有天赋的。所以,答应我,就待在这里。"

"与其说这些蠢话,还不如抓紧时间拥抱一下吧。我们可以约个地方再碰面,万一……唉,还是算了,我们可能会因此而倒大霉的。来,赶紧走吧,马上就要到中午了,我可不希望你错过跟维拉的'约会'。"

阿加莎下了车,走进咖啡馆,坐在了橱窗的后面。

十分钟之后,米利把车开到了中学的停车场,然后走进了主楼。她找到秘书处,向对方打听维拉·纳尔逊上课的教室在哪里。

前台的接待员略微打量了一下米利,甚至都不屑于问她是不是哪名学生的母亲。显然是出于安全方面的考虑,校方禁止任何陌生面孔的人走进教学楼。米利可以在主楼的大堂里等待纳尔逊夫人。

"她的课几点钟结束?"米利问。

"还有三十分钟吧。"对方回答,"纳尔逊夫人总是会拖一下堂,您耐心等一下吧。"

"您能不能去通报一下,这事挺急的。"

"小姐,什么事情这么急呢?"

米利接触过太多学校里的工作人员,因此十分清楚眼前的这一位十足就像是一条看门狗。面对她,米利实在是想不出有什么足以说服对方的理由。

米利心中倍感焦虑,坐立不安,但她一直盯着墙上的钟,视线一刻也没有离开。

当下课的钟声终于敲响,一大群学生从各间教室冲出来,大堂瞬间塞满了人。米利在人群里面夹杂的几张成年面孔当中竭力辨认着是否有哪个符合之前阿加莎对维拉·纳尔逊的描述。她抽空扫了一眼挂钟,意识到她现在只剩下二十五分钟的时间去寻找"目标"并把她带到指定地点了。正当米利感到自己的额头上布满了汗,连手心也湿润了的时候,突然,她隐约感到那个接待员的视线正在转向一个朝着她走过来的女人。于是,米利赶紧迎上前去。

"维拉·纳尔逊?"

"您好。我现在没有什么时间,如果您是想要谈一谈您小孩的事,请您到秘书处约个时间吧。您是哪一名学生的母亲?"

"您必须跟我走一趟!"

"您是谁啊?"维拉问道。

"阿加莎在风之咖啡馆等着您。"

"我不认识什么阿加莎,如果这是学生们开的什么玩笑的话,去告诉他们,我不吃这一套。现在,请您不要再打搅我了。"

维拉提高了声调,而那个守在自己岗位上的"看门狗"当然不会错过眼前的这一幕。

米利在心里快速分析着她面临的几个选择:强行拖着维拉走,这根本就行不通……要编理由哄骗她吧,可能得要花点时间,那根本就来不及……她在心里焦急地盘算着该怎么办。突然,一个念头在她的脑海中闪现。

"有一位索莱达的姐妹需要您的帮助,非常紧急!"

"您刚才说什么?"维拉问了一句,声音有点发紧。

"赶紧走吧,我在路上再跟您解释。"

维拉跟着米利走向了停车场,看到眼前的奥兹莫比尔汽车,唤起了她尘封三十多年的回忆。

"上帝啊,是这辆汽车!"

"求求您了,上车吧,现在我们真是分秒必争啊。"

米利内心万分惊恐。她的手一直在颤抖,而耳边似乎响起了阿加莎的声音,在告诉她,一切都会顺利的。她像一阵风一般快速发动了车子,根本没有想到要看一看后视镜。

"现在几点了?"她问维拉。

"什么事情这么慌慌张张的? 况且你开车走的这方向也不

对，风之咖啡馆是在左手边。"

"我知道。"

"那么，既然我们这么急，为什么要右转呢？"

米利并没有回答，而是专心致志地执行着之前阿加莎给她的指令。来到下一个路口，她掉转头，向后视镜里瞅了一眼，然后就往咖啡馆的方向驶去。

当来到那里的时候，她不禁咬紧了牙关。阿加莎已经不在橱窗口了。

"我做到了，您没有权利这样对我！"她喊了起来，热泪盈眶。

她旁边的"乘客"看着她，一句话也没有说。米利快速冲了进去。维拉紧跟着她的步伐，而当她看到阿加莎就端坐在店里面的时候，她简直不敢相信自己的眼睛。

米利远远地看了看她们两个，然后就走到了一边。

她刚才急匆匆地就把车停在了马路中间，现在正好可以走去把车停好。当她把车驶进停车位的时候，她完全没有留意到有一辆黑色的福特车从她前面开过，停在了稍远一点的地方。

"汉娜，是你啊？"维拉在桌子旁边坐下说。

"我难道已经老到你认不出来了吗？"

"不是的。"维拉表示，"就算是在人堆之中，我也能一眼把你认出来。只是很意外能在这里看到你，我还以为你一直在监狱里面呢。"

"我从那里出来了，不过谁知道还能在外面待多久呢？"

"你是获得了假释吗？"维拉惊呼。

"不，我是逃出来的，这会不会让你感到不舒服呢？"

"这也没什么大不了的。不过，在这种情况下，你不觉得还有比这家咖啡馆更安全的地方吗？"

"没有什么地方比公共场所更适合隐姓埋名的了。你还记得我们当年四处躲藏的日子吗？"

"我更记得某些人是怎样掉进警方的圈套的。"

"我必须直奔主题了，我可没有兴趣在这里长时间停留。别误会我的意思，我很高兴能够重新见到你，但是……"

"我也一样。"维拉打断了她的话，"你可能想象不到我有多想再看到你。你出现在这里，勾起了我多少回忆，你要是能知道就好了。看到你完整无缺的样子，真是难以置信啊。我有太多的事情想要告诉你，也有太多的问题想要问你。"

"稍迟一点吧，如果你愿意的话。你后来见过我姐姐吗？"

"上帝啊，汉娜，难道就没有一个人跟你讲过这事吗？"维拉带着很遗憾的表情回答。

"你是说她死了这件事？听说了。我敢跟你保证，监狱的看守们永远不会错过向囚犯们通报坏消息的机会。不过，这一次嘛，倒是个好消息。"

"你是说你姐姐因交通意外死了这件事？"

"不是这个意思，愿她的灵魂安息，我说的是我终于可以重获自由了。她死的那一天，我的监狱生涯刚刚进入第二十五年，我终于开始觉得在那里的日子实在是太长了。"

"我根本就听不懂你在说什么。为什么说你姐姐逝世，就能让你逃出监狱呢？"

"还是先回答我的问题吧，你们后来还见过面吗？"

"是的，大约二十多年前吧，我曾经有一次经过圣菲，就去跟她打了个招呼。她并没有热情款待我，我们只是随便讲了一些无聊的话题，然后我很快就明白了她的态度，她并不想我留下来，更不愿意触碰过往的回忆。为什么要问这个问题，汉娜？"

阿加莎观察着维拉，她的样子并没有什么改变，依然一如既往地真诚坦率，讲话不假思索、从不伪装。如今，她脸上惊讶的表情看起来也是那么的真实，完全不足以引起任何怀疑。阿加莎知道自己又一次走了"岔道"。

"我很抱歉让你白白跑了一趟。快回到你的学生那里去吧，我必须离开了。"

"不，这样当然不行。"维拉语气柔和地表示反对，"我想跟你好好聊一聊。"

"聊什么？"

"我们曾经是朋友，我从来也没有停止过想你，当然其他人也一样。"

"既然如此，你这么多年都没有来过监狱的会客室……"

"去那里眼看着你被关在笼子里面，这个想法简直把我吓坏了。我感到自己有罪，我想，我是真的害怕了。他们把你关起来，这真不公平，因为是你而不是别人一直在反对使用暴力啊。你为什么要拒绝上法庭打官司呢？如果这个案子开庭审判的话，我一定会去为你做证，证明你绝不可能犯下他们指控你的那些罪行。"

"并不是我自己拒绝上法庭的。"

"我不太明白。"

"我只是选择了要救我的姐姐，是她参加了那一次的行动。她的名字上了联邦调查局通缉的'黑名单'。负责调查此案的检察官放出风声说，他愿意跟主动向政府投降的人进行'交易'。我们的司法系统就是这样运作的，私下的小妥协竟然比正式的大审判还管用。在那个时候，我们唯一被指控的罪行是：破坏公共财产。如果达成妥协只需要坐五年的牢，但如果是上法庭的话，那就有可能会被多判三十年。她接受了对方开出的条件。刑期已经宣布，从那之后的下个月的第一天起，她就要开始服刑了。就是在这个时候，她告诉我说自己怀孕了。怎么能够想象她在监狱里把孩子生下来呢？那样的话，在孩子身上又会发生什么事情呢？我当时过着隐姓埋名的生活，我的母亲已经不跟我们讲话了，只剩下我们两姐妹相依为命。当时，我的姐姐就是我唯一的家人，她对我意味着全部，因此我就向她建议由我来代替她去监狱里服刑。这么做是为了她也是为了她的孩子。我们窜改了自己的文件，我成了阿加莎，而阿加莎成了汉娜。我那个时候太仰慕她了，以至于只要一想到能够取代她，以她的名义存在于世，就已经足够让我疯狂了。就是这个样子，我最终成了两姐妹中的姐姐，两个人里面最反叛的那一个，就好像我一下子就继承了她曾经领导的所有那些运动的成果，突然之间就变成像她那个样子，而这是我之前梦寐以求却一直没有办法做到的。我不害怕。化身为阿加莎，我也就同时继承了她的勇气，拥有了她的自信、冷静以及内心的力量。多么奇妙的传承啊，你说是吧？可是，当他们重修被阿加莎和她的伙伴们炸掉的警察局时，却在瓦砾堆里面发现了一具尸体。由于我的姐姐在同检察官达成妥协的时候签下了承认有罪的口供，于是她所有被指控的罪行也就全部都转嫁到了我的头上。如今，犯罪的性质已经改变了，结果我的刑期被大大加长，在原来五年的基础上又增加了三十年。我曾经求过她说出事实的真相，让我能够重见光明。可是，就在那个时候，她刚刚当上了母亲。只要一想到她将要离开自己的女儿，再也不能看着女儿长大，再也不能把女儿搂在怀里，她就失去了所有的勇气。人世间有哪一位妈妈可以为了自己的妹妹而牺牲自己刚刚带到世界上来的小生命呢？她就此与我恩断义绝。我代替了她，母亲和女儿就可以不用分离，而我却从此被关进了牢房。"

维拉把手放到了她朋友的手上，垂下了眼睛，不知道说什么才好。然后，阿加莎告诉她，还有一个她姐姐留下的笔记本，里面记录下来的东西将会是她重获自由的唯一希望。

"你以为这个笔记本在我这里？"维拉哽咽着说。

"我原本是希望如此，因为这个东西能够证明我的清白。"

"汉娜……"

"'阿加莎'！我听别人这么叫我已经太久太久，都不知道自己还有其他的名字了。"

"为什么不直接写信给那个检察官呢？当年既然是他审的你姐姐，你只要跟他见一面不就真相大白了吗？"

"那是因为他从一开始就知道整个事情。我的姐姐对他讲过她怀孕了。在这种情况下，她本来有可能申请法律援助，争取将刑期缩短，这并不是板上钉钉的事情，但也绝不是没有可能。只不过，那个年轻的检察官就是要看着经他审过的犯人一直把刑期服完。于是，他就借口说不想看到一个孩子因为自己母亲犯下的错而受罪，孩子是无辜的，她的前途要紧，所以他对于我们私底下的'小动作'也就睁一只眼闭一只眼了。我们当时弄的那些文件都很靠得住，更何况谁能想得到竟然还有人会自愿顶替别人去坐牢呢？问题是，如果他站出来证明我们两姐妹有冒名顶替的行为，在此案已经涉及人命的情况下，这就几乎等于宣判他自己职业生涯的死刑了。而一旦前途受到威胁，哪怕是一个再普通的人也有可能会变成十足的浑蛋。事实上，他或许还真是做出了正确的选择，因为后来我听说他已经晋升为大法官了。老实讲，我其实也不知道自己是否能有足够的勇气伤害自己在世上为数不多的亲人，让她们母女分离。就算是被释放出狱，我又能做什么呢？养大一个并不是由我亲生的孩子，一直到长大成人之后的某一天，她才赫然发现自己真正的妈妈一直待在大牢里面，她们母女要等三十五年才可能重新相见，而且我还对此负有一定的责任？要做这样的'选择题'实在是太可怕了,对不对?"

"可是,你完完全全是无辜的呀,该死的!"

"我毕竟也是当年那个团伙中的一员。"

"当年那个孩子呢,她现在怎么样了?"

"就是她带着你来找我的。"

维拉的眼睛瞪得老大,有那么一瞬间,阿加莎还以为她的眼珠子都要从眼眶里面掉出来了。

"她自己知道吗?"

"不,她什么也不知道。她妈妈把她培养成了一个很棒的女孩子,就是脾气有点大。不过,我倒并不是说不喜欢她这一点,重要的是她能有自己的个性,你说对不对?"

"那你是不打算告诉她了吗?"维拉喊了起来,万分震惊。

"对她说什么? 对她说,我原来就是那个被自己的姐姐背叛了两次的人? 米利没有父亲,我可不能再破坏她的妈妈在她心目中的形象,以至于让她再'失去'自己的母亲。即便我姐姐已经死了,她也应该仍然是米利心里面钟爱的妈妈,这一点谁也不能够改变。否则,我这么多年承受的一切就全部都失去了意义。就算只是为了这一点,我也不想让她知道真相,至少不应该是全部的真相。"

"既然如此,那你为什么要把她带到你的逃亡之路上来呢?"

"那是因为只有想到她,我才能够坚持下去。这么多年来,她已经成了我活着,或者说是生存的最大理由。因为我在自己想象的世界里一直爱着她,而且爱得越来越深,所以我要去认识她,要去看看她现在到底变成了一个什么样的人,是不是值得我为她付出了这么多。现在,我相信答案是肯定的。你恐怕不会知道,这一点对我来说有多么重要。我必须走了,维拉。我本来还有好多问题想要问你,我倒是很感兴趣,一个整天都要跟青少年打交道的女人,每一天的生活是怎样的……"

"可以说是喜悦与沮丧并存,光荣与挫败交错。"维拉打断了阿加莎的话,"有一些孩子很招人喜欢,但也有一些让人难以容忍,而这并非简单地取决于他们是好学生或者坏学生。造成这些学生之间差异的,其实是他们各自内在的品质。站在教室的讲台上,我可以看到这些孩子的未来:谁能干出一番事业,谁将归于平庸;谁慷慨大方,谁凶狠贪婪;谁待人友善,谁狂妄嚣张;谁乐于助人,谁为害四方;谁精神高尚,谁小肚鸡肠。我在课堂上对我的学生讲述了当年的历史,讲述了我们曾经做过的事情。他们听得目瞪口呆,简直不敢相信,而我又不能够告诉他们,我自己就是当年这段历史的亲历者。教师的工作有时候很有趣,但有时候也会令人灰心丧气。每一年,班里至少能有一名学生会让我感到从事这份职业还是有意义的。我知道,只要对这名学生特别关照,只要把他还欠缺的东西教给他,我就有可能帮助他在将来成为一个有用的人。每当这个时候,我就强烈地感觉到自己是对这个社会有用的人,并且为此而无比幸福。但是,当我对着镜子打量自己的时候,我又会觉得自己总是那么愚蠢,这种感受也是如此强烈,在我心中一直挥之不去。"

"回到孩子们身边去吧。我的时间不多了。很高兴能再跟你见面,维拉,你看起来一点也不蠢。如果哪一天我真的可以出来,但愿我们还能够再相遇。"

"我知道,你会从监狱里面出来的,对此,我全心全意地期盼。走吧,我还不想马上回学校去,就在这里再待一会儿吧。账单不要带走,这一餐由我来请你,这既是我的心愿,也是我的荣幸。"

阿加莎把维拉揽在怀中,对着她的耳朵悄悄说道:"告诉你的学生们,我们当年是为了他们而战斗,虽然我们也曾犯下可怕的错误,但我们心中一直都在憧憬着一个更加公平的世界。"

"别担心,我的老友,我每一年都会跟他们说的。"

这是这么多年来他第一次再看到她,只感到心跳得快要飞出来。他的一只手摆在左轮手枪的枪托上,另一只手则握着车门的把手,可是这两只手都在不停地颤抖。当阿加莎从风之咖啡馆里走出来的那一刻,他感觉自己的两腿发软,就好像他的整个心都沉了下去。她就在这里,离他这么近,就在对面的人行道上走着,然后钻进了那辆他一路不停跟着追过来的车里。她坐到了副驾驶的位置上,而他还待在原地,一动也不能动。

"这个真的值得您冒那么大险吗?"

"你什么时候才能不再问这些愚蠢的问题?上一次,你也是这么问我的。难道不值得去看拉乌尔吗？你不是也跟他相处得挺好的嘛，你这一辈子以前遇到过像他那样的人吗？你的弗兰克能跟他比吗？"

"这是谁把您给惹毛了啊？"

"我很生气，简直可以说是气得发狂。可是，我不想把我的臭脾气发泄到你身上，所以你就闭嘴吧，让我自己冷静一下。"

"索莱达是什么？"米利继续问。

阿加莎叹了一口气。

"索莱达是一座苦役监狱，曾经有一个无辜的人[1]被关押在那里，后来他成了传奇。这个该死的国家，在课堂上你们学的都是些什么东西啊？"

"我们在课堂上讲的可能都是最近的一些事吧。您可以包容我的无知吗？"米利俏皮地说。

"乔治·杰克逊在芝加哥和洛杉矶的黑人区长大。就像其他许多在极度贫困中求生存的年轻人一样，他也因为青少年时期的一些轻微的不法行为而跟警方产生了矛盾。十八岁那年，他开着车在路上被警察截停，车上的小伙伴中有一个人刚刚在加油站偷了六十美元正被警方追捕。乔治·杰克逊因此被控与人合伙盗窃。检控方向他保证，只要他承认有罪，最多只需要在州立监狱里面待上一年。于是，他就在口供上签字画押了，

---

[1] 这里指的是非洲裔美国左翼活跃分子乔治·杰克逊，他著有《索莱达兄弟：乔治·杰克逊的狱中书》。

谁知道检控方根本就没有信守承诺，而是将他的刑期定为轻则一年，重则无期，然后就把他送进了索莱达监狱。"

"就为了六十美金？"

"而且还不是他自己偷的。这种判罚真是无耻至极。犯人的命运被交到了委员会的手里，这个委员会每年开一次会，根据犯人们在监狱里面的表现来决定他们接下来的刑期。可是，杰克逊是黑人，他在监狱里的日日夜夜受尽欺凌、侮辱以及体罚。他拒不屈服，但每一次反抗的后果就是被关进禁闭室。那是一个满是粪便的狭小房间，没有任何通风口，而他在里面不仅被禁止洗漱，还不得不在地上大小便，而这同时也是他睡觉和吃饭的地方。"

"您认识他吗？"

"不，对他来说，我还太年轻了一点。杰克逊很快就被政府锁定为政治活跃分子，属于那种不会向当局屈服的人。到了1970年，也就是他被关押的第十个年头，监狱里新开了一个供犯人放风的院子。看守们心怀不轨地把十个白人囚犯和七个黑人囚犯一起放了进去。被选中的黑人都是著名的人权斗士，而被选中的白人则全都是极端的种族主义分子。警方在高墙上的瞭望所里安排了一个神枪手，为他配备了带瞄准器的步枪。该发生的总会发生，一场打斗如期而至，于是那名警察射光了弹匣里所有的子弹。三个黑人倒在了他的枪口之下，一个白人臀部受伤，其中有一个被子弹击伤的黑人就这么躺在院子里，流光了身上的血。尽管在这个院子的隔壁就是一个医务室，警察还是任由他失血而亡。

"监狱里面的示威活动风起云涌，历史上第一次，黑人、白人和墨西哥人全都一起进行绝食抗议。三天之后，那个州的一个大陪审团判定开枪的神枪手是正当防卫。就在这个判罚宣布的当天，索莱达的一个监狱看守死在了监狱里面，而被当局视作眼中钉的杰克逊和另外两个囚犯随即被指控犯有谋杀罪，全部都被判处死刑。就是这样，三个黑人被一个狱警枪杀，结果这个狱警被认为像雪一样清白；而一个狱警被发现死亡，结果却是三个黑人要为此坐上电椅。你瞧，所谓的司法公正还真是滑稽可笑啊！他们的案子成了这个国家种族主义肆虐的象征，而这三个囚徒也被冠上了'索莱达兄弟'的名号。"

"他们是被处决的？"

"没有。当时在全美国出现了各种支持他们的团体。有两个律师为他们辩护，成功地迫使当局把那位不惜一切代价一心想要判他们死刑的种族主义法官撤了职，并且争取把案件转移到了旧金山审理。因为索莱达及其附近地区的媒体早在判罚之前就已咬定这三个黑人囚犯有罪，在这种环境下审案显然有失公允。后来，源自各方面的支持如潮水般涌来，为他们辩护的团体像雨后春笋一样不断壮大，全美国最伟大的社会活动家全都站在了他们这一边。"

"那他们是被宣判无罪了吗？"

"如果你不再像这样不停地打断我的话，他们的故事恐怕早就讲完了！杰克逊有一个弟弟，尽管他没能看着弟弟长大，但他仍然爱他超过一切，而且这份兄弟之情还是双方面的。在乔纳森的眼里，他的哥哥就是英雄，被人家以最不公平的方式关了起来。有一天，当法院在审判另外三个囚徒时，当时还是个孩子的乔纳森进入了审判大厅。案子刚刚开始审理，他在听众席上站了起来，掏出了一直藏在大衣下面的长枪，还把装在一个纸袋子里面的手枪扔给了受审的犯人。他在法庭上喊着：'够了，现在该由我来决定，释放索莱达兄弟！'三个囚徒和乔纳森绑架了几名人质，一起坐上一辆小卡车逃走了。警察开了枪，两个囚徒、一名人质，还有乔纳森倒在了枪弹之下。在他的弟弟死后，杰克逊开始跟他的家里人和好朋友通信，讲述他在监狱里面的生活以及他跟当局的斗争。他的文笔就像伟大的作家一样好，结果他所有写下的文字结集成册，以纪念他弟弟的名义出版发行了。这本书取得了一定的成功，随后被翻译并传播到国外。全世界都因此而更加关注杰克逊的命运，关注导致他受尽折磨的不公平判罚，关注残酷的监狱制度，同时也关注美国司法体系中存在的种族歧视现象。因此，负责公共事务的头头们决定让他噤声。一年之后，杰克逊被转押到圣昆汀监狱服刑，在那里发生了一次所谓的越狱，杰克逊被牵扯进来，当场被打死。尽管他们就这样杀了他，但他们却没办法让人们忘记这个人，以及他为之而献出生命的事业。'索莱达兄弟'从此成了一个引领大家奋斗的象征，而当年杀死他们的那些刽子手却在各自庸碌低劣的人生中消失得无影无踪。"

也许是出于本能，抑或有一种预感，阿加莎猛地转过身，通过后视镜看着后方。

"慢慢加速。"她把遮阳板放下来说。

"我们被人跟踪了吗？"

"我有这种感觉。"

驶出伍德沃德的时候，道路的两旁都是平坦的玉米田，一眼望不到边。为数不多的地形变化只是因为一些谷堆或者农场的建筑物，没有什么地方能掉头，没有什么地方能躲藏，又老又旧的奥兹莫比尔在速度上也无法与阿加莎在后视镜里看到的福特匹敌。

仪表盘上显示即时车速的指针已经超过了六十英里，但两辆车之间的距离依然没有拉开。

"不要再快了。"阿加莎表示，"如果这辆汽车是要跟着我们的话，那最好不要让车上的人知道我们已经发现他了。"

然而，米利继续踩着油门，计速的指针已经超过了七十英里。

"你要弄坏你的马达了！"阿加莎抗议着。

"您给我闭嘴，让我安心地开车。我跟您讲过，在开车方面，没有人能够跟我比。"

前方的平原上有一条铁路画出了一道横线，远远地可以看见一列货运火车正在朝他们的方向驶来。米利估量着它等一会儿与这条马路相交的时间，然后瞥了一眼后视镜。那辆福特车正在靠近。

"这可能是一个在扮演'马路吸尘器'的家伙。"

"'马路吸尘器',这是什么意思?"

"这个说法是用来嘲笑那些开着一辆小破车拿着雷达测速枪躲在辅路上的'条子'的。一旦发现开车超速并且经过他们设下的'陷阱'的人,他们就会在后面跟着,通常是等到有火车经过的时候,前面'开路'的人不得不停下来束手就擒,而后面跟着的人也就大功告成了。"

"你刚说到火车,我现在就看见有一列正朝着我们开过来,马上就要拉响警告的汽笛了,赶紧减速别犯傻,我们应该赶不过去了。"

米利遵命行事,抬起了踩在油门上的脚。阿加莎看到那辆福特在后视镜里面的影像越来越大。

这列火车后面拖着的车厢似乎无穷无尽,一眼望不到头,眼看着就要来到前面这个没有安全栏杆的路口,火车头上的司机拉响了汽笛。信号灯闪个不停,在一片光影中,叮叮当当的声音呼啸而来。

米利突然把头转向阿加莎,大喊了一句:"闭上眼睛!"

她用尽全身气力将油门踩了下去,奥兹莫比尔的马达咆哮着把"肚皮"里所有的存货一下子都释放出来。车速表上的指针猛地跳到了极限刻度的位置。

汽车奔向铁路,如果她能够就这样冲过去,那后面的追兵就只有停下来看她留下的车辙了。

看到前方突然扬起一片灰尘,汤姆瞬间明白了对方在跟他玩什么把戏。他加速超过奥兹莫比尔，然后冲过了路口。可是，就在即将穿越路口的那一瞬间，米利狠狠地踩住了刹车，同时猛转方向盘，然后再踩油门，汽车打横转到了与铁路并行的岔道上。

现在，正在疾驶的火车算是把她们跟那辆福特分隔开了，米利停下来，挂上倒挡，把车退回到路口，然后重新向着伍德沃德的方向全速前进。

"你还有这一手啊，棒极了！"阿加莎吹了一下口哨说。

可是，米利还没有时间"消化"这样的恭维，她的视线在前挡玻璃和后视镜之间来回移动。只要火车还没有走完，在那一头的追捕者就完全看不到她们的踪迹。

她在第一个岔路口转向南方，然后在下一个十字路口又转而向西，超过了一个卡车组成的车队，然后就朝着丘陵的方向一直往前开。

"我想我们应该是成功了。"她说。

"我想你真是完全疯掉了。不过，这句话在这里可不是责备，而是正好相反。"

眼巴巴地看着火车的车厢轰隆隆驶过却无计可施，汤姆简直气坏了。通常，这种穿过美国的货运列车都会拖着超过六十节车厢，而眼前这一列更是没完没了地在延伸着。当火车的尾巴也终于通过路口远去，在他的面前只留下了一条空荡荡的大马路。他重新穿过路口，把车停在路旁，然后铺开了随身携带的交通地图。没错,他是错过了阿加莎跟维拉的约会,不过他想他应该知道她现在驶向何方。而这一次,他再也不会犹豫了,他必须完成这个任务,这是他职业生涯当中的最后一次了,为此,他已经下定决心,誓要坚持到最后一刻。他掉过头,朝着西方继续上路。

"谁教你这么开车的?"

"我妈妈。"米利回答道,"还有就是我成长的环境。顺便说一句,我们现在正在靠近这个地方。自从她过世以后,我就再也没有回过圣菲。"

"你希望我们到那里转一转吗?"

"鉴于我们刚才所经历的这一切,我不认为现在绕道去那里是一个很好的决定。"

"这本来就在我们前进的方向上嘛,更何况我们不是已经把那个人甩掉了吗?"

"还是不要了,在这里逗留我会感觉很奇怪的。"

"有时候,你觉得奇怪的事情就是好事情。我嘛,我倒是觉得我们应该去向她致个敬。"

"向谁?"

"你妈妈。我猜,她是葬在那里的吧?"

"这可没门儿!"

"好好听我说,即便这跟我没什么关系。在生活当中,有些事情是不应该这么做的。家庭,是神圣的。如果你妈妈在上面看着你，如果她知道她的女儿离她这么近却不愿意花点时间到她坟墓前默哀一下的话，那她一定会特别伤心的。刚才那一下能够涉险过关，说不定就是她在保佑着我们呢。"

"您竟然还会相信这一套？"

"不是你自己刚才告诉我说是她当年教你这样开车的吗？就这一点，我们也要感谢她，对不对？另外，我还必须承认，我也挺想去看看你长大的地方。"

"为什么呢？"

"你呀，还有你这些'为什么'！让我引用某个恰好坐在我旁边的人的话：就因为我喜欢！"

米利笑了起来。

"在我们家附近有一家小餐厅，妈妈有时候会带我去那里吃晚饭。餐厅规模不大，但那里的墨西哥玉米饼是全世界最好吃的。我想，如果能再去那里吃一次饼的话，我会感到很高兴的。"

"就去那里吃玉米饼！不过吃完以后，你要带我去参观一下你们家的房子。"

"我不知道是不是还有勇气带您去看。现在那里应该到处都是灰尘。另外，我也没有带家里面的钥匙。我可没想到这一次要出这么远的门，我想您应该知道我在说什么吧？"

"别告诉我像你这么个'野孩子'竟然不会爬墙啊。如果你知道怎样悄无声息地溜走的话，那也应该知道如何以同样的方式回来啊。去你家看过之后，我们再到你妈妈坟前表示一下敬意。"

气鼓鼓的米利在下一个路口转到了前往圣菲的方向。

在北边跟她们平行的一条路上,汤姆·布雷德利已经进入了得克萨斯州,正在向着西方开去。他感到又饥又渴,却不愿为此而损失哪怕一丁点的时间。尽管汽车油量表显示车里的油已经所剩无几了,但他也没打算停下来。他一边开着车一边想着之前在伍德沃德失去冷静的那一幕,每每念及总是觉得难以原谅自己。他在职业生涯里学到了很多,而其中确凿无疑的一点是:一位联邦警官如果让自己的"猎物"跑走了的话,那么上天恐怕很难再给他第二次机会。

汽车正在穿过一个废弃的小村庄,那很可能是龙卷风吹过之后的结果。这种足以摧毁一切的致命天灾每年夏天都会在附近沙尘密布的平原上频繁施虐,汤姆看见沿路两旁原有的房屋如今只剩下了一些木桩子,他不禁心想,那些当年住在这里的人能活下来吗?现在怎么样了?接下来,他又经过了一所学校的遗址,而在更远一点的地方,应该原本是一家餐厅,估计在以前附近的居民经常会来这里吃饭吧?然后,映入眼帘的是一块裂成两半的招牌,那竟是以前某个保龄球馆幸存下来的唯一物件。而在整个废墟的最中央,有一个侧翻的教堂钟楼,斜斜地插在地面上,见证着这里当年曾经经历了怎样猛烈的灾难,就好像是一场天谴,令人过目难忘。汤姆开车一路前行,随时担心着车里的燃油是否足够支撑到下一个加油站。为了保险一点，他只好把车速放慢。

下一个村庄里也没有多少住户，在法戈这里居住的总共不超过一百人。大街上空空如也，毫无商业气息，唯有并排斜停在路边的几辆皮卡提醒着路人，这里还没有被所有的人抛弃。他时不时可以看见一些预制板房建在并不牢固的根基上面，似乎在无声地讲述着这一片干旱而荒芜的乡村是有多么的贫瘠。就在这个时候，汽车仪表盘上有一个小红灯开始闪烁起来。这下，在汤姆的心中就只剩下一个念头了，那就是在这条路上尽快找到一个能够加满油的地方。

"我们是不可能在天黑之前赶到圣菲了！"米利叹着气说。

"那又怎样？你的车上不是有车灯吗！"

"为什么要去旧金山呢？"

"我好像跟你说过了吧，有朋友在那里等着我啊。"

"在那里您可能要耽搁几个小时吧，再然后呢，去哪里？"

"再然后，那就是太平洋了呀。"

"您这是打算通过海路逃跑？"

"我可没这么想过，至少不是你所理解的那种方式，否则的话，我干吗不让你直接带我去边境？我只是想再去看看金门海峡，去那里看着大海尽头的天际线再好好陶醉一次。再然后嘛，只要去到那个地方，我就会知道自己能躲到哪里去，我就能过上平静的日子了。"

"您在那边真的有朋友？"

"我希望是吧。不过，对此我不是十分确定。"

"既然如此，那还跑去那里干什么？"

"对我来说，那就是我逃亡之路的终点啊。当然话说回来，我就算想逃得更远一点，好像也不是那么容易的事情。至于你嘛，接下来你就要走上回头路，而我是没有办法再陪你了。答应我，小心一点。"

"我的感觉是，自从跟您上路以来，我们就够不谨慎的了，要想比这更不小心，恐怕我还真的做不到。"

阿加莎只是望着窗外的风景。

"我们再也不会见面了吗？"米利问她。

"别这么想。说不定哪一天我就会去找你呢。"

"那么，我能在哪里找到您呢？"

"晚一点吧，我会给你写信的。"

"那我该往哪里给您回信呢？"

"我会在信里面告诉你邮箱地址的。如果你真的要来看我，可以选一个只有我们才知道的约会地点，这将是我们两个人之间的秘密。"

"我觉得这个主意不错。"米利表示。

"你回家以后打算做什么？"

"试试看能不能保住我的工作，然后去找弗兰克，请他原谅我。"

"你有什么需要他原谅的呢？"

"我不知道啊。"米利叹着气说，耸了耸她的肩膀。

"我得跟你承认一件事情。这把左轮手枪,也就是我们第一次相遇的那个晚上,我用来威胁你的手枪,其实只能够在你的车上打出很细小的枪眼,而且里面只有一颗子弹。靠这把手枪,还得是在瞄得准的情况下,我最多也就只能打烂你车上这个储物箱的锁扣而已。"

"我知道,我早就反应过来了。妈妈有时候会带我去射击中心,所以我对枪械还挺熟悉的,至少我知道您手里这把只是小口径手枪。至于我嘛,其实我也跟您撒谎了。我的生活根本就不如意,简直无聊得要死。这一次,我只是利用这个机会让自己能经历不同的人生而已。"

"我能再跟你坦白一件事情吗?"阿加莎问道。

"当然没问题。"

"你真的很不会撒谎啊!"

"彼此彼此!"

汤姆·布雷德利在日落时分赶到了圣菲,并且找了一家酒店住下。刚走进自己的房间,他就躺倒在床上,头枕自己的手臂,思考着第二天应该如何行事。开了一整天的车,他现在简直是精疲力竭了。躺了一会儿,他又爬起来去洗澡,看到放在床头柜上的手机,他犹豫了一阵子,最后还是拨通了克莱顿法官的电话。

"你在哪里?"后者问道。

汤姆没有回答他的问题,而是反问了回去。

"有什么消息?"

"那个训诫中心的主管顶不住了。"对方说,"他刚给我打了电话,告诉我说他明天一大早就会联系 FBI,告诉他们越狱的事情。"

"那我真为他的职业生涯感到惋惜。"汤姆叹着气说。

"为什么这么说,你抓住她了?"

"还没有,但应该是很快的事了。"

"你盯上她了?"

汤姆在电话的那一头笑了起来。

"我难道说了什么好笑的事情吗?"法官似乎感觉受到了冒犯,大喊大叫地表示着不满。

"好笑的是我竟然听到一位大法官在用流氓的口吻讲话。我认为,我能猜到她明天会去哪里,如果没有搞错的话,我就在那里等她。"

"告诉我地点,多一些人过去支援总没有错。"

"这是一名逃犯,而且还带着枪。联邦探员根本就不会留给她任何机会,而我最不想看到的就是这种情况。不过,如果抓捕行动导致什么意外发生的话,或许这倒是能够让你一了百了?"

"你怎么能够有这种想法?"克莱顿表示强烈抗议。

"因为我太了解你了。"

"不要以为你自己是伸张正义的独行侠,汤姆,我是最想让一切都回归原有秩序的人。当然,这事要是能够悄无声息地进行，那就最好不过了。"

"如果是这样的话，那你就再控制好那些'哈巴狗'①二十四小时吧。"

"我会尽力去安排，不过我什么也不能跟你保证。你让我怎么去跟他们说？"

"发挥你的想象力吧。"

"我希望你不要忘记了，是我交给了你这个任务。如果不是希望这件事能够和平了结的话，我就不会给你打电话了。你现在的这种态度是对我的侮辱。如果你知道她在哪里的话，为什么不在今晚就逮捕她呢？"

"因为我累坏了。你想我去把她铐在暖气片上，然后我自己在旁边呼呼大睡？这种坏事我可干不出来。现在嘛，我要去吃顿晚饭，好好休息一下。然后，我就会准时准点地完成我的使命。我们曾经有过'交易'，如果大家都能遵守协议的话，一切都会在风平浪静中结束，正如你所希望的那样。"

"我会尽力的。另外，当你准备好了向我道歉的时候，我想我会很乐于接受的。"

汤姆听见电话那头传来"啪嗒"一声，克莱顿挂掉了电话。

汤姆一直在想着第二天会出现怎样的情况，洗澡的时候在想，一小时之后走进一家酒吧的时候还在想。他喝了一杯苏格兰威士忌，接着又是一杯，这才终于缓过劲儿来。然后，他就

---

① 这里指的是 FBI 探员。

到这座老城的大街上到处溜达。

圣菲有很多历史遗迹，游客们在这里惬意地散步，欣赏着道路两边悬梁上散发出花香和烟熏木头芬芳的土砖瓦房。各家餐馆的露台上都是满的，大家喝着酒、唱着歌、跳着舞。在这里，每一个夜晚似乎都是节日。汤姆在其中一个露台上独自就座，看到对面有一对年轻情侣正在低声细语，他不禁想起了三十年前的夏天在圣菲度过的那个夜晚。

那个晚上之后的第二天，他心中满怀着希望，跟他的朋友们一起上路，穿过了三个州，坐着接驳船横渡大河，然后又是三个州，最后终于抵达了东海岸。往日岁月的一个个画面在他的脑海中像放幻灯片一样闪过，还有那一张张面孔，还有那些他已经太久没有重温的青春回忆。

"您还想要点什么吗？"服务员在问。

汤姆抬起头，她穿着平纹细布衣裳，光彩照人。

"你是本地人？"他有点吃惊地询问对方。

"您听我这布鲁克林①口音，想假装是本地人都难啊。我也不知道怎么会有那么多客人以为我是墨西哥人，可能是因为皮肤的缘故吧，这里的阳光太猛了，就算是爱尔兰人在这里待久了，皮肤恐怕都会变成古铜色呢。那您呢，您是从哪里来的？"

"我来自威斯康星州北面。"

"您还真不是'住在隔壁的邻居'呢，那里的气候跟这里也

---

① 布鲁克林是纽约的一个区。

是完全不同吧。是什么风把您给吹到圣菲来的呢？"

"我认为，可能是怀旧之风吧。那么，一个布鲁克林的年轻女孩又跑到这里来干什么呢？"

"我这是受够了冬天的寒冷，也顺便跟着男朋友来转转呗。"

"这两个理由都很充分。"

"特别是第一个。"

"你还会想念布鲁克林吗？"

"有时候也会吧。不过我也没什么可抱怨的。这里的生活挺舒服的。到圣菲来的人有一半以前曾经是嬉皮士①，事实上，这里的老家伙都是。他们可要比我在纽约的那些朋友更懂得如何放轻松，差不多可以说是两个完全相反的世界，但也蛮好玩的。您呢？ 您以前也是嬉皮士吗？ 实在是有太多人来这里'朝圣'了。"

汤姆笑了起来。

"我看起来像是吗？"

"有点像但其实又不像，我不知道啊。话说回来，您看起来好像逛过不少地方吧。您是干什么的啊？"

"我是联邦法警。"

"您是说真的吗？"服务员问。

---

① 二十世纪六十年代出现于美国的颓废派青年，对社会现实抱有某种不满情绪，信奉非暴力或神秘主义，以群居、蓄长发、穿奇装异服等为特征。

"不是,别那么严肃啊,我这是跟你开玩笑呢。"

"那好。您瞧那边有些客人很不耐烦地在摇着手臂,就好像我瞎了一样。我得过去招待他们了。您真的不需要再来点什么吗?"

汤姆递给她五十美元,感谢她提供晚餐,还陪他说了这么久的话。

回到酒店以后,汤姆·布雷德利仍然不知道第二天该怎么办,不过至少有一点在他心中已经确定无疑:不管最终的结果如何,这一天对他来说都将是一种解脱。

克莱顿法官刚刚同马罗尼警探进行了一次谈话,后者终于给他带来了一些好消息。费城警察局的一名探员打电话给FBI,声称他在发往全美各警局的通缉令中认出了那一名女逃犯。大学校园附近有一间加油站,设在那里的监控摄像头捕捉到了这个女人的影像,她坐上了一辆红色的1950款奥兹莫比尔汽车。马罗尼警探表示很难理解为什么监控录像记录的明明已经是几天前的事情了,但该逃犯越狱的消息却在今天上午才公布出来。对此,那个事发训诫中心的主管恐怕要给出合理的解释才行。克莱顿法官对对方强调自己也是第一回听说这样的事情,深感震惊。如果监狱的管理机构出现了漏洞,如果有人玩忽职守,他一定会展开调查,并且给予责任人相应处罚。对于法官的这个决定,马罗尼警探深表赞同,他接着继续向法官汇报。

FBI的影像研究中心通过技术分析辨认出了那辆车的车牌

号码，于是车主的身份信息也迅速被锁定。而根据最近的通话记录，可以查到她曾经在塔尔萨地区附近活动，然后她的手机信号就消失了，那个时候她正在向西部方向移动。事实上，得克萨斯州境内荒芜的平原上有大片广阔的区域没能实现网络覆盖。尽管如此，只要她接下来再靠近任何一个移动通信基站，她的手机信号就会再次出现在 FBI 监控的显示屏上。达拉斯、科罗拉多斯普林斯以及阿尔布开克这三个地区的探员都在紧急戒备，随时准备采取行动。

克莱顿法官对马罗尼热烈地表示感谢，同时赞扬了"局方"① 引领此次追捕行动时表现出来的迅捷和高效。

在放下电话后，克莱顿去泡了一杯茶，拿起报纸接着阅读之前没有看完的部分，然后就上楼去睡觉了。

"很抱歉。"米利说，"今天晚上，我们恐怕最多只能走到图库姆卡里了。天色已经很暗了，而要想前往圣菲，我们还得翻过桑格雷－德克里斯托山②。在这些该死的山谷里，马路都是弯弯曲曲的，一到晚上还总是笼罩着浓浓的雾气。我以前在这个山上就曾经遇到过一次，视线甚至都不能超过自己汽车的引擎盖。就算是在春天，山顶上也是冷得不得了，如果我们被困在那上面的话……"

---

① 原注：这是对 FBI 美国联邦调查局的昵称。
② 位于美国新墨西哥州最北边、洛基山脉南端，山名取自西班牙语，意译为"基督圣血"。

"好了，没有必要再跟我讲上面还有大棕熊、地面还会冻成冰了，你已经说服了我，如果你累了的话，那我们就先去图库姆卡里吧。"

"我不累啊，我只是告诉你，晚上真的很危险。"

"我明白你的意思。今晚就在图库姆卡里住下吧。人这一辈子，谁会不想到这样的地方至少待一个晚上呢？更何况，如果我的记忆没有错的话，那里还有一家具有传奇色彩的旅馆——蓝燕汽车旅馆①。"

"您已经去过图库姆卡里了？"米利有点难以置信地问道。

"没有，幸好还没有！不过，导游书上都写着呢。"她用手指着自己正在翻阅的那本小册子补充说明，"根据我所看到的内容，这家旅馆之所以传奇，都是因为在这个小地方就只有这么一家店。"

蓝燕汽车旅馆的女主人名叫普普希·贾雷娜。这个名字让米利马上就想起了乔，因为跟"乔"一样，像"普普希"这样的名字也不是随随便便就能胡诌出来的。这家汽车旅馆是66号公路上剩余的为数不多的建筑之一。

在旅馆的入口处有一间售卖纪念品的商店，里面摆设的物件都在提醒着人们，这条穿越八个州、横跨三个时区、连接美国东西海岸的柏油大马路当年有多么风光。可是，查克·贝

---

① 美国66号公路上著名的汽车旅馆。始建于1929年，后被收入美国国家历史遗迹名录。

里①为它谱曲写歌、极尽赞美的时代已经成了过去,自从66号公路逐渐被弃用以来,沿路有多少村庄都跟着它一起暗淡无光、荣耀不再啊!

普普希和她的丈夫"斯亨克瓦德叔叔"——米利始终没搞明白,为什么他会给自己安上这样一个稀奇古怪的姓氏——在2008年经济大萧条的时候双双失业,于是干脆离开了密歇根州,来到这里买下了这个地方。蓝燕汽车旅馆不供应晚餐,不过普普希给她们推荐了一家墨西哥餐厅。餐厅虽然距离旅馆两英里,但老板罗伊有一辆老掉牙的大众小巴车,可以过来把顾客带到他那里去。于是,普普希马上给罗伊打了个电话,并为米利她们预订了晚餐。

阿加莎和米利在各自的房间里匆匆洗漱了一下。房间不大但很干净,屋里的每一个细节都能看出这家旅馆的主人对于自己的物业倾注了多少心血。

突然,传来了一声汽车喇叭的声音,米利第一个冲了出去。"斯亨克瓦德叔叔"两手插在口袋里,正像一个心中充满好奇的孩子一样瞪大了眼睛欣赏着她的那辆汽车。旅馆招牌上的霓虹灯反射到车身上,仿佛印下了绿松石一般的蓝色光影。

"在我们那个年代,街上能看到好多像这样的车。现在灯

---

① 查克·贝里(1926—2017),美国黑人摇滚歌手,活跃于二十世纪五十年代到七十年代,他是美国早期对摇滚乐有影响的重要人物,披头士以及滚石乐队都受到他的影响。曾在六十年代创作《ROUTE 66》,这是一首布鲁斯曲风的音乐作品。

这么一打下来，这辆车看起来就好像是恢复了它出厂时的原始风貌了。"他抚摸着引擎盖说道。

"您说得再正确不过了。这辆车属于我的外婆，她大部分时间都是在圣菲的马路上度过的。另外，我可没改过车身的颜色，这辆车整个都是原汁原味的。"

阿加莎出现在门口的台阶上，她告诉米利，司机正在等着她们。

米利跟"斯亭克瓦德叔叔"道了别，然后爬上了餐馆派来的小巴车。

坐在驾驶座位上的罗伊留着白色的下垂的胡须，头发也已斑白，遮盖了大半个布满皱纹的脸颊。阿加莎毫不怀疑眼前这个人在二十世纪六十年代会服用"某些东西"。她盯着对方看了半天，心中想，过去自己是否曾经在哪里跟这个家伙打过交道。

"您在这里住了很长时间吗？"当小巴开始在路上颠簸着前行的时候，她忍不住问道。

"这得要看您所说的'很长时间'到底有多长了。"

"七十年代。"阿加莎被勾起了兴趣。

"您知道我们是怎么评价那个年代的。如果您还想得起来那时候的事情，那您肯定就不是属于那个年代。我的父亲是军人，所以他每一次换防我们都要跟着走。阿拉斯加、佛罗里达、堪萨斯、马萨诸塞，甚至还有德国的一些地方，当然那是在柏林墙还没有倒的时候了。对于那一段经历，我至今还保留着一些有趣的回忆。后来,由于一场交通意外,我们才最终安顿在这里。就好像命运有时候也会跟我们开玩笑一样。"

年轻时的罗伊和他的妻子一开始是住在亚利桑那州,后来一场火灾摧毁了他们的房子。于是,他们就只好去罗伊的父亲在佛罗里达的家里借住了一段时间。他的父亲不仅招待他们住下来,还是他们的经济后盾。不过,慢慢地,他们自己也攒了不少钱,最终还是决定离开父亲的家,再次开始了横穿美国的旅途,但那个时候他们其实自己也不知道究竟想到哪里去。

"我们去维加斯待了一阵子,在赌场里赢了一笔钱。"罗伊一脸愉快地继续回忆,"一个星期之后,我们又重新上路了。在翻过你们眼前这座桑格雷-德克里斯托山的时候,天色已晚,而我们却遇到了浓厚得似乎连刀都砍不破的大雾。结果,我开着车翻到了山沟里。你们别担心,那种情况也是挺特别的,而且我家的餐馆离这里并不远。那天晚上,我们就在那辆严重侧翻的车子里面度过了一整夜,心中满满的都是恐惧,根本不敢从车子里面爬出来。因为我们当时完全不知道车轮底下到底是什么状况。事实上,如果再往前一百步,同样是这样的一场事故就足以让我们冲下万丈悬崖了。第二天早上,当浓雾被阳光'驱散'之后,我的妻子终于意识到我们刚刚逃过了一场怎样的灾难,于是对我这样说:'够了!我们不要再往前走了!'就这样,我们在接下来经过的第一个村子放下了随身的行李。在这里,我们买了一栋小屋,还找到了工作,那个时候遍地都是工作的机会。后来,我们慢慢地经营起了这家餐馆。我老婆煮的东西很好吃，我们就再也没有挪窝了。那你们呢？是第一次到这个山里来吗？"

"是的。"阿加莎和米利异口同声地回答。

"是什么风把你们给吹到图库姆卡里来了啊？"

"跟您一样，我们都爱旅行，现在正在漫游整个美国。"米利表示。

"如果是这样的话，那你们在穿越洛基山脉的时候可要小心一点啊。"

他腰间别着的对讲机突然发出了"噼噼啪啪"的声音。罗伊一把抓起对讲机，将音量调低下来。

"周围都是山，手机用不了。在这里，我们还在用'原始'的方式沟通。"他把耳朵凑近对讲机的时候说，"是阿妮塔，她有点不耐烦了。我还得送其他客人回去呢。"

罗伊把她们放在了"鲍和丽莎之家"的门口，并祝两人用餐愉快。

这一顿饭，她们吃得都挺满意的。不过刚刚吃完饭，阿加莎就开始担心，在回程的路上该怎么跟罗伊对话了。

"你不认为他有点话痨得令人受不了吗？"她在结账的时候悄悄地问米利。

"没有啊，不觉得。"

"我就问了他一个问题，结果他跟我们讲述了他整个人生。"

"让您感到不高兴的恐怕是，您以为自己认识他，结果却很失望。"

"是你让我感到不高兴了。"阿加莎低声抱怨,"你也太中立了吧。"

"有时候,我倒是觉得我们两个挺性情相投的。"

"我们两个?"

"不,罗伊和我。他那一把胡子,还有一头浓密的长发,就好像一匹老掉牙的马一样。很明显啊,我说的是我们俩。"

"你怎么能这么讲话啊?"

"还不都是被您这臭脾气给逼的。"

"啊,我是不是该把你这句话当作恭维啊?"

"您自己瞧着办吧。"

罗伊把她们送回了蓝燕汽车旅馆。普普希·贾雷娜和"斯亨克瓦德叔叔"已经睡下了。两个女人绕过主屋,走向各自的房间。

米利躺在床上,还在想着问题。她很想跟人讲讲话,视线自然而然地转向了床头柜上的固定电话。这个时候,费城差不多已是午夜了。她可不想贸然吵醒弗兰克。可以肯定的是,乔现在还没有睡,他夜里总是很晚才会躺上床。可是,在拨打乔的电话号码时,她感到心里涌起了一种奇怪的悸动,于是在电话接通响了第一下的时候,她就挂掉了电话。

她听到在墙的那一边阿加莎走动的脚步声,还有被打开的电视传出的低沉喑哑的回声。于是,她鼓起勇气,走去敲响了隔壁的房门。

"除了布拉德,您在心里面还有在牵挂其他人,对不对?"她刚走进房门就问道。

"你的意思是,我在监狱里的时候?"阿加莎停下阅读,抬起头来。

米利垂下了眼睛,感到有点不好意思。经过阿加莎这么一说,她刚才提的问题显得尤其过分而失礼。

"您一边看电视一边看书?"

"这是老习惯了。在监狱的时候,我们晚上没有权利单独待在牢房里,所以我没得选择,其他女孩子们都在吵吵嚷嚷地追看各种无聊透顶的电视连续剧,而我只能待在一旁看我的书。最后,我算是习惯了这种'嗡嗡嗡'的声音,甚至后来只有在这种嘈杂的环境下,我才能看得进书。"

阿加莎邀米利坐到她的床边,她把手里的书放在床头柜上,然后转过来看着她的外甥女。

"现在我来回答你刚才的第一个问题。我以前并不是很合群,但仍然有幸能够交到一个真正的闺密。"

"她一直在这里吗?"

"没有,她在十年前就出国了,现在在牙买加过着新的生活。当她刑满释放的时候,我们不得不分离,真是太痛苦了。我为她重获自由感到高兴,但也因为失去了她而伤心。后来,我们之间还会经常通信。"

"她又是做了什么而被关进大牢的啊?"

"那是她自己的事情。"

"为什么不去找她呢？在牙买加，您就可以过上正常的生活了。"

"听起来是挺美的，我只需要像牙买加黑人那样梳起长发髻，再盖上一个鸭舌帽，然后就真的没有人认得出我了……生活没有这么简单，米利，况且我的人生就在这里。"

"真是倔得像头驴啊。您就打算像这样玩猫抓老鼠的游戏，一直等到他们抓到你为止？"

"自由并不是游戏，而是一种必需品。只有曾经被剥夺了自由，你才会真正明白它所代表的含义。现在，你还是跟我讲讲为什么会睡不着觉吧。"

"我也不知道，只是感到很孤独，想找人陪伴。"

"可能也是时候该让你回费城了。接下来我一个人也能应付得了。这里距离海岸线已经不远了。一旦抵达圣菲，你只需要找个车站放下我就好了，我自己坐巴士去旧金山吧。"

"我不是这个意思。"

阿加莎把米利的手握在自己的手心。

"能认识你，我真的很高兴。现在要跟你说再见了，我也很难过。不过，我们总归还是要分道扬镳，不可能永远待在一起。你还有自己的工作，还有男朋友在等着你，你的生活还要继续。"

米利没有说话。

"好吧。"阿加莎叹了口气，"这张床也够睡两个人的，你去衣柜里拿个枕头上来睡觉吧。我希望，你应该不会打鼾吧？"

"我还要问您问题呢。"米利一边钻进被窝一边说。

阿加莎关掉了房间里的灯。

"当你睡不着的时候,就试着假装一下吧。"她低声细语。

"假装什么?"

"假装一切都好,假装自己是躺在一个梦幻美妙的地方,你还可以不断地切换场景,一直到感觉舒服了为止:一大片草坪中央的那棵大树的树荫底下、河流或者大海的边上,或者是童年时属于自己的房间。总之,这个地方一定要很安静。然后再想象一下躺在你边上的是你最喜欢的那个人,又或者如果你喜欢的话,也可以一个人待着。"

"接下来呢?"米利继续问道,她感觉好像已经瞬间"转移"到了自己家的屋顶。

"然后,在脑海里面轻轻地哼一首你喜欢的歌,又或者是把注意力集中到某个能让你感到安心的声音上去,比如,微风吹过、海浪拍打,还有就是雨点敲打在窗户的上面。"

然而,米利在耳朵里面听到的却是冬天第一场雪飘落在她家后面那间大仓库上面的声音。

"当我的牢房里的灯全部熄灭以后,"阿加莎还在喃喃细语,"我会想象自己'飞'到了贝克湾,那是距离金门海峡不太远的一个海滩,那里的沙子全都是灰色的。我的父亲就在我的身边,跟我热火朝天地聊着天。他先告诉我自己在工厂里过得怎么样,然后我们就会谈谈政治,谈谈未来,讨论一下我将来服完刑期之后能够干什么。他为我提供了一些想法和建议,让我能够坚持下去。而每一次听到他的声音，总是能让我的心情恢复平静。有一天，我跟一个女犯人打了一架，因为她企图偷走我的一块肥皂。我的脸上，我的肋骨都挨了不少重击，感觉难受极了，不管以什么姿势躺下都难免会触及痛处。那一天晚上，我怎么闭眼睛都没有用，脑海里再也无法显现他的面孔：难道我不记得自己的父亲长什么样子了吗？那真是我这一辈子感觉最恐怖的事情了。我是如此害怕，以至于到最后连身上的疼痛都感觉不到了。就在这个时候，他的眼睛从一片漆黑中浮现出来，而我永远难以忘怀他那眼神里满满的怜悯和慈爱……"

阿加莎的声音戛然而止，房间里只剩下米利均匀的呼吸声，她已经睡着了。

10

阳光透过窗户照了进来,阿加莎眨了眨眼睛,伸了个懒腰。米利已经不在身边。

她起床洗漱,收拾好行李,然后来到了旅馆的前台,普普希·贾雷娜笑容满面地迎上前。

"她正在吃早餐。"老板娘向阿加莎指明了方向,"您是要鸡蛋、咖啡,还是茶?"

对于阿加莎来说,吃一顿早餐有这么多选择还真有点不习惯。

她穿过一段狭窄的走廊,两边的墙上贴满了各种旧照片。在走廊的另一边,循着由敞开的大门透出来的亮光,她来到了餐厅前面。

米利就坐在里面,跟"斯亭克瓦德叔叔"在一起。经过一夜的安睡,她现在看起来气色不错,心情好像也很愉快。

"您的朋友告诉我说你们是从费城过来的,开这样一辆车跑这一路也真是够绝的了。"他一边说着一边站起来把自己的椅子让给阿加莎。

"我的朋友今天早上话还真多啊。"阿加莎坐下来的时候咕哝着。

"在这方面她可不是普普希的对手。"这家旅馆的主人表示,"我得告辞了,今天的天气不错。"

米利喝了一口咖啡,端起的杯子遮住了大半张脸,她在后面偷瞟了阿加莎一眼。

普普希的及时出现打破了双方的沉默。她给阿加莎端上了早餐,然后又飘出去了。

"别老这么偷偷看我,你要有什么想对我说的就赶紧说出来吧。"

"那好吧。"米利语气生硬地说,"我们不去吃墨西哥玉米饼,不在圣菲停留了,还是去弗里斯科吧。"

"你答应过我的事情就必须做到。"

"那我如果就是不想做了呢?"

"那么,你就把我扔到汽车站去吧,然后你爱去哪儿就去哪儿。"

"您还是觉得我很固执?"

阿加莎推开面前的碟子,离开了餐桌。

"我会去结账,然后在车上等着你。"

在旅馆的门廊下面,普普希·贾雷娜和"斯亨克瓦德叔叔"挥动着手臂向客人道别,那辆奥兹莫比尔向着群山的方向开去。

米利和阿加莎离开了66号公路,开上了向山口爬升的104号公路。

道路蜿蜒曲折,一小时后,她们来到了一个干旱荒凉、岩石密布的高台上。方圆一百英里以内都看不到一个人影,眼前只有一团团泛红的尘土在沥青已经皲裂的柏油马路上方漫舞飞扬。时不时地,她们会经过若干已被遗弃的旧农场,那些已成废墟的房屋就这样散布在这一片美丽但又令人心慌的画面中央。前方有一个隐修的牧师在向她们招手致意,旁边是他那小小的教堂,估计已经很久没有信众前来捧场了。

来到高原西面的尽头,前面又是新的高山。

"再往前一点,你会看到左边有一条小道。"阿加莎说,"我们转过去。"

"去哪里啊?"

"抄近道直接下山去圣菲。这是一条跨越国家公园的老路,就在两座山之间穿过。以前,这条道是通往一个矿场的,现在矿场已经废弃了。"

"是谁告诉您这条路还可以走得通的?"

"没有人跟我讲过。可是,你难道就已经没有冒险精神了吗?最坏的打算也不过是我们掉回头再重新走过罢了,而最理想的结果却是我们可能将省下两小时的时间。"

"您怎么可能知道有这条便道呢?我就是在这里长大的,却从来都没有听说过。"

"这简直太好笑了。你们还真是喜欢把比你们老一辈的人都看作一无所知、傻头傻脑的老古董呢。不过，你们现在听的音乐都是我们那一代人创作的；你们在旧货市场里面淘的宝贝，我们当年一百块美金就能买到，而你们如今却要接受一千倍的价格；还有那些连我们都看不上的衣服，你们却如获至宝，心甘情愿地掏出一大笔钱去买。老实说，这几天在经过的那些商店里面看到的情况还真是让我大吃一惊呢。"

"这就是所谓的复古思潮啊！不管怎么说，听您这样子讲话，还真觉得您要比实际年龄年轻了许多呢！"

"我知道有这条便道，是因为我比你活的时间更久。况且，当一个人要隐姓埋名地生活的时候就自然会关注许多其他人不知道的东西，比如说通过哪些羊肠小道才能穿越州与州之间的界线，又或者是如何神不知鬼不觉地从一个城市去到另外一个城市。我这样回答你满意吗？"

"听起来挺符合逻辑的。"

"我今天心情还算不错，但下一次，请不要在我面前这么放肆无礼。我可能是有一点'复古'，没错，不过还远不至于老到痴呆糊涂。"

阿加莎选的捷径颠簸得不得了，然而像这样沿着一条干涸的小溪绕过山坡还是挺正确的。米利驾车穿过旧矿场的大门，再往前走十英里就回到了从高原笔直通往圣菲的大道上。城市的轮廓出现在遥远的地平线，阿加莎发现，这里已经远比她记忆中的那个地方更加广阔和庞大。

"您在想什么呢？"米利问她。

"我在想过往的时光。"阿加莎回答道。

"小心别让自己显得太老了,这都快超出我能承受的范围了。"

阿加莎朝着她投去一道锐利的眼神,可是米利此刻的注意力却完全被她那部叫个不停的手机所吸引。

"手机又能联上网络了。"她说,"我感觉好像有人想要找我。"

她扭着身子想从口袋里掏手机,车子猛地向右偏移,磨到了马路的边缘。阿加莎一把夺过了她的手机。

"请你眼睛看着前方。这玩意儿是怎么弄的?"

"用您的手指轻碰一下屏幕上显示的那个小信封,然后把亮出来的名字逐个读给我听。"

"乔、弗兰克、乔、乔,然后又是弗兰克,现在是三比二啊!"

"他们肯定都担心得不得了。我们一到那里我就给他们打电话。"

"现在吃午饭还早了点,不如先去参观一下你长大的那间屋子,怎么样?"

"为什么不呢?"米利叹了口气,"至少这样的话,我也不算是完全对弗兰克撒了谎。更何况,那间屋子就在我们前进的方向上。"

米利转向了北方,不再说话。

荒芜的旷野上渐渐开始出现一些小村庄。黎明之下,一栋栋房子就好像是从地底冒出来似的,逐渐连成一片居民区,乍一看外表都一样。

"你难道不是应该向左转吗?"阿加莎问。

"您这是打算连怎么回家的路都要指点我吗?"

"当然不是啦。"阿加莎低声说道,看起来有点难为情的样子。

"据我所知,住在这里的毕竟是我而不是您啊。"

"你曾经告诉我说住在特苏基附近,而我记得那好像是在西北面啊。"

"我可完全没印象曾经跟您说过这个,尽管您所说的的确没错。"

"你跟我说过,不是在今天,但我记得很清楚。这我也编不出来啊。"阿加莎强调着,"找回童年时曾经住过的房子,这原本应该是一件很令人高兴的事,你为什么看起来这么烦躁啊?"

"因为我们原本应该一直开往边境,为您的未来考虑考虑,而不是来这里'挖掘'我的过去。"

"当将来我们分开以后,我会经常想到你的。几天的时间并不足以让我充分地认识你,所以,来这里看一看你童年待过的地方,我或许能够了解更多关于你的事情,这样一来,我也就会觉得我们俩好像是同案犯一样更加有默契了。"

"鉴于目前的情况,我不是很确定您刚才用'同案犯'这个词是否恰当。况且,您的这套理论还真是挺奇怪的呢。那好,我们就去吧,这纯粹是为了让您高兴。不过,接下来……"

"……接下来,"阿加莎抢着说,"我们就去吃一顿全世界最美味的墨西哥玉米饼大餐,然后再去看你的母亲。"

"之后呢,您就让我一直把您送到墨西哥边境去吗?"

"之后嘛,咱们等着瞧。"阿加莎回答道。

米利转进了一条直通山顶的小路。她猛地踩了踩油门,阿加莎随即握紧了车门的把手。

"你这是怎么了?"

"快到了。我总是在这个地方加速,车轮会扬起一大片灰尘,飘得老高。这样的话,我妈妈隔得老远就能看到我回来了。现在嘛,这么做已经没有什么意义了,不过,也就是一个习惯吧。"

阿加莎直勾勾地望着眼前这座轮廓正在逐渐变大的灰土色房子,她的眼眶里已经盈满了泪水,而她把这归咎于那该死的灰尘。

米利把奥兹莫比尔停好,然后下了车。

"我们到底进不进去啊?"她问自己的同伴。后者还待在原位上一动不动,也不说话,只是牢牢地盯着那蓝色的大门看。

"你不是说没带钥匙吗? 难道不是应该先翻墙进去再过来给我开门吗? 我这把老骨头恐怕很难通过哪个老鼠洞跑进去吧。"

米利耸了耸肩膀。她一只脚踩在了木头门框上借力一撑,手顺势就抓到了门楣,接着尽力伸长手臂,探向檐口的位置,然后又猛地一下跳回到地面上。

"看看这是什么!"她骄傲地展示着手中的一把钥匙说。

可是,阿加莎还是坐在她的座位上,一动不动。

"怎么回事?"米利不禁问道,"您的脸色好苍白,一点血色都没有。"

"没什么大不了的,就是有点累了。这一路上,你把我好一顿'摇晃'。你先进去吧,我一会儿就来。再说了,你也希望在自己的家里面单独待待吧,哪怕就只有一会儿也好啊。"

"是您想要来看看我们家的房子。至于我嘛,闭上眼睛也能认得出这里的每一块地方,我可不是那么迫切地想要回到这里来。我们随时都可以打道回府啊,没有任何东西阻止我们……"

"到里面喝杯水,凉快凉快,那也是极好的。"阿加莎打断了她的话,"房间里面应该会比较凉爽吧。我感觉这炎热的鬼天气好像有点让我头昏眼花。快进去吧,等会儿缓过劲儿来,我就进去找你。"

"您确定没什么事吗?"

"我确定。我跟你保证,一切都很好。"

米利推开门走了进去。里面的家具和地板都蒙上了一层白色的灰尘。她走近壁炉拿起了摆在搁板上的一个相框。这是她在十二岁那一年生日的时候拍下的照片,母亲把她揽在怀中亲吻着她的面颊。这张照片是谁拍的呢? 米利已经不记得了。她把相框放回到搁板上,然后转过身,却被吓了一大跳 —— 阿加莎正站在门口看着她呢。

"您不进来吗?"

"我在等着你邀请我呢。"

"跟我来,我给您弄点喝的。"

阿加莎遵命了。

"我可以坐下来吗?"她一边问一边把桌旁两把椅子当中的一把拖了过来。

"赶紧坐下吧,您的脸色看起来真的很糟糕。"

米利打开壁橱,拿出了一个杯子,然后拧开了洗手池上方的水龙头。从管子里面淌出来的水都是土黄色的。

"还要再等一会儿。"她表示,"我可不想用这个毒死您。"

"我有的是时间。"阿加莎回答道,嗓音听起来苍白无力。

"等一下。"米利打开了另一个壁橱说,"我敢肯定装糖的罐子还是满满的。糖应该不会过期吧?"

"不,我想不会的。"

米利抓过放在搁板上的一个铁容器,递给了阿加莎。

"嚼一块糖吧,这会让您感觉好很多的。我外婆曾经讲过,这是对抗疲劳最有效的灵丹妙药。"

"好吧,既然是你外婆说的。"阿加莎叹了口气,从罐子里拿了一块糖放到了嘴里。

"您让我来这里是对的。我之前还有点怕,但现在,我的确很高兴能够回到这里。经过了这么多年,我都没想到会是这个样子。我还以为自己已经在费城开始了一段新的生活,但原来其实还是在这里,我才会有家的感觉。"

"这个地方就跟你一样。"阿加莎说。

"您瞧,我的'药'起作用了。您又恢复了精神。"

"你当初是什么时候离开这里的?"

"在外婆逝世之后不久,我申请到了奖学金,就开着她的车上路了。"

"这个屋子在你妈妈死后一直锁着吗?"

"在事故发生的那一年,我曾经回来过。妈妈离开得太突然了。参加完她的葬礼回到家之后,我把家具又全都盖了起来。我倒是想好好收拾一下,但可惜做不到。那天晚上,我有一大半的时间都是坐在妈妈房间的门槛上,就那么看着她的床、她的书桌,还有她的椅子。我甚至以为自己能够感觉得到她就在那里,穿着她的浴袍喊我上床睡觉。人们总是要对自己喜欢的人说那么多毫无意义的废话,真是好傻啊! 不过还有更傻的,那就是有些话明明已经到了嘴边,最终却没有说出口。那一天晚上,我把心中所有的秘密全都吐露了出来。我多么希望她还能在这里,多么希望她还能跟我再多待一个晚上。那一年,我已经二十五岁了,却哭得像个孩子一样。我恳求她原谅我没有更积极主动地了解她的近况,恳求她原谅我一心想跑到那么老远的地方去生活。正所谓树荫底下草木难生,而我的妈妈又是一棵坚挺的大橡树,因此,我以为自己迫切需要去到另一个地方构建属于我自己的人生。而只有在失去了她之后,我才开始后悔浪费了这么多年的时间,后悔那么久没跟她联系,有那么多心里话还没有讲出来。妈妈是在我以为自己不再需要她的时候去世的。可是我错了。我的心里其实一直牵挂着她。在她房间门口沉思了很久以后,我又走进了她的浴室,在那里站了整整一小时,逐个摩挲端详她所有的生活用品,她的牙刷、她的香水瓶,还有她那件一直没换过的浴袍。正是所有的这些细节都在残忍地提醒着我,那个我深爱的人已经再也不会回来,我跟她再也不能在一起了,妈妈已经离我远去,我再也看不到她了。"

"那些我们深爱的人,只要我们把他们放在心底,他们就永远也不会死去。你愿意带我去看看她的房间吗?"

"为什么呢?"

"因为,重新回到那个房间对你来说可能会是件好事,而你或许未必愿意一个人走进去。"

米利看着阿加莎,站了起来。

她们爬上了楼梯,轻轻地走在那段把米利和她妈妈两个人的房间分隔开的小走廊上。

她推开门走了进去。在静默了一阵之后,米利脸上露出了悲伤的笑容。

"这里跟以前不一样了。"她说。

"哪些地方不一样?"

"现在,她已经离开了,这个房间真的是空的了。之前我在这里待的最后那个晚上,她还'住'在这里。可是今天,我已经感觉不到了。这么说来,那天晚上我对她讲过的所有的话,她都应该是听到了。"

"我对此深信不疑。"阿加莎表示。

"如果我一直待在圣菲的话,这里本来应该是我的房间。在妈妈住进来以前,是外婆住在这里。"

"她后来搬到哪里去了?"

"到市中心去了。妈妈告诉我说,外婆在失去了她另外那个女儿之后就再也没有办法在这里继续生活下去了。那个时候,我想,妈妈已经怀上了我。"

阿加莎问米利是否可以允许她坐在她妈妈的书桌旁边。米利把一张椅子指给她看,然后自己走进了浴室。

"您休息一下,我要去找几样东西。"

"慢慢来,不急,我就待在这里不会动的。"

米利的身影刚一消失,阿加莎就小心地拉开了书桌的抽屉,把手伸进去摸索。

她并没有找到自己想找的东西,于是又到两个窗子之间的五斗柜那里去找。接着,她打开了衣橱,在一个挂着V领衬衫和旧牛仔裤的衣架前面,她整个人都呆住了。那天晚上,在跟三个朋友一起出去把炸弹投到那个夜里不开门的警察局时,她的身上就是这样一套装扮。她仿佛又看到了姐姐,那么美丽动人、情绪激昂、毅然决然地走出家门,去做她认为是正义的事情,因为就在此前一天,正是这个警察局派出的警察冷血地打死了三名原本在睡梦中的黑人学生。

她把自己的脸靠近衬衣,用鼻子吸着布料的味道,然后才把衣橱重新关上。她扫视了一遍整个房间，检查了一下床头柜里的物件，接着再一次拉开了书桌的抽屉，摸索着看里面是不是可能还藏有暗格。

"您这是在干什么？"

米利的声音把她吓了一跳。

"没什么，我就是有点好奇。我在想象你妈妈的样子，希望能够找到一张她的照片。"

"请不要再这样干了。我不想看到别人乱翻她的东西。除了楼下有一张之外，所有的照片全都收进了放在阁楼的纸箱子里。"米利晃着拿在手里的一个香水瓶和一把梳子说，"我已经找到了我需要的东西。现在，我们离开这里吧。"

"你不希望我陪你上阁楼看看吗？那里应该会有一些以前的东西可能让你感到高兴吧。"

"不去。"米利语气非常坚定，"现在是时候要离开了。"

她们重新下到一楼，阿加莎在米利摆放于客厅搁板上的相框面前停了下来。

"这真是令人感动啊。"阿加莎说。

"照片上是在庆祝我十二岁的生日。"

"是你的外婆帮你们照的吗？"

"不是，她那天没有来。我现在想起来了，是妈妈的一个老朋友给我们拍的。他每年都会来看妈妈一次。他们两人有一个共同的女性朋友住在这个国家的另一头。我想她可能是生病了。马克斯每次过来都是为了告诉妈妈那个朋友的消息。"

阿加莎强忍住泪水，转过身去面向窗户，以免米利看到她的眼睛。

"那是一个很不错的男人。"米利继续说着，"他每一次过来，手里都拎满了礼物。正是靠他，我才能争取到费城的奖学金。他住在那边，是当地一个很有影响力的名流。当年我刚上大学的时候，我曾经到他家里吃过两三次饭。他是律师。我曾经想过到他的公司里实习，但是他的女朋友不太喜欢我，而且还表现得挺明显的。于是，我们之间的联系就仅限于此了。"

"走吧。"阿加莎打开了大门说。

马罗尼警探在电话里冲着跟他对话的同事发了火。没有一个人能够回答清楚他的问题。阿尔布开克分局人手十分紧张，偏偏所有的人力物力还全都投入了最近的一次大追捕行动，目标是来自墨西哥的毒品贩子。对他们来说，这一行动显然要比去抓什么越狱犯重要得多。马罗尼纵使千般抗议也没有用，他提醒对方，这名女逃犯是FBI登记在案的危险人物，而且她还绑架了一名人质。可是，电话那一头却回应：这个女人或许在三十年前很危险，但时过境迁，今时不同往日了。所谓的人质绑架事件还未经证实，他在电脑前翻看着本案卷宗，但并没有找到与绑架相关的陈述，所以，他们不可能为此专门抽调人手，以至于影响已经筹备了几个月的追捕毒贩行动，最多也只是在临近傍晚的时候才有可能派出一辆警车去现场看一看。马罗尼愤怒地挂掉了电话，然后马上又拨到了丹佛分局，那里的反应似乎更快一点。结果，丹佛那边表示，有两名探员可以在五小时之内赶到圣菲，并且承诺一抵达那里就立刻向马罗尼汇报情况。

汤姆到酒店大堂结了账，然后就重新坐回到他的福特车里面。在研究过这个城市的地图之后，他决定先去市政厅。

在咨询台工作的费尔南多·蒙特索亚根本就不在乎他眼前的这个人是否真的是联邦法警，反正他是无论如何也帮不上忙的。以前在接待处曾经安排了两个人，但后来由于财政紧缩，他的同事退休之后就再也没有人来接替他的岗位了。在费尔南多看来，所有这些都是银行的错。而更让人觉得可恨的是，那些银行家自己什么也不缺，而为他们提供各种服务的人更是多得不得了：有人为他们端咖啡，有人到洗染店去给他们拿西装，还有人为他们打印会议记录。而他们唯一需要做的就是去开会，在会上挖空心思地想出一些新的招式来榨干整个国家，同时中饱私囊。他们甚至翘着手指什么都不用干就能从"房奴"的手里把房子夺过来，这些可怜的人当初被骗与银行签下"卖身契"，后来却因经济萧条而无力偿还债务。费尔南多·蒙特索亚本人就是其中一员，因此很有资格来谈这件事。而现在，如果说汤姆在这里等得有点不耐烦的话，那也绝对不是他费尔南多的责任。

汤姆好几次试图打断他这一番雄辩的兴头，却始终无能为力，费尔南多·蒙特索亚继续倾诉着他的满腹苦水。这可是他第一次在这里与一个来自权力机构的代表如此近距离地面对面,而且难得有这么一次,他并无亏欠对方任何债务。

在咨询台前排成一列等候的队伍里,有一位妇女带着两个孩子,她终于忍不住重重地叹了口气,然后告诉汤姆,他要找的民政事务办公室是在楼上。汤姆一边表示感谢一边从咨询台的那个工作人员前面走过,离开的时候狠狠地瞪了他一眼。

"如果这就是您唯一想要知道的东西,那您一早就应该说出来啊!"蒙特索亚耸了耸肩膀说。

可是,汤姆刚才明明就是这么问的啊,而且他的声音还足够清晰,以至于在旁边排队等候的一位妇女都能听得见,最终忍不住告诉了他相关的信息。

民政事务办公室的工作效率似乎也不怎么样。大厅里已经有十个人在排着队了。不过这一次,汤姆直接把他的警徽摆到了柜台上面,然后毫不客气地要求那里的工作人员为他提供一台终端机,让他查阅这个城市的所有民政档案。

提供全世界最美味的墨西哥玉米饼的餐厅看起来就像是马路边的一家低档小饭店。大厅里摆放了二十来张胶木贴面的桌子,仅有的装潢是在墙上钉了一些装饰板,还有就是天花板上的霓虹灯了。

贴有瓷砖的柜台后面有三个墨西哥厨子,他们正在满头大汗地把玉米烙饼在烧得通红的炉子上面旋转着烘烤。炉子里的火焰跳跃翻腾,就好像是从地狱里面冲出来的一样。另外两个厨子隔空接住抛过来的饼，飞快地在上面添加着由辣椒、西红柿、洋葱、细肉条和奶酪酱混搭而成的佐料，然后再浇上一层厚厚的塔巴斯科辣椒酱。

餐厅里每一把椅子上都坐了人，还有十来个客人在外面排着队等候。然而，米利刚一走进大门，三个厨子当中最魁梧的那个就朝着她大大地张开了双臂，走上前亲了她的脸颊一下。

"这真是久别重逢啊！"他把她紧抱在怀中，"你这是把我们都给抛弃了呀。这都有多长时间没见你了？"

"塞萨尔，我向你介绍一个朋友。"米利回答说。

塞萨尔就好像一位绅士那样一躬到底，还对阿加莎行了吻手礼，然后就马上带着她们找了一张桌子坐下。旁边有两个客人已经等了很久，但他们显然是这里的熟客，很清楚老板的脾气，所以都没有啰唆半句。塞萨尔安顿好她们之后，立刻又回到了炉子旁边，甚至都没有问米利想要吃些什么。

"你不是在跟我开玩笑吧？"阿加莎盯着她面前的盘子问道。

"先吃吃看再说。"

阿加莎小心翼翼地啃了一口玉米饼，结果发现这东西吃起来还真是超乎想象地好。

"别吃太快了。他很快就会给我们再上一盘的，如果一会儿吃不下，哪怕是只剩了一小块，他也会感觉很糟糕的。"

阿加莎打量着坐在她对面桌子的那两个客人。

"您在看什么呢？"米利不禁疑问。

"一对情侣，就坐在你后面，看起来有点奇怪。"

"他们有什么奇怪的？"她一边说一边转过头看。

"他们两个的眼睛都死死地盯在自己的手机上，同时还在上面飞快地打着字，相互之间却没有说过一句话。"

"他们应该是在给朋友发短信，又或者是在网上给这家餐厅写评语吧。"

"这是怎么回事？"

米利掏出她的手机，然后展示给阿加莎看。

"有了这个，我们可以跟整个世界联络，可以把自己的照片放上网，还可以记录自己到过的每一个地方，并且告诉大家自己正在干什么。也就是说，你可以与别人分享自己的全部生活。"

"你们对'私人生活'这个词是怎么理解的，难道是要把'私人'这个概念给彻底抹去吗？"

"不应该从这样的角度来看问题。"米利表示反对，"社交网络的存在对于孤独的人来说有莫大的帮助。"

"你说得有理。只要看看在那边吃饭的那两个傻瓜就知道了。如果按照我的理解，你刚才所说的这个事情实际上就是这样的：社交网络让距离遥远的人靠得更近，同时却让自己身边的人渐行渐远。跟自己的手机一起用餐，这听起来真是令人心潮澎湃啊。如果我在监狱的时候能够早点想到这个，那我这个一直感到孤独的人就可以经常跟我的牙刷一起共进晚餐了。傻不傻啊！"

"您这是故意混淆视听。见证他人的经历、分享他人的观点，这不管从哪个角度看，都是言论自由的应有之义。"

"那么，是不是说政府就没有任何办法能够看到人们通过这些玩意儿在网上说的话，又或者是留下的信息呢？我倒是希望你刚才说的这个社交网络足够安全而有保障。你们啊，全部都疯掉了！"

"现在的社会已经跟你们那个年代不一样了。"米利咕哝着挤出了一句。

"哦，真是这样吗？世界上已经不再有战争？再也没有无辜的人被抓进监狱？'号子'里的白人跟有色人种一样多了？没有任何政客，没有任何政府再滥用公权了？从此，社会的不平等已经成为过去，而媒体就真的自主独立了？又或者是人们的自由权利在不断扩大，而反对政府的领导者们全部都能安宁地生活了？那么，显而易见，在现在的这种情况下，这就是我认为不应该把个人生活全部展示在公共空间的理由！"

"为什么总是要看事物不好的那一面呢？即使我们将来分开了，通过社交网络依然能够随心所欲地保持联系，甚至打电话的时候还可以互相看到对方的样子。"

"你确定这样的话，没有人能查得出来我们是在哪里？"

米利耸了耸肩膀，算是终结了这一次论战。正在这时，她的手机开始振动。她看了看屏幕，然后站了起来。

"我马上就回来。"她说。

米利急匆匆地走出了餐厅，刚一来到人行道上，她就接通了电话。

"是乔吗?"

"该死的,米利,我不停地给你打电话却一直是你的留言信箱。"

"我在山里面,那里没有信号。你的声音听起来好怪,有什么不妥吗?"

"你还问我有什么不妥?!我当时正在校园的草坪上,跟贝蒂一起……"

"跟谁?"

"贝蒂·康奈尔。我想你可能会觉得这很疯狂,不过你看,在过了那么多年之后,我们两个竟然在电影院里碰上了。我得跟你承认,有个事我小小地'背叛'了你一下,但我的老朋友,这事你可不能怪我。电影院上映了翻拍的《鸟人》。你知道,我一直梦想着能在大屏幕上看到这部戏,不管是任何事情都不可能让我错过这个。福雷斯特·惠特克演绎的查理·帕克这个角色真是令人难以置信啊。那一天,贝蒂也刚好在电影院里面。等到看完电影出来的时候,我们两个就已经手挽着手了。她现在改变了好多。你知道,当年的那种娇媚之态没有了,现在她就是,怎么说呢……就是一个女人了,嗯,我觉得就是这个词,最恰当不过了。她还在学音乐,我们约了一起去喝咖啡,就在昨天。"

"乔,能不能请你直奔主题,你说的这一切跟我有什么关系?"

电话那头的乔不说话了,米利一下子就后悔起来,她不该这么刻薄的。

"请原谅,我昨天晚上几乎没怎么睡觉,所以脾气有点糟糕。继续讲吧,我其实也不想打断你的。"

"好,我接受你的道歉,没关系。我刚才讲到哪儿了?"

"你说贝蒂·康奈尔在学校的草坪上向你抛媚眼。"

"对,是的,我们当时正在讨论……"

"她打扮得怎么样啊?"

"她穿着一条低胸的漂亮红裙子,外面套着一件白色的罩衫,天气有点冷。另外她脚下是一双平底的便鞋。对了,你问这个干什么?"

"没什么。"

"两个穿着黑制服的家伙走了过来,他们问我是不是乔纳森·马龙,然后就亮出了他们的证件,原来是联邦调查局的人!他们向我打听一辆奥兹莫比尔的情况,并且问我是不是认识你。别担心,还记得上一次那个'条子'给我打电话的事吗?我这一次演得比那一次还更逼真呢。我跟他们讲,我们两个只是就这辆车的话题聊了两句,然后你带我去兜了个圈。不过,我并不算真的认识你,而且自从那次之后,我就再也没有见过你。"

"他们相信了你说的这些吗?"

"你以为我是谁啊?他们在向我出示你的照片时,我连眉头都没有皱一下呢。"

"他们还有我的照片？"

"是的，还有好几张呢。都是在那个加油站的监控摄像头拍下来的，尽管放大了有点虚，但显然那就是你。"

"那，贝蒂认出我来了吗？"

"是的，她认出来了，但那是个好姑娘，她也什么都没有说，至少没有在联邦特工面前讲。他们走了之后，她才问我为什么要撒谎，还有，我们最近有没有见过面？"

"你是怎么回答的？"

"我什么都没说，就是告诉她不想再聊这个了。我转换了话题，而她也就没有再追问下去了。"

"那两个特工呢？他们又干什么了呢？"

"他们后来又在校园里转悠了一阵子。我本来也想跟过去看看，但是又怕会吓到贝蒂。到底发生了什么事，米利？我一点也不喜欢现在这种状况。如果你遇到了麻烦，我就在这里。你现在什么都不跟我讲，这让我很受伤。你知道的，不管在什么情况下，你都是可以指望我的。告诉我你现在在哪里，我马上就过来找你。"

"别担心，乔。并不是我遇到了什么麻烦，而是我车上搭的那个人。这里面的情况很复杂，一两句话讲不清楚。等我回来以后再详细跟你说。"

"什么时候？你什么时候能回来？我很担心。"

"如果我晚回来了，你只管去找贝蒂看电影好了。我敢肯定她就等着你喊她呢。不要担心我，我一回到费城就会给你信儿的。"

"米利,事情并不是你想象的那个样子。"乔叹着气说。

可是,米利早已经挂掉了电话。

几秒钟之后,她的电话又响了起来。米利犹豫了一会儿才按下接听键。

"很抱歉,"她说,"我想可能是信号不好,我们联系不上。"

"不,我并不是这么想的。"弗兰克回应道,"至少,我这边信号没问题。"

"我正打算给你打电话呢。"米利脸红得好像红苹果。

"你在哪里呢,米利?"

"我告诉过你啊,正在回家的路上。"

"我认为,家是我们两个一起睡觉的地方。"

"我不是这个意思,我是说……"

"你能不能不要再跟我撒谎了,这真的很伤人!昨天有两个家伙到我的办公室里来问起了你。"

米利脸色灰白地转过身来,阿加莎正透过橱窗看着她。

"联邦调查局的?"

"你怎么知道是FBI?他们怀疑你跟一名女逃犯在一起,向我询问你的情况。"

"他们问了些什么事?"

"我更情愿听到你问的问题是:'什么女逃犯?'或者是'你在说些什么啊?'你到底是跟谁在一起?"

"不要用这种腔调来跟我讲话,弗兰克,我不是一个小孩子，我有按照自己的意愿做事情的自由。你知道吗？我更情愿你首先为我感到担心，而不是像现在这样用大道理来教训我。"

"可是，我就是在担心你啊，自从你离开以后，特别是在FBI来找过我之后，我就一直为你感到担心。"

"他们想要知道些什么？"米利的语调缓和了一些。

"他们怀疑你可能被人绑架了，又或者你可能还不知道那个跟你在一起的人的真实身份。"

"他们告诉你她是谁了吗？"

"是的，是一个名叫阿加莎·格林伯格的女人，她刚刚从监狱里面逃出来。现在，你能告诉我你到底瞒了我多久吗？我还以为你已经没有其他亲人了呢。"

弗兰克的问题没有等到答案，因为米利此时此刻在餐馆的玻璃橱窗前面轰然倒地。周围的行人纷纷上前打算帮忙，而阿加莎已经像一阵风一样冲了出来把她抱在怀中，想要让她恢复清醒。

塞萨尔紧跟在后面跑出餐馆，问要不要打电话叫辆救护车过来。

"我认为没有这个必要。"阿加莎表示，"她的眼睛又睁开了。"

阿加莎充满柔情地用塞萨尔拿来的一条湿毛巾擦拭着米利的额头。

"你的脸色看起来好一点了。"她松了一口气，柔声细语，"不要担心，你就是有点不舒服而已。餐馆里面很冷，而外面又很热。没关系的，一会儿你如果感觉到有点力气了，就试着站起来。"

米利摇了摇头，推开了阿加莎的手。

"我还好。"她表示。

塞萨尔帮着她站了起来，然后扶着她走了几步。

"不好意思啊。"她对他说。

"这有什么关系？不过，你刚才真的把我们吓到了。你这是要当妈妈了吗？"

"不是的，只是有点中暑了，我想我刚才有可能吃得太多了。"

"进去吧，在里面凉快一下。"

阿加莎紧跟着她，向她伸出了手，但是米利就好像没看见一样，还是让塞萨尔搀扶着走了进去。

她们两个回到餐厅里很长时间都没有说话。米利喝着一杯加了糖的新鲜薄荷茶，塞萨尔跟她保证这是全世界最好的提神清凉饮料。只要补充一点水分，一切都会好起来的。

塞萨尔的"神奇汤药"灌下去之后，大厅里清凉的空气也起了作用，米利的脸上很快恢复了血色。

"没事了。"她表示，"我们现在可以走了。"

"你确定吗？"阿加莎问她。

米利没有回答她的话，径自站起来去拥抱了餐馆的老板，向他保证说下一次肯定不会再隔那么久才来看他，然后就走出了大门。

阿加莎感到有点困惑，在感谢了塞萨尔之后也跟着走了出去。

"你还是把敞篷关上吧。"她在钻进奥兹莫比尔就座的时候说，"今天的太阳很猛，你可能是有点中暑了。"

"我是感到不舒服，但跟天气的炎热没有一点关系。"

"是那一通电话把你搞成这样的吗？"

"是。"米利挤出了一句，脸上绷得紧紧的。

"谁啊？"

"乔。昨天有联邦探员来找过他，他们现在正到处找我们。"

"我对此并不感到意外，这个事情迟早都会发生的。"阿加莎一边叹气一边说。

"他们已经知道我是谁了，而且还有我的照片。那些'条子'到现在还没有逮到我们简直就是奇迹。我的车子不可能畅行无阻的。"

"联邦调查局永远都不会把我的追捕令传给各地的警察局。由他们逮捕判刑的犯人就好像天生都该归他们管一样。更何况，像我们这样的'猎物'也太好对付了。对他们来说，抓住我只是时间的问题。"

米利从口袋里面掏出手机，一下子就扔到了车窗外面，旁边的阿加莎看得目瞪口呆。

"既然如此，那就更没必要让他们的工作变得更简单了。"她十分冷静地说。

"我会拿钱给你再买一部手机的。另外，如果你是打算带我直奔边境的话，我想我们恐怕要换一辆不那么显眼的车才行。"

"这么说，您最终还是改变主意了？"

"旧金山对我来说现在有点遥不可及了。那就算我倒霉吧。但我还可以去墨西哥的岸边看太平洋啊。"

米利把车开向了城市的出口。

"你是听说FBI在追踪我们，才显得这么不舒服的吗？"

米利一句话也不说，两眼直视前方的道路，逃避着阿加莎的目光。

"有什么事情不妥吗？乔还跟你说了些什么？"

"他还说，在联邦调查员找他谈话的时候，他正跟贝蒂·康奈尔在一起。"

"这个贝蒂又是谁？"

"是他当年在学校的时候疯狂喜欢的一个女孩。哦，好吧，我刚说的是'女孩'，但其实她现在应该是一个'女人'了。"

"如果她是跟你一样大的话，好像谁也不能因此而说她什么啊。"

"是啊，无可挑剔。一个了不起的女人，或者就好像乔所说的那样——'一个好姑娘'。"米利补充说道。

"我明白了。"

"不，您什么也不明白。"

"才怪。如果你认为自己对乔是有感情的，那就千万不要拖延，赶紧去跟他说出来吧。你也一样，该是时候做一个知道自己想要什么的女人了。一个人不可能一辈子都自己骗自己，你懂的。"

"这么说，对别人撒谎，这是一件需要许可证的事情喽？而且，只要愿意的话，这个许可证的有效期还可以无限期地延长下去？"

"我想可能会是这样的。这得根据当时的环境而定。在这个世界上，有一些谎言是善意的。"

"您登上我的车子，并不是因为我在错误的时刻出现在了错误的地点。"

"这趟旅行让你感到这么难受吗？你竟然都用上了这样的字眼？"

"不要再演戏了，不要再把我当傻瓜！"

"到底发生什么事情了，米利？"

"这得由您来告诉我。我们两个为什么会拥有同一个姓氏？"

阿加莎久久地看着她，然后才开口道："因为你妈妈是我的姐姐。我是你的小姨，米利。"

米利用两只脚狠狠地踩下了刹车。汽车在碎石路上依惯性滑行，轮胎发出了刺耳的尖叫声。

"您是打算在到达旧金山之后就告诉我，还是打算让我一个人稀里糊涂地回费城去，就好像我当初一开始碰到您的时候那样？"她转过身子冲着阿加莎大喊大叫。

"我本来是想在你一回到家的时候就告诉你的。"

"还在撒谎,您什么都没有跟我讲。"

"走进那个房子,那也是我曾经待过的房子,竟然比我原来想象的还要更加令我感到震惊。后来,在我们离开那里之后,我也一直在等待着合适的机会。"

"这么说,还真是能有'一个合适的机会'向我坦白您从一开始就在骗我?"

"不,我一直没有说是因为我不知道该怎么说才好。"

"您在那个加油站等着我呢,这还不够明显吗!您怎么知道我会出现在那里呢?"

"我知道是因为你的生活就好像钟表一样规律,而有人告诉了我所有的这一切。"

"这真是越来越精彩了!我能不能知道为什么您的朋友要'监视'我呢?"

"当我对你说,我在二十岁那一年跟你开着一样的车的时候,我其实说的就是你这一辆。你的外婆,也就是我的母亲,把这辆车给了你。当年,我就经常坐在这个座椅上,所以你可以想象得到,当我们在费城第一次相遇而我坐上车的时候,心里面有多么的激动。至于你的妈妈,她更喜欢坐在后排,让长发随风飘扬。而我嘛,那个时候留的是短头发。"

"外婆为什么要让我以为您已经死了呢?"

"这有可能是因为在她的心中我真的已经死了。另外,还有一个原因或许是,她参与了一场骗局,尽管她从来都没有赞同过,却也没有能够阻止事情的发生。"

"什么骗局?"

"那只是她和我之间的事。我敢肯定,你跟你自己的妈妈之间也会有那么一些事情是你不愿意跟其他人分享而只想一直保留在自己心中的。现在,是时候去看一看她了。我们不能够就这样从旁边经过而不去她的墓碑前面吊唁。如果你还相信在那最后一个晚上的确感觉到她曾经回到过自己的房间的话,那么现在你也应该可以想到,她很可能还在等着我们呢。这个世界上恐怕不会有其他任何事情比看到我们两个重逢更能让她得到安息的了。你喜欢我也好,讨厌我也罢,在此时此刻,我们三个人都属于同一个家庭。"

米利看了阿加莎很久,然后发动车子,像一阵风一样开走了。

一路上,两人都没有说话。米利还在逐渐"消化"刚刚获悉的这个新状况,车子里一片安静。阿加莎的眼睛一刻也没有离开过她。过了好久,突然,还没等米利发问,阿加莎就已经开始以自己的方式讲述她年轻时自由生涯里经历的最后一件事情。

"维拉、露西、马克斯还有另外一个姐妹决定去为那三名在床上被警察打死的学生报仇。他们的年龄跟我们差不多,都是社会运动的活跃分子,但跟我们不一样的是,他们都是黑人。警察撞开了他们公寓的大门,没有发出任何警告,就直接对着他们打光了弹匣里所有的子弹。像往常一样,警方声称这三个受害者首先开了枪,因此涉事的警察只是正当防卫。第二天，跟我们并肩战斗的年轻兄弟们邀请了媒体记者和市民群众来到案发现场。从浸染在被褥里的血水以及溅在墙上的血迹来看，整件事的发展脉络已经清晰得不容任何质疑了。这三名学生当中年龄最大的也不过二十五岁，他们全都是在睡觉的时候被人谋杀的，而犯下这桩罪行的那些凶手因为是受到联邦调查局的指使行事，所以从来就不用为自己担心。于是，就在第二天的晚上，有一个装备齐全的疯狂复仇者团体走去炸了行凶者所属的警察分局。这次袭击的目标是街区警察的值班室。通常，一到晚上那里就关门不上班了，按说应该绝对不会造成人员伤亡的。另外，为了确保万无一失，行动组还按照以前的惯例，在预定的爆炸时间之前打了电话，提醒当局疏散相关人员。尽管如此，几个月之后在挖掘爆炸现场废墟的时候还是发现了一具尸体。这个家伙有可能此前就被'条子'们在局子里打死了，但他的尸骸还没有来得及被扔到哈德逊河里去，结果正好撞上了这一次爆炸案。而这也就是我不得不在铁窗后面多熬三十年的原因了。"

"您刚才说的是维拉、露西、马克斯，还有另一个姐妹，也就是说，您当时并不在场？"

"是的。"

"那为什么是您被关进监狱啊？"

"因为我也参与了整个行动的筹划，而且我是我们这群人里面唯一一个被警方逮住的人。"

"其他的人都没有去自首？"

"没有，幸好没有！如果那样做的话，他们也会遭遇跟我同样的命运，而与此同时，他们的自首却换不来我的自由。"

"我妈妈也参与了吗？"

"没有。"阿加莎撒了谎，"你的母亲一直都反对任何形式的暴力。"

"您当初在提到您姐姐的时候，可不是这么跟我说的。"

"好吧，你还是以我现在说的为准吧。如果我让你对她产生了另外一种印象，那应该是我当时讲得太夸张了。"

"再跟我讲讲她吧。她从来都不愿意告诉我她年轻时候的事情。"

"我已经告诉过你基本的情况了。我们两个密不可分，她是我的偶像，有时候可能也有点太过头了。我很想能够像她那样，无拘无束，心中充满了决心和力量。她是一位年轻的女斗士，坚决反抗战争、压迫以及这个国家的种族主义政策，尽管当局不愿意承认，但其实这就是一种新形式的奴隶制度。你的母亲不能容忍丝毫不公平或者是伪善的行为，她痛恨当时美国社会上至最高层的政治领袖，下至最基层的警察之间都普遍存在而且不受任何处罚约束的贪腐受贿现象。那个年代的政治世界用两个词就可以概括：回扣和暴力。在尼克松的统治下，美国政府肆无忌惮地屠杀平民，上百万的妇女儿童因为我们的国家政策而死亡，结果却养肥了美国国内那一帮军事工业的巨头。一颗炸弹能够换来多少间医院的病房？一辆坦克或者是一架直升机能够换来多少所学校？一个军事研究项目又能够换来多少间社会保障住房？在那个时候，政府所犯下的罪行是那么的严重，他们根本就不想改变这个世界。于是，我们就被贴上了各种身份的'标签'：赤色分子、恐怖人员、幼稚无知的人，又或是乌托邦主义者。是的，我们并没有改变这个世界。但是到了今天，这个国家的总统是一个有色人种。而我敢肯定，在他宣誓就任的那一天，你的母亲一定洒下了不少热泪，因为当我们还只有你现在这个年龄的时候，这还是一件连想都不敢去想的事情。"

"我多么希望她能告诉我这一切，多么希望我当初能带着她的这段历史去学校，那样的话，我就会感到自己更加强大，而不至于整天抱怨自己命运不济了。我多么希望在她离开之前就告诉她，作为她的女儿，我感觉很自豪；多么希望她能够知道，如果我是处在她的位置，很可能不会拥有像她那样的勇气。"

"你需要记住的唯一一件事情是，她是你的母亲，她爱你。"

在城市的出口处，四周重新变得荒芜而僻静。在散布的几间房屋过后，天际线上又是那种一望无际的风景。

远远的，前方画出了一道铁打的栅栏，在那里面是一座巨大的墓园。奥兹莫比尔穿过了大铁门开到了跟前。

在这块宁静的土地上，原本干旱的地表被绿油油的草坪所取代。草坪上星星点点散布着许多墓碑，参天巨杉的簇簇枝叶遮蔽着阳光，在地上形成一块块阴影，把许多碑石都"收藏"

在了里面。

走在园中水泥铺就的小径上,感觉天气格外炎热,四周一片寂静,唯有草丛中传来蟋蟀的歌唱。

米利在一条人行道的边上停好了车,然后示意阿加莎跟她下车。

她们爬上了一个丘陵,又走过了好几排墓碑,差不多来到山顶,米利终于在一块白色的石头前面停下,墓碑上写着"汉娜·格林伯格"的名字。

阿加莎的手轻轻掠过刻在石碑上的一个个字母,然后跪下来抚摸着盖满她姐姐坟墓的青草。

看见她如此哀思,米利很想把自己的手放到她的肩膀上。来到这样的地方,她之前因被欺骗而产生的愤怒感立刻就消失得无影无踪了。在她身边的这个女人就是她现在在世上仅存的家人了。这么多年以来,她的心里一直都充满了孤独感,而就在她们两个重逢的那一刻,这种孤独感终于离她远去了。

"你的母亲有好多毛病。"阿加莎说着,"她总是很固执,有时候也会自私,行为放肆,无拘无束得令人难以忍受。但是上帝呀,她可真勇敢啊。假如哪一天她不喜欢天空的颜色的话,甚至连老天爷她也敢去斗一斗,而我就是喜欢她这一点。她这一辈子所做的事情,好与不好,都是出于对你的爱;都是为了能够让你生活在一个比我们那时更美好的世界;都是为了你在童年可以不必因为别人的癫狂行为,不必因为暴力和镇压而担惊受怕;都是为了你能够像任何一个男人那样平等而自由地决定自己的命运。她一直不停地战斗，全都是为了你。可是有时候，勇气是隔代相传的⋯⋯因此，我在这里以她的名义请求你，不要满足于渺小而平静的生活，而要为了心中的一个理想去奋斗，即便有时候你会看起来像堂吉诃德一样，但那终归是值得的。如果你在路上遇到正在受苦受难的人，请停下脚步，不要掉头离开；如果你在大街上见到有人忍饥挨饿，那你就有责任去结束这种悲惨的事情；如果你看到有人因为皮肤的颜色跟你不一样而受到粗暴的对待，请像变色龙那样把自己变成那个人的颜色，一起去面对，一起去反抗。或许还会有人对你说这个世界上只有他们信奉的才是唯一的真神，对于这种人，你要提醒他们，正是这个神创造了我们眼前这个拥有各种肤色的世界，正是他让这个世界复杂多样，充满了各种可能性。你要捍卫自己的尊严，但同时也要捍卫他人的尊严。因为好人如果沉默不言，不公与邪恶就会不断蔓延。在这个世界上，真正的丑恶是模棱两可、是非不分，又或者是隐忍和纵容无耻下流。"

阿加莎站起身，正好看到有个男人背靠在树上的侧影。她第一眼就认出了他，尽管心中多少有些安慰，但她的心还是跳得就像当年只有二十岁的时候那样快、那样猛。他一直在看着她，于是她就以一种特别的方式低了低头。以前在他们流亡期间，做出这种动作就等于告诉朋友暂时不要靠近，等一下就去找他。那个人领会到了这个动作的含义，待在原地没有动。

"来吧。"阿加莎说，"我想去坐一下。"

她挽住米利的手臂，把她带到了山脚下。

回到车上,阿加莎摇下车窗,然后打开了储物箱。

"您在找什么呢?"

"乔的香烟。我明明抽过一根啊。"

米利把手探到车门旁边的内袋里,掏出了那包烟,随即按下了打火机。

阿加莎深深地吸了一大口,然后才开始讲话。

"刚才你问我为什么会在加油站等你。当年,我的人生就是在你出生的那一天中止的,因此我现在重拾人生,当然也要从你开始。那么多年过去了,在监狱的高墙后面,我终于接受了自己再也不可能生孩子的事实。对一个女人来说,还有什么比不能成为母亲更令人痛苦的事呢? 每一个晚上,我都在问自己,为什么我的人生要这样子被人剥夺? 而唯一一个能让我坚持下去的理由就是我还有一个外甥女,我也一样曾经为了你而战斗。如今,我从监狱里面逃了出来,而在这个漫长的旅途中,我之所以什么都没有跟你讲,那是因为我不想太早向你许下一个连我自己都没有把握保证实现的诺言。"

"什么诺言?"

"帮助你实现心中最大的梦想。我要回去跟姐姐致个敬,而且我想一个人去,因为我有些事情想要跟她说。答应我,就在这里等我,我不会耽搁太久的。"

米利看着阿加莎。

"你马上就会明白的。我还有最后一件事情要向你交代,而这也有可能是最重要的一件。如果你爱着某个人,一定要告诉他,哪怕你心里面无比担心,哪怕你的人生可能要因此而整个推倒重来。那个什么贝蒂的故事,我敢肯定,乔一定是想用来激起你心中的妒火,而且我相信,他的目的一定已经达到了,你说对不对?"

讲完这一番话之后,阿加莎就下车走了。

在重新登上小山丘的时候,她心里有种冲动,想要转身走回去,但是最终没有这么做。她的剪影很快就消失在一排白杨树的后面。

看到阿加莎一个人向这个方向走过来,那个男人也从树荫底下向她靠近。

"你为什么要最终来到这里而不去想办法越过边境?"汤姆问她。

"因为我要在这里等你。"阿加莎回答,"我在床垫底下塞了一个日记本,那可不是留给监狱看守的,我知道,有那么一点机会你可能会看得到它,所以就想试一下。"

接下来是一阵沉默,两个人都出神地看着对方,同时脑海中搜索着适用于目前这种情况的话语。

"你其实应该跑到边境那边去,我给你留了充足的时间。"

"就好像是在拉乌尔那里差一点就追到我们那样?"

"不。是在你跟维拉见面的时候,我让你离开了。当时我就在对面,坐在汽车里。"

"重新看到当年的这些小伙伴,你有什么想法呢?"

"重新看到你，就是你，我心中受到的触动比我想象中的要大得多。"

阿加莎转过身面对她姐姐的坟墓。

"那么，你为什么要两次背叛我呢？"

"我从来都没有背叛过你。我只是在为政府做事情，只是完成我的工作而已。没想到，在横渡密西西比河的那艘渡轮上，我疯狂地爱上了你。你自己也应该知道的，我不能永远生活在谎言里。你姐姐跟我，那就是一夜情。对于她，我从来也没有产生哪怕是一丁点感觉，她自己心里面很清楚，但是她根本就无所谓。跟她睡在一起，那是我当时为了让我们两个彼此分离而能想到的最笨拙、最卑劣的办法。否则的话，假如哪一天我不得不向你坦白我真实的身份，你还会一如既往地爱我吗？"

"像这种事情，我们永远也不会有答案。"阿加莎表示。

"如果不是你自己不愿意的话，我本来是打算继续去监狱里看你，一直到你刑满释放为止。"

"不。你会来看我一直到你在外面遇到一个自由而爱你的女人为止。到那个时候，你就会到监狱的会客室里来向我讲述你们之间的故事，而只要一想到这个故事的主角本来应该是我而不是她的时候，我就会觉得简直无法忍受。"

"你想象的这个事从来也没有发生过。"

"真的吗？"

"这么多年来，我唯一的伴侣就是法律。就在你被关进去之后不久，我就离开了'局子'，因为我再也不相信他们想要我去做的事情。于是，我就成了一名联邦法警，一直干到了现在。"

"你本来应该早一点选择这一份职业，那样我们就能够节省一点时间了。"

两个人重新陷入了缄默，只有眼睛仍然注视着对方。

"那么，接下来该怎么办？"阿加莎打破了沉寂。

"我要把你带回到那里去。如果你愿意的话，在你从那里出来的时候，我会来接你。"

"事情没有那么简单。"阿加莎说。

"可能也没有那么复杂。我还是有一点机会也想要试一下的。"

"我说的并不是我自己。你跟我姐姐的那一夜之情比你想象的还更持续绵长。"

"我跟你发誓并不是这样的。"

"那段情已经持续了三十年，而且还将一直延续下去。"

"你到底在说些什么啊？"

"她后来怀孕了。正因为她怀上了你的孩子，所以我才会代替她坐了牢。"

阿加莎望着汤姆。他也看着她，脸色苍白，嘴唇颤抖着，泪水浸湿了眼眶。如果说阿加莎这些年来一直在问自己他是否知情的话，那么现在她已经知道了答案。对于她来说，这一瞬间心中获得的解脱甚至远甚于此前从监狱里面逃离的那一刻。

"我知道，"她说，"这简直是难以置信的残酷现实，简直可以说是乱七八糟。不过，我姐姐在这方面还真是极有天赋啊。"

"是男孩还是女孩？"汤姆结结巴巴地问。

"你心中有偏好吗？"阿加莎的话近乎讽刺。

汤姆根本就没有办法回答。过去的这几天里，他已经是第三次不得不承认，在他那天不怕地不怕的男子汉外表底下，其实还藏着另外一颗脆弱而容易受伤的心。

阿加莎向他迈近了一步，汤姆感受到她如此强大的气场，心里不禁一阵发慌。

"你最好鼓起勇气，走下这个小山丘，到她面前去介绍自己。"

"就是她？刚刚跟你在一起的那个？"

"可怜的汤姆，你的才能都跑到哪里去了？我这可不是在取笑你，事实上你现在的反应令人感动而且消除了我心中的疑虑。不要跟她说我刚才告诉你的她妈妈跟我之间的秘密。尽力表现得好一点吧，让她看到心中梦想的父亲的样子。等一下你跟她讲的时候，顺便喊她离开这里，告诉她我不会回去了，因为我真的不是很擅长跟别人道别。至于你，请向她保证你还会再去看她，也请向我保证你一定会履行这个承诺。她已经等了你三十年，而我非常清楚她为此曾经经历了多少悲伤，曾经熬过了多少个不眠的夜晚。"

阿加莎牵起了汤姆的手。他的脸上写满了温情，但也有无尽的遗憾。泪水一直在她的眼眶里打转。

"我就在这里等你。别担心,我并没有意图要逃走,从来都没有,而只是想加快一点命运的脚步。既然现在要做的事情都已经做完了,我也没有任何其他的地方好去了。"

当汤姆坐到车里面的时候,他一句话都不用说,米利就已经明白了。

面前这个静静地望着她的男人,简直就是她自己的倒影,他们有着同样的眼睛、同样的嘴巴,还有同样的酒窝……几乎是在看到他的那一瞬间,她就什么都知道了。在朦胧的雾色笼罩之下,她感觉自己又听到了阿加莎在她的耳边低语:

我之所以什么都没有跟你讲,那是因为我不想太早向你许下一个连我自己都没有把握保证实现的诺言。

他们久久地望着对方,眼里尽是泪水。最终,汤姆声音颤抖着对她说出了他们之间的第一句话:"我不知道你存在于这个世上。"

这真是一个奇怪的开场白啊,米利没有想到会是这样。老实讲,她根本就没有任何期待,更是从来也不曾想过竟然有一天会跟一个陌生人一起坐在自己的汽车里,而这个陌生人就是她的父亲。

她也不知道该说些什么,事实上她甚至都不知道该如何来抒发心中汹涌澎湃的感情。唯一可以确定的事情是,她现在迫切地需要看着这个男人,而且怎么看也看不够。他的额头、他的脖子、他突出的喉结,还有那强有力的双手,就好像她要把眼前这个人从头到脚全部吸到自己的脑海里面一样。追忆往昔,一个又一个夜晚睡眼蒙眬的时候,一个又一个早晨独自上学的路上,她无数次想象父亲应该是什么样子的,而如今这个男人就在眼前,她不禁要问自己,这是否真的就是她朝思暮想的那个形象? 然后突然她就意识到,原来这么多年以来,虽然在心中那么强烈地勾勒着这个希望的蓝图,但是她从来也没能够清晰地画出想象中的这个父亲的模样。在过往的岁月里,父亲存在的意义只是当她有需要的时候能够被她召唤到身边。在这个假象虚无的角色面前,她可以尽情倾诉自己心底的秘密、失望的情绪、痛苦的经历,当然还有快乐的瞬间,以及失败或者成功的体验。而现在,当这个人真的活生生地出现在她面前的时候,她却感到自己根本就不知道该对他说什么才好。此时此刻,出现在她脑海当中的第一句话,尽管似乎的确也有必要,但还是显得苍白无力、毫无意义:"我叫米利。"

汤姆略显笨拙地笑了笑,然后回答:"汤姆,汤姆·布雷德利。你可以叫我汤姆或者是布雷德,按照你自己的喜好吧,两个都可以的。我猜,现在如果再要你喊'爸爸'可能会太晚了一点。"

说完他摸了摸自己的脸,心里面想,在这样的一个场合,如果能够把脸刮得更干净一点,如果能够穿一件更干净的衬衣,如果能够换一套更合礼仪的西装而不是现在身上这件旧夹克衫,那会不会更好一点?毕竟,人这一辈子跟自己的女儿第一次相见的机会可真的不多啊。于是,他又补充了一句:"或许,过一段时间,谁知道呢⋯⋯"

"是啊,谁知道呢。"米利迅速地接上了话,快得连她自己都有点吃惊。

"你可真漂亮啊。"他脱口而出,显得那么彬彬有礼。

"我妈妈就很漂亮,我有幸继承了她的优点。"

"说得没错。"汤姆感到有些尴尬。

"您看起来也不错。"她腼腆地补充了一句。

"这一点嘛,我倒并不是那么认同。不过,既然你都这么说了,那我就相信你吧。"

他们同时笑了起来,但笑容并不自然,双方都有点局促不安。于是,汽车里又陷入了沉寂,两个人再度各自打量着对方。

"你干得真不赖,很勇敢啊。那一次,你成功地甩掉了我,在这个世界上可没有多少人敢夸耀自己能做到这一点。"

"不是有句俗语嘛,'苹果落地,离树不远'。"米利以迅雷不及掩耳之势予以反击。

"说得没错,我也听过这个说法。"汤姆低声说道,"但我还是想有一天你能够跟我讲一讲,你到底是怎么做到的。"

"我的教养还不错,所以我这么说并不是想要刺激您,不过这其实真的没有那么复杂,只需要选好路线,然后出其不意就可以了。"

"事实上,应该说是你的策略还不错。你是一个喜欢出其不意的人吗？"

"也就是这几天吧，我正在学习怎么样成为一个出其不意的人。"

汤姆用手摸了一下仪表盘，然后转过身看了一眼后排的座位。

"坐在这辆车里面让我想起了什么。我应该不是第一次坐在这里了。"

"我知道。"米利表示。

然后，车里又一次陷入了沉寂。

"阿加莎，您喜欢她吗？"

"你妈妈？"

"当然不是！我妈妈叫汉娜。我说的是阿加莎，我的小姨！"

汤姆看起来有点慌乱，他这才突然想起了两姐妹交换名字的事情。

"是的，我爱她，而且从来也没有停止过想她。我也不知道该怎么跟你解释这个，不过在人生的某个时段，有时候我们会看不太清楚自己真正想要的东西，结果就错过了一辈子最美好的机遇。而更糟糕的是，自己还完全没有意识到，或者说至少是不能马上就知道。我相信我当年是错过了不少东西，而且在我这一辈子余下的时间里，我还在假装不去想这些事情。如果早知道我有一个女儿，所有的这一切恐怕都会不一样。"

"至于我嘛，我倒是从来都没有怀疑过我有一个父亲。"

"你有时候也会想我吗?"

"我想您想到今天都不知道该跟您说什么好了。还有什么是我没有在那个想象中的'您'面前说过的呢?"

"你都说过些什么呢?"

"现在说这些还有点太早了。"米利喃喃自语。

"我理解的。"汤姆点着头说。

"那么现在,您打算怎么做呢?"

"我们不可能挽回已经失去的时间,不过如果你愿意的话,我们是不是可以先尝试着去认识彼此? 你甚至可以找一天来看看我,我住在威斯康星州北边,那里很荒凉,但景色很美丽。要不然,我也可以到你那里去看你。"

"我觉得这样可能会更好一点。"米利坦承。

"好吧,那我向你保证,我们就这么办,我可是说一不二的。"

"阿加莎呢? 您要把她重新带回监狱里面去吗?"

"我没得选择。而且就算是我一个人空手回去,恐怕联邦探员也不会放过她,那只是时间的问题而已。"

米利转身面向汤姆,语气坚定地说:"对于一个坚守正义的人来说,什么才是最重要的呢? 是抓住一个嫌疑犯,还是保护一个无辜的人?"

提出这个问题的要不是他自己的女儿,恐怕他只会是无动于衷吧。

他看了米利最后一眼,然后踌躇着伸出手摸向她的面颊。

"我向你保证,当我们下一次再见面的时候,我一定会告诉你答案。现在,你还是回家去吧,她不会再到这里来了。她托我跟你道别,因为她不想你看着她离开。不要伤心,这只是暂时的离别,很快你就可以去看望她了,请你务必相信我。"

"告诉她,我会好好照顾她的吉他,不会让任何人碰它的,我还等着她哪一天自己来给我弹一首曲子呢,您这么说她会明白的。另外,请告诉她,我会经常去看她的。"米利抽泣着补充道,"还有,我永远都不会忘记我们曾经共同经历的点点滴滴。"

汤姆极其笨拙地为米利擦拭着脸上的泪水,这个从来都不知道温柔为何物的男人以最自然的方式把女儿揽到怀中,紧紧地抱着她。

这是父亲跟女儿之间的拥抱,却只维持了瞬间。接着,汤姆从口袋里掏出了停车场的收据,在上面草草写下了自己的地址,摆到了仪表盘上最显眼的位置。

然后,他就打开车门,走下了奥兹莫比尔,朝着小山丘上逐渐远去。

阿加莎看着她脚下敞开的袋子里那把左轮手枪。自从汤姆离开以后,她的视线就再也没有离开这把手枪。她弯下腰,捡起枪,然后长长地叹了一口气。

汤姆出现在她的背后。

"你这是要去打猎吗?"他盯着那把左轮手枪问道。

"事情还顺利吗?"阿加莎打探着情况。

"还好吧,我认为。"

"她走了?"

"我走过来跟你会合的时候听到她的汽车开走了。"

"她托你带给我什么话吗?"

"她说会好好照看你的吉他,还说你懂的。"

"拿去吧。"她把手中的武器递给他。

"放回到你的包里去吧,如果你愿意的话。现在是时候离开这里了。"

"你要给我上手铐吗?"

汤姆没有回答,径自向停在小山丘另一边的小道上的福特汽车走去。阿加莎跟在他的后面。

11

在圣菲的入口处,一辆FBI的车拦下了米利,两名联邦探员手中举着枪逮捕了她,却无可奈何地发现在车上只有这一个人。然后,他们又喊她打开了后备厢,里面也只有一把摆在旧皮匣子当中的吉布森吉他。

米利回答了他们的盘问,坚定地表示她是来给自己的母亲上坟的。她的确是在费城带上了一个搭顺风车的女人,不过后来早就把她放到路边上了,因此完全不知道那个女人接下来去了哪里。她根本就没有想到这位"乘客"竟然会是被FBI追捕的逃犯。她还向对方夸耀说自己的父亲也是一个联邦执法官,确切一点说是一名法警,因此她接受的教育都是要严格地遵纪守法。

那两名FBI的探员当然也就没有任何理由再继续扣留她了。

与此同时,汤姆·布雷德利跟他的"囚徒"正在向着东方疾驶。前面路途遥遥,他们正好可以趁此机会追忆过去,重温往日的点点滴滴。

离开新墨西哥州，穿过科罗拉多大峡谷之后，在重逢的第一个夜晚，他们在内布拉斯加州奥加拉拉附近的麦康纳湖畔的一家餐厅里共进了晚餐。

那天晚上，汤姆和阿加莎在酒店里只要了一个房间。

12

马罗尼警探跟克莱顿法官联系之后,又过了四天。在电话里,警探告诉法官,有一名自称是汤姆·布雷德利的法警带着那个被追捕的女逃犯来到了联邦调查局在丹佛的分部。他出示了一份明白无误由克莱顿法官本人签名的执法令,并且坚持要亲自把逃犯送回监狱。马罗尼还不忘对克莱顿表示,既然已经有一名联邦法警在跟这个案子,他实在是不明白为什么还要让FBI介入此事。至少,稍微懂一点礼貌的话,事先也应该把这个情况予以告知才对啊。现在既然此案已经了结,那么FBI方面也就会相应地撤销此前发出的通缉令了。

话已至此,马罗尼立刻挂掉了电话。

到了第五天的早上,克莱顿在自家门前的台阶上不停地来回踱步。他实在想不明白,为什么布雷德利还不给他打电话。特别是,为什么阿加莎·格林伯格还没有被重新关到她的牢房里面去。就在一小时之前,那个训诫中心的负责人才刚刚给他打电话,声音颤抖地向他汇报了这个情况。克莱顿一点也不喜欢目前这种状况，尽管他同样不喜欢离开自己的家，尤其讨厌搭飞机，但他还是准备好行李，打电话给自己的秘书，命令对方想办法让他能够在当天之内就能赶到威斯康星州的北部。

午后，他就降落在了德卢斯机场，在那里有一辆警车在等着他。

两小时之后，在三名探员的保护下，他从金博尔穿过，城市景观立刻变成了田园风光。

陪伴他的那些探员话都不多，而克莱顿自己也完全没有心情找人聊天。他只是要求对方在到达目的地后先让他一个人去处理，非到万不得已，不要轻易介入干预。

经过竖立在路边的一个十字架之后，他们转上了一条狭窄的土路，通往全美最偏远的荒原。

一路不停地颠簸，终于来到了路的尽头，那里有一栋背靠着大树的小木屋。

当克莱顿踏出汽车的时候，汤姆出现在了门前的台阶上，他的左轮手枪系在腰间，手搁在枪把上。

"我看你还挺守信用的嘛。你曾经许诺说有一天要来看我，喏，你这不是来了嘛。"他开口说道，似乎完全没有注意到在法官身后的那三名探员，"我本来倒是挺乐意请你吃顿晚餐的，但可惜你来得有点晚，我都已经吃完饭了。"

"我宁愿是在其他情况下来这里拜访你。我猜她现在就躲在里面喽？"

"我家也不是很大，你瞧，这里面藏不下任何一个人。不过,如果你说的是那个你明知道她是无辜的还要判她三十五年徒刑的女人,那么我要告诉你,答案是她不在这里。你应该可以想象得到,她成功地摆脱了我。我没有来得及通知你,是因为这件事挺让我难为情的。不得不承认,我已经老了。现在这个时候,她应该已经到加拿大了。"

"别干蠢事,汤姆,我很清楚她就在这堵墙的后面。你应该不会以为我没有带搜查令过来吧。不要把本来很简单的事情搞得太复杂了。让我们进去吧。"

汤姆死死地盯着克莱顿,脸上绽放出大大的笑容。

"你可以想象一下明天报纸上会出现怎样的大标题:《三名警察与一名法警在一位即将退休的法官面前爆发枪战》。多好的大标题啊!你们觉得有意思吗,伙计们?"汤姆向他的同行们问道。

那三名探员有些不知所措,相互交换了一下眼神,然后转向了克莱顿法官。

"既然我对你没有什么秘密可言,再加上我们都是老相识了,"汤姆还在说着,"我必须提醒你一下,我已经找到了那个众所周知的笔记本,你知道的,真正的那个阿加莎·格林伯格在那里面写下了她的证词。她写得还真不错,甚至都可以拿去出书了。尽管如此,为了防止我遭遇到什么突发事情,我已经把这个笔记本寄给了一位当律师的老朋友,还附上了一个详尽的案件陈述,因为我个人觉得加上这个会比较好一点。其实也没什么,就是介绍了一下曾经有一个年轻的检察官故意让一个女人代替她的姐姐进监狱，只是由于这个姐姐当时怀孕了，因而有可能不用坐牢，这样一来，那个检察官就要竹篮打水一场空了。另外，我还不怕麻烦地补充说明了一下，同样是这个检察官，一朝晋身成为法官，竟然又毫无廉耻地给那个女人加重了刑罚。从这个方面想一想，我认为她逃到了我们的邻居加拿大人那里，对你来说倒是一件好事，我得好好考虑考虑是否把她引渡回来作为污点证人。"

那三名探员一字不差地听完了汤姆的话，相互看了一眼，接着抬了抬帽子向他表示致敬就走回到汽车那边去了。

"你知道吗，"汤姆继续说着，"我很了解这些家伙。我给你的建议是，如果你不想走路回去的话，要知道下一趟返程的巴士要到明天早上才有，那你最好还是现在就跟着他们走。我也不敢跟你保证说跟他们回去的路上会很有乐趣，不过至少这总比走那么远的路回去要好得多吧。"

克莱顿转过身去，那辆警车的马达已经在轰鸣。他绷紧了脸看了汤姆最后一眼，然后赶紧向那三名探员招手示意并向他们跑去。

汤姆一直等到警车远去，又望着斜阳西下的天空看了一会儿，然后走进了小屋。

"现在呢，该怎么办？"阿加莎坐在桌边问。

"现在，我们开饭，因为我已经有点饿了。这个星期，我带你到周围看看，然后再过一段时间，我去找马克斯拿回那个笔记本。等一切都办好了之后，某位法官就将过上跟他自己预期完全不同的'退休生活'。到那个时候，正义将得到伸张，而最终我自己也就可以退休了。如果说在这个被世界遗忘的角落里的小木屋并不能让你感到满意的话，那我也会很乐意到你那里去过我的退休生活，在这个世界上恐怕不会有比这个更能让我感到幸福的事情了。"

阿加莎学着某个从今往后对她无比重要的人说话的方式，回答道："我认为，这个主意听起来不错。"

第二天一大早，阿加莎走出小木屋，欣赏着四周一直延伸到地平线上的风景。空气中弥漫着松树的芳香，还有湿润泥土的气息。她在想，自己的人生从现在开始终于有了那么一点点她曾经梦想过的幸福的另一种含义。上帝保佑，这"另一种含义"还真是美妙得很哪。

同一天早上，踏上回家之路的米利在拉乌尔那里短暂停留了一下之后，终于来到了费城。

她甚至都没有来得及回家就直接去了校园中心的卡姆巴尔咖啡馆。

致　谢

宝玲、路易和乔治

雷蒙、达尼埃尔和洛兰

苏珊娜·李

埃玛纽埃尔·阿尔杜安

塞西尔·博耶-伦格、安托万·卡罗

伊丽莎白·维尔纳弗、安娜玛丽·朗方、卡罗琳·巴比勒、阿里埃·斯贝罗、西尔维·巴尔多、莉迪·勒鲁瓦、若埃尔·赫诺达、塞利娜·希夫莱，以及罗伯特·拉丰出版社的全体职员

宝玲·诺曼、玛丽-伊芙·普罗沃斯特

莱奥纳尔·安东尼、塞巴斯蒂安·卡诺、达尼埃尔·梅尔科尼安、纳贾、鲍德温、马克·凯斯勒、斯蒂芬妮·沙里埃、朱利安·萨尔泰、德·萨布来-戴斯蒂埃、莫耶兹·斯里米

卡特林·霍达普、劳拉·马莫洛克、凯利·格林科斯、朱莉娅·瓦格纳、阿琳·格隆德、夏洛特·阿斯顿

布丽吉特·福里西耶和萨拉·福里西耶

彼得·施莱辛格和克莱尔·麦克法登

您可在以下网站搜寻到所有关于马克·李维的消息

www.marclevy.com